衛《まもる》くんと愛が重たい少女たち

2

鶴城東

ILL.あまな

CONTENTS

Mamorukun to ai ga omotai syoujotachi

一話 011
二話 072
三話 135
四話 199
五話 281
エピローグ 343

DESIGN.
Yuko Mucadeya+Nao Fukushima
(musicagographics)

KEIKA
喜《き》多《た》河《がわ》桂《けい》花《か》
京子と同じアイドルグループだった。
最近は暇。佐賀に遊びに来た。
KYOKO
宵《よい》ケ《が》峰《みね》京《きょう》子《こ》
元アイドルで大学は休学中。
衛とはキスまで。
MAMORU
森《もり》崎《さき》衛《まもる》
繊細な高校2年生。
従姉の京子と
つき合いはじめた。

なんか…………
、キスマークとか?

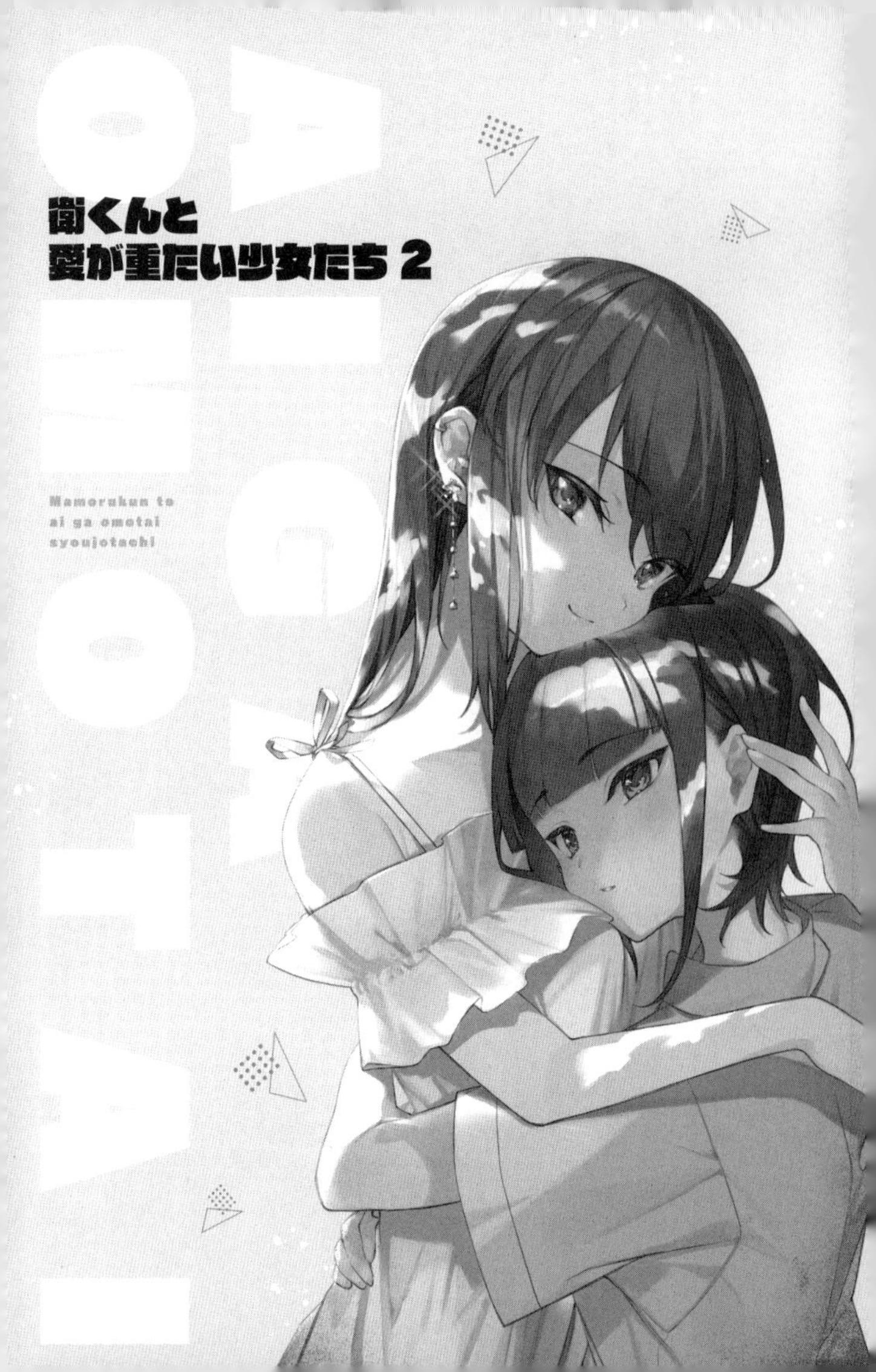
衛くんと
愛が重たい少女たち 2
Mamorukun to
ai ga omotai
syoujotachi

一話

宵《よい》ケ《が》峰《みね》京《きょう》子《こ》

Mamorukun to ai ga omotai syoujotachi

アイドル辞めて地元へ帰って、おばあちゃんちに転がり込んで、一か月たった。

もう七月も半ば。

東京を発った頃はまだ全国的に梅雨《つゆ》の真っただ中だったけど、それもすっかり明けて、最近はうんざりするほど快晴が続いてる。つまり外は地獄みたいな有様《ありさま》。

家から出れば加減を知らない日差しに肌を焼かれて日焼けするし、高温多湿だから息するだけで汗をかく。藪《やぶ》に近づけば蚊や害虫に襲われる。あと食べ物も飲み物も腐りやすい。

不快の極み。

ほんと夏ってクソ……や、ごめん、海水浴や夏祭りは楽しみだから、それはちょっと言い過ぎた。

一つの物事を好きか嫌いではっきり分けるのってなかなか難しいよね。

なんなら好悪なんか、その時の気分でころころ変わるものだし。

たとえばアイドルやってた頃はプライベートで海や祭りに行く余裕がなくて、だから夏は単純に不愉快なだけの季節だった。野外ライブで熱中症になりかけたのは一度や二度じゃない。

でも無職な今は時間も体力も有り余ってて、そうなると途端に楽しい季節になってくる。

なにより今年の夏は、海やお祭りを利用して、衛《まもる》への復讐《ふくしゅう》を進めるつもりだし……あ。

衛っていうのは私の従弟《いとこ》。そして最近付き合いはじめた彼氏でもある。

ま、彼氏っていっても愛情はまったくないけどね。

むしろ死ぬほど恨んでるし。これ、冗談じゃないぞ。

私は一度、衛にふられてる。

あいつのことが大好きで、愛してて、だから私はあいつにとことん尽くしたのに……

あいつは、衛は、そんな私を簡単に捨てて、他の女を選びやがった。

許せるわけなくない？

失恋くらいで大げさな、と笑う人もいるかもだけど、でも何を許容できるかって人によって全然違う。衛に捨てられた過去は、私の心をいつまでも苛《さいな》むんだ。

衛の声が耳に入るたびに、その姿が視界に入るたびに、私はどうしようもなくなる。

復讐しなきゃ、もう一歩も、この先に進めない。

今度は、私があいつを骨の髄まで惚《ほ》れさせて、ふる。

と、そういうわけで、この五年、私はひたすら復讐の機会をうかがい続けた。

で、先月ついに、あいつに告白させることに成功した。

ほんっとーに、長かった……！

……まあでも、ふらなかったんだけど。

いやだってさ。ここで衛をふったって、大してダメージ与えられないし。

私が受けた恨みって膨大で莫大《ばくだい》。こんなもんじゃ全然つり合いが取れない。

だから今は、恋人って立場を使ってさらに深くあいつを惚れさせてる最中。もっともっと惚れさせて、私なしじゃ生きられなくして、そこでようやく捨ててやるってわけだ。

私の足にすがって、捨てないでって泣きわめくあいつを突き放して、そこまでしてやっと私はこの呪いみたいな初恋から解放される。

ほんとその時が、待ち遠しい……で、夏の話に戻るけど、花火大会とか海水浴とか夜市みたいな夏のイベントって、基本、異性との関係を深めるためにあるようなものじゃん。

夏は恋愛の季節。それを利用しない手はない。

この夏が勝負だ。

いつまでも衛に私の人生を費やしてられない。もういい加減に復讐を完遂してやる。


「……ん？」

ほんのり違和感を覚えて、声が漏れた。

ここは仏間。居候《いそうろう》先の、おばあちゃんちの、仏間。

仏壇の存在感が強いその部屋で、畳に敷いた座布団に座って、タブレット端末で物理の講義動画を見てたら、ふと何かが意識に引っかかって集中が途切れた。

なんだろ？　って思った瞬間、呼び鈴の音がかすかに鳴ってることに気付く。

慌てて動画を止めてイヤホンを外したら、音が鮮明になる。畳に転がしたスマホに触れたらとっくに夕方の五時を回ってて、もう衛《まもる》が来る時間に……やばっ。

「京子《きょうこ》！」

立ち上がって早足に仏間を出たら、名前を呼ばれた。

振り返ると台所からひょっこり半身を出したおばあちゃんと目が合う。

「今、手を離せないから代わりに出てくれない⁉　多分衛よ！」

最初からそのつもりだったから「あーい」って流すみたいに返事して、玄関へ向かった。

扉を開けたら蒸すような外気が流れ込んできて、もわっと不快感に包まれる。

そこにいたのは予想通り衛だった。額に滲《にじ》む汗が外の暑さを物語ってるよう。

「汗だくじゃんね」って思わず言ったら、衛がはにかんだ。

「暑くて溶けるかと思った。全身べとべとだよ」

大きな瞳を猫みたいに細めて、薄い唇もやわらかく緩む。

ん、ん。相変わらずな美少年。

日差しに負けないくらい眩《まぶ》しい笑顔を向けられて、ついついこっちも笑顔になって……

っと。待て。落ち着け。

慌てて頬《ほお》の肉を噛《か》んだ。

毎度のことだけど落ち着け私。

たとえどれだけ美少年だとしても、衛は敵だ。私の敵だ。

復讐《ふくしゅう》対象だ。

なのに、こんなあっけなくときめくなんて、気が緩んでるって。

ふううう……

理性で気持ちを抑え込んで、気持ちを切り替えて、「あがりなよ」って促した。

「おじゃまします」

こっちの気持ちなんて知るはずもなく、衛が土間で靴を脱いで上がってくる。

そして私を迂回《うかい》して、距離を取りながら廊下を歩き出した。んー？

「ね、なんか距離感じるんだけど。気のせいかな？」

聞くと、衛が困ったようにはにかんだ。

「いや……今、ぼく汗臭いから、ちょっと近づけなくて……あ、先にお風呂に入ってくるね」

私から距離を取ったまま浴室に向かおうとする。

ふーん？

大股で衛に近づいて、匂いを嗅《か》ぐ。

「ちょっ、なにして……」

「別に臭くないよ？　気にしすぎじゃない？」

「いやいや、におうって！　もー……恥ずかしいなぁ……」

苦笑した衛《まもる》が私の横をすり抜けてって、ふわっと匂いが漂うけど、うん。

やっぱ別に嫌なにおいってほどじゃない。でもま、本人が気になるんだったら仕方ないか。

「ばあちゃーん、お風呂借りるねー」

「ねぇ、待って」

おばあちゃんに声をかけて、浴室へ入ろうとする衛を呼び止めた。

衛が立ち止まって「なに？」って私を振り返る。

「一緒に入る？」

うすーく笑って、誘惑する感じで言う。

もちろん本気じゃない。

衛を弄《もてあそ》ぶチャンスだって思っただけだ。

衛が呆《ほう》けた顔になった。

ぽかんって擬音が聞こえてきそうで、ちょっと可愛い……いやだから見惚《みと》れるなってば。

「……からかわないでよ」

こっちの本気度を探るような、微笑と苦笑が混じったような表情は、なんだか小動物みたい

な雰囲気を漂わせてて、ぞくっと嗜虐《しぎゃく》心が顔をのぞかせてくる。

実は結構焦ってる？　むっつりか？

「衛《まもる》は、一緒に入りたくないの？」

「え、と……そりゃ、入りたくないって言ったら嘘《うそ》になるけど」

「けど？」

「……ばあちゃんの家で、そういうのは、さすがにまずいし。だから、まだやめとこ？」

少し悩むそぶりを見せた衛だけど、すぐ冷静にそう結論付けて、返事を待たずに脱衣所に入ってって……えっ？

「は？」

待って。

これじゃまるで私がいやらしいことしようとして、衛にたしなめられた感じに……

い、いやっ!?　別に全然本気じゃなかったんですけど!?

あ、あいつが頷《うなず》いたら、冗談だよ、えっちだなぁ、みたいにからかうつもりでっ……！

なのにこれって、なんか私が常識ないみたいじゃん！

急激に恥ずかしくなってきた……あぁ、もう！

てかあんな余裕綽《しゃく》々《しゃく》な態度を見せつけられたら、まだ本気で惚《ほ》れさせられてないって改めて思い知らされるっていうか、いやあいつが私を女としてまったく意識してないとは言わないけど、でもまだまだ足りてないっていうか。

むかつくっ……！

やっぱ何か大きなきっかけがなきゃ、関係を大きく進めるのは難しいか……！

◆

さて。

衛は最近、放課後になっても自分の家に直帰しなくなった。

学校が終わればおばあちゃん家に寄って、私たちとご飯を食べて、お風呂も済ませて、どっぷり日が暮れるまで勉強したり雑談したりして、要するに、寝るまでの準備や身支度をおばあちゃん家で全部済ませてから、帰ってく。

男子高校生の生態としてはやや異常。

ならなんで衛がそんなことをしてるのかっていうと、それは衛が恋人の私を好きすぎて一秒でも長く一緒にいたいと思ってるから…………では、ない。

もちろん！

そういう気持ちも少しはっ……いやそこそこ、じゃなくて結構！　ある、はず、だけどッ！

直帰しない一番の理由は、衛が実家で居場所を失《な》くしたからだ。

単に家に帰りたくなくて、おばあちゃん家に逃げてるってわけ。

もう少し突っ込んで少し前に衛《まもる》は姉と……凛《りん》と大喧嘩《おおげんか》した。

衛が私と付き合いだして、ブラコンな凛がブチギレたのが原因。

凛って衛を自分の所有物だと思い込んでるうえに私のこと本気で嫌ってるからな。しかも叔父《おじ》さんと叔母《おば》さんって基本凛の味方で、つまり衛が帰りたくなくって当然っていうね。

森崎《もりさき》家、やばすぎ。

とにかくそんなわけで、家に帰りたくなくなった衛はおばあちゃんに頼み込んで、放課後はうちで過ごすようになったってわけだ。

可哀想《かわいそう》な衛。ま、私にとってはありがたい状況だけどね。

精神的に弱ったとこに付け込めば、依存もさせやすくなるし。

……いやま。そんな都合が良い状況なのに、全然うまくいってないんだけども。


衛もとっくに帰って、あと少しで日付が変わる頃。

寝る準備まできっちり済ませた私は、数日ぶりに桂花《けいか》と電話することにした。

桂花は少し前まで同じグループでアイドルやってた仕事仲間で、引退してからも連絡を取り合ってるいや親友だ。

桂花には衛とのあれこれについて相談に乗ってもらったり愚痴《ぐち》を聞いてもらったりしてて、

だから定期的に、大体週一くらいの頻度で電話をしてる。

復讐《ふくしゅう》にストレスってつきものだし、相手してくれる桂花にはほんとに感謝しかない……ん、だけ、ど。

「なあ。いい加減、やばくないか？」

挨拶《あいさつ》もそこそこに、衛との関係に進展がないことを報告したら、藪《やぶ》から棒に桂花が言った。

うつぶせに寝転がって、枕に横顔を埋めてた私は、枕元のスマホを視線だけ動かして見る。

「え、なにが？」

桂花の言わんとすることは正直察してた。けどそれって私には都合が悪い。

だから、どうにか流せないかなーと淡い期待を込めてとぼけてみた。

スピーカーにしたスマホから「はあ」ってこれみよがしなため息が聞こえる。

「京子《きょうこ》はさぁ……衛くんと付き合って、もう一か月だよな？」

「そうだね。ついこないだ、一か月記念ってことでご飯食べてきたよ」

「あっそ。つまり、二十歳《はたち》の女が男子高校生と付き合って、丸一か月経《た》ったんだよな？」

「なんでわざわざ同じこと言い直した？」

「なのにまだキスだけとか。しかも相手からそれ以上求められないて……やばくね？」

痛いとこを突かれた。

「っ……そう、かな？」

「そうだろ。あのさ。壊れた蓄音機みたいに、衛《まもる》くんを惚《ほ》れさせて振るだとか復讐《ふくしゅう》だとか、大層なこと言うけど、今のところはただ丁寧《ていねい》に恋愛してるだけだぞ。つか、元トップアイドルが男子高校生をひと月かけても落とせないって、情けなさすぎて私は悲しくなってきたよ」

ぐっ……！

自分でも問題だって思ってることを他人から改めて指摘されるのって、とんでもなく屈辱的。正論で殴られるより最悪なことって他にない。

「……衛って純粋無垢《むく》だから、そこらの男より難易度高いんだよ。変に攻めても引かれるし」

「言い訳するな。つーか白状しろ。長年片恋してきた衛くんとの交際がついに叶って、復讐する気持ちなんか綺麗《きれい》さっぱり消えちゃったんだろ？　……な？」

その声には意味不明に確信めいた響きがあって、無性にイラッときた。

桂花《けいか》はなぜか私の衛への恨みを妙に軽く見てる。相談に乗ってくれるのはほんとに感謝してるけど、そこだけはどうにかしてほしいところだ。

「違う。桂花、違うから」

さすがに言い返さなきゃまずいから、体を起こして枕元のスマホを手に取った。

「復讐は絶対やり遂げる」口元に近づけたスマホに言った。「あいつと付き合いたかったのはあくまで昔の話で、今はそんなこと全然ないから。もう何百回も言ったはずだけど、心底衛を恨んでるんだよ。復讐できなきゃ死ぬしかないの。ただ……つまり、塩梅《あんばい》が難しくて」

「塩梅ぃ？」

桂花がすっとぼけた調子で聞き返してきた。

「そ。ていうか、これもいつも言ってるけど、ただ関係を進めるだけなら正直楽勝なのよ。手段を選ばずガツガツ攻めれば、あんなお子ちゃま一瞬で骨抜きだからね。マジで」

「さっきと言ってること微妙に食い違ってるけど、ならとっとと本気出せよ。言わせてもらうけど、京子《きょうこ》は余裕ぶっていられる立場じゃないだろ」

「あのね。これって恋愛じゃなくて復讐だから。本気出せばいいってもんじゃないんだよ」

「はあ？」

「わっかんないかなぁ？　あくまで、私が衛の上でなきゃ駄目なんだよ。上の立場で、弄《もてあそ》ぶみたいにあいつを誘惑して、惚れさせて、振る。それができてやっと復讐は成功なの」

「はあぁ……？」

「そりゃあ、私が必死に誘惑すれば簡単に落とせる。でもそれは論外。過激な誘惑はＮＧ。そもそも体を許すつもりがないから、できてキスまでなわけ。だから、ね？　制約だらけで、創意工夫でどうにかしなきゃいけないから、もう大変も大変よ？」

「……どう考えても二十歳《はたち》の恋愛観じゃない。あの、精神年齢が小学生な人ですか？」

「だから！　これは恋愛じゃなくて復讐だから、恋愛観とか関係ないんだってば！　私だって普通に付き合ってりゃ今頃とっくに行きつくとこまで……！」

「はいはい……ま、価値観は人それぞれで、何を考えてようと京子《きようこ》の自由だよ……んじゃ、まとめると、一か月たっても進展なくて、京子さんは相変わらずぐずぐず屁理屈《へりくつ》こねながら復讐《ふくしゆう》対象の彼ピと仲良く恋人ごっこを継続中と。そんな感じでよろしいか？」

「ぐっ……言い方ッ……！」

実際その通りだけど、小馬鹿にする感じが一々むかつくなぁ！

でも桂花《けいか》は桂花で進展のなさに呆《あき》れてるんだって思うと、文句も言いにくい……くっそ。

「……衛《まもる》があと数日で夏休みだから、そこで一気に勝負かけるつもりだし」

嫌な流れを変えるために言った。

「夏休み？」

「そ。海とか花火大会に行くくし、あとそろそろ運転免許も取れるから、二人きりでドライブもするし……あいつ純だから、そういう恋人っぽいイベントいっぱいやって、その中ですこーしだけ攻めてやれば、案外コロッと落ちるんじゃないかなー、とか思ってるんだよね」

ずっと温めてた作戦、てほどじゃないけど、なんとなーく考えてたことを伝える。

「……たしかに。なくはないな」

お、好感触。っしゃ。

「でしょ？　だから、今はまだ準備期間っていうか、そんな焦る必要ないかなって」

「その余裕に足元すくわれなきゃいいけどな」

「誰にすくわれるの。瑞希《みずき》ちゃんも先月やっつけたのに」

「しっかし夏休みねぇ」

なんか無視された。

「え、なに?」

「いや、今月……つーか、来週あたりから、私、当分仕事のスケジュール空いてるんだよな」

その言葉に、微妙な気分になった。

私たちのグループが解散してから、桂花はピンでタレント活動をしてる。けど正直解散前と比べたらあんまパッとしないっていうか。たまにテレビに出演してるのを見るし、イベントとかには呼ばれてるけど、グループ時代の忙しさとは比べるまでもない。

友達の仕事が上手《うま》くいってないのは、やっぱり悲しい。

それに、グループの解散には私が関わってるから、もちろん桂花が売れないのは桂花の責任だけど、それでも桂花の現状に、私は少しだけ後ろめたさがある。

あと、私が芸能界引退した時に、桂花と大喧嘩《おおげんか》したのもあるし……

「そっ……かー……」

上手《じょうず》な返しを見つけられなくて、ちょっとぎこちなくなっちゃった。意識しすぎたかも。

でも桂花は全然気にした様子じゃなくて、「でさ」って明るく話を続けた。

「暇だから、京子のとこに……佐賀に遊びに行こうかなとか思ってたんだけど」

「へっ？」

予想外すぎて変な声が出た。

でもすぐ理解が追い付いて「え、それマジ⁉」って声が弾んで、慌てて口を閉じる。

いやおばあちゃん起こしちゃうから。

「マジだよ。けど、衛《まもる》くんの夏休みとかぶったら、デートの邪魔になりそうだな」

「や、それは大丈夫だから来てよ。てか何泊の予定？」

「そうだなー……邪魔でなきゃ、一週間くらい……もちろんホテルの予約が取れたらだけど」

「うそ。めちゃ遊べるじゃん。やば。観光案内とか全然するよ」

「あんがと。あと私、彼ピに会ってみたいんだけど。京子《きょうこ》を落とした美少年の顔を拝みたい」

「言い方ムカつくなー、けどいいよ………あ、向こうに嫌がられたらさすがに無理だから」

反射的に頷《うなず》いちゃって、慌てて訂正した。

さすがに衛の確認無しに決められない。

「わかってる。うまく説得してくれ」

「おっけ。ちなみにどっか行きたいとこある？　や、地元マジでなんもないけども」

「京子と会えるならなんでもいいわ。なんならカフェでだべるだけとかでも」

殊勝《しゅしょう》なこと言われて、ついつい口元がへにゃっと緩む。

でもほんと嬉《うれ》しいし。楽しみなんですけど……あっ。

「そうだ。衛に会っても、変なこと言わないでよ？」

桂花《けいか》に限ってそんな変な心配はしてないけど、念のため釘《くぎ》を刺しとく。

桂花が「あぁ」って頷いた。

「安心しろ。私が京子の不利になるようなこと、言うわけないだろ？」

なんて返事に、やっぱ杞憂《きゆう》か、って少し反省する。

「ん、だよね」

森《もり》崎《さき》衛《まもる》

「……夏休みって、一体なんだ？」

石垣に背中を預けて、地面にだらしなく座り込んだ友人が……征矢《せいや》が、ぼそっと漏らした。

日は高い。手でひさしを作って空を見上げれば、雲一つない遥《はる》か天空で、太陽が憎らしいほどに強烈な、目を焼く光を放っている。

うだるような暑さによって、征矢の強面《こわもて》が普段に増して険《けわ》しい。今や幼馴染《おさななじみ》のぼくでさえ距離を取りたくなるほどの凶相だ。その額には、じくじく汗が滲《にじ》んでいた。

「なんだろね、夏休みって……」征矢の隣に座り込んで、ぼくは答えた。「夏は暑くて勉強に身が入らないって名目で、夏休みが存在してるはずだけど……」

「馬鹿じゃねぇの……」

征矢《せいや》が呻《うめ》く。

校舎の裏手に広がる松原は、高校の敷地をぐるりと囲う石垣の上からはみ出して、わずかな木陰を作っている。ぼくらはその木陰の下にいるけど、それでもなお、暑い。

汗で全身がべとべとしていた。手で触れて確かめるまでもなく、肌着はもとより、カッターシャツの襟や背中にまで汗が染みているとわかる。

今日は夏季休業初日。つまり、夏休みの一日目。

そしてここは、ぼくらが通う東高校《ひがしこう》の校舎裏で……今は、夏期講習の昼休み中だ。

そう。講習。夏期講習。

東高は夏休み開始とほぼ同時に、全生徒強制参加型の夏期講習が始まる。そのため、夏休みと銘打っているのに、七月も八月も平時と同じように登校して授業を受けなければならない。

意味不明な通例だ。

時間割も朝から夕方までぎっしり詰まっているから、普段の日程とあまり変わりがない。むしろ受験に不要な科目の授業が省かれる分、精神的には普段よりきついかもしれない。

ただ、土曜日が休みになる点は平時とは違うし、あとはさすがにお盆休みが十日間くらいあるから、その辺りだけ見ればたしかに夏休みといえるかもしれない。

「休みなのになぁんで俺らは今日も授業受けてんだよ。クソが」

隣でグダを巻くガラが悪いこの男は、二人いるぼくの幼馴染《おさななじみ》のうちの一人、鵜野《うの》征矢だ。

彼の容姿を一言で表現すれば、怖い、この一言に尽きる。

顔自体は整っているけど目つきが尋常でなく鋭く、細身な体つきもよく見れば筋肉が詰まっていてしなやかなラインを描いているうえ、背丈が百八十後半もある。

なんというか、見た目がとにかく強いのだ。

しかも口が悪く、気に入らないことには全力で噛《か》み付く気の強さまであるとくれば、はっきり言って古くからの知り合いでなければ、友達になろうと思うことさえなかっただろう。

まあ、でも……そんな征矢だけど、信じられないことに根はとても優しかったりする。

あととにかく義理堅く、受けた恩を絶対に忘れない。

つまり、一度しっかり向き合えば良さがわかるわけで……見た目で損をしている男なのだ。

「進学校だし夏期講習あるのは仕方ないけど、これほど普段と変わらないのはキツイよね……」

「せめて少しは休ませろや……あっづ……」

「暑いね。もう、図書室でも行く？」

「……あそこじゃ飯食えねぇし、つーか会話禁止だろ…………で？　話ってなんだ？　こんなクソ暑い外に連れ出したんだから、よっぽどな内容なんだろうなぁ……」

征矢が横目にぼくを見て、だるそうに総菜パンの包装を開けた。

「ごめんね。えと……」

ぼくらは何か秘密の話がある時、決まってこの校舎裏の、石垣の元へ足を運ぶ。

生徒がほとんど訪れないここは、人に聞かれたくない話をするのにうってつけだからだ。

特にここ最近、ぼくが従姉《いとこ》の京子《きょうこ》と色々ごたごたしてからは、征矢《せいや》をたびたびここに呼び出して相談相手になってもらっていた。

今回も、その京子に関連した話……と、いえなくもない。

まあでも、いくら内緒の話だとはいっても、この猛暑の中、外で長々話し込むのはよろしくない。午後からの講習に支障が出かねないし、手早く済ませてしまおう。

「今日の放課後、京子の友達に会うことになったんだよ」

「あっそ。それで?」

征矢が目を細めた。

警戒するような顔だ。

「征矢も一緒にどうかなと思って」

「あぁ? なんで俺が京子さんの友達に会わなきゃ……」

「その友達っていうのが、喜多河桂花《きたがわけいか》なんだよ」

少し不機嫌そうな征矢に割り込む。喜多河桂花は京子が所属していたアイドルグループの元メンバーで、京子と違って今も芸能界で活躍している女性タレントだ。

「は? ……喜多河桂花?」

ぼくより二回り背の高い征矢は、並んで座っても、やっぱりぼくより視線が高い。そんな征矢に見下ろされつつ「そう。会ってみない？　許可は取ってるよ」と改めて聞いた。

つい数日前のことだ。

放課後、いつものようにばあちゃん家に寄ったら、京子に「来週桂花が遊びに来るんだけど、衛《まもる》に会いたいらしいんだよ。一緒にご飯とか食べに行かない？」と誘われた。

ぼくは桂花さんに会ったことなどない。

だからすぐには頷《うなず》けなかった。

ただ……ぼくは少し前まで、あのグループの中では、桂花さんを一番「良いな」と思っていた。京子ではなく、桂花さんを。というのも、彫りが深い顔立ちや際立ったスタイルの良さ、少し低めの落ち着いた声……そういった、ぼくが持ち得ない「格好いい」要素を桂花さんはたくさん持っていて、そこに憧《あこが》れがあったからだ。

あと当時は京子をそういう目で見られなかったというのもある。

今は違うけどね。

とにかく、そんなわけで、京子の申し出には少なくない抵抗があったけど、でも桂花さんには興味があったから、結局は了解した。

で、その際に、ふいに征矢のことを思い出したのだ。

征矢は京子がまだアイドルだった頃、京子のグループが新曲を出すたび、ぼくに内緒で書店にCDを買いに行っていた。義理堅い奴《やつ》だから、交友のあった京子《きょうこ》を応援したかったのだろう。

そして、そういうことを何年も続けているうちに、グループそのものも好きになったのだとか。箱推しというやつだ。当然、桂花《けいか》さんのことも好きだと言っていた。

この一か月、征矢《せいや》には京子や瑞希《みずき》のことで色々迷惑かけたこともあって、何かお礼をしなければとずっと考えていたところに、タイミングよく今回のことがあり、ぼくは京子に、桂花さんと会うのなら征矢も連れて行っていいかと聞いてみたわけだ。

喜んでくれたら嬉《うれ》しいな。そう思いながら。

が。

ぼくの誘いを聞いた征矢が、眉間《みけん》に皺《しわ》を寄せた。

「…………、いや、やめとくわ」

しばらく悩んだ末の、予想外な返事に「えっ？」と声が漏れる。

「なんで？　征矢、桂花さん好きでしょ？」

「いや、会っても話すことねぇだろ。そりゃ喜多河《きたがわ》桂花は好きだけど、あくまでアイドルとして好きってだけだ。喜多河個人にはあんま興味ねぇな。関係を持ちたいとかもねぇよ」

征矢が「誘ってくれたのに悪ぃ」とパンにかぶりついた。

なるほど、と納得がいく。

どうやら征矢は、アイドルを正しい意味で「偶像」として消費しているようだ。

言い換えれば、着ぐるみの中身には興味が無い、ということなのだろう。

征矢らしいといえば征矢らしい考え方かもしれない。完全に割り切っている。

「……そっか。なんかごめん」

顔面に汗を滲《にじ》ませてパンを咀嚼《そしゃく》する征矢に謝る。

この暑い中、無駄足を踏ませてしまい、どうしようもない居心地の悪さを感じた。

善意が空回りし、押し付ける形になった時ほどバツが悪いことはない。

「謝るなよ」

征矢が苦笑した。そして「そういや、京子さんとは最近どうだ？」と聞いてくる。

突然話題を変えられて頭が追い付かず「あっ、えっ、と」と口ごもった。

「どうだろ……進展はないかも。でも、今はゆっくり関係を進めようと思ってるから」

ぼくは、少し前から京子と付き合っている。従姉《いとこ》の京子と。

それは正直、あまり普通とは言えない関係で……まず、お互いに惹《ひ》かれ合って付き合いだしたわけじゃない。

だから、京子に対しては、付き合って一か月も経《た》つのに、未《いま》だ恋人というよりも従姉という意識の方が根強い。だけど女性として意識していないかといえばそうでもなくて、京子を一人の女性として好きになりたいとも強く思ってはいる。

そのために、今は京子を深く知ろうとしている最中だ。

京子《きょうこ》としっかり向き合い、彼女をもっと深く知って、必ず誰よりも好きになる。

関係を進展させるのは、それからでも遅くない。

京子が待ってくれる、という甘えの上での話だけど……まだ、焦らなくてもいい。

それに京子の気持ちもまだはっきりとはわかっていないし。

たまに……ぼくは、京子がぼくを好きではないのではないかと不安になることがある。

あのいざこざの後に改めて告白をして無事に受けてもらったうえ、京子が瑞希《みずき》も相手にぼくをどれだけ好きか語るところを盗み聞きした以上、ただの杞憂《きゆう》だとは思うけど、でも付き合うきっかけがきっかけだったから、どうしても親戚《しんせき》としての同情から付き合ってくれているんじゃないかという不安が拭いきれない。

それで関係を進められない面も、あるにはあった。

臆病《おくびょう》だな。

「あっそ。最近話聞かねぇから気になってたけど、問題ねぇなら別にいいわ」

困っているわけでもないのに京子の話題を出せば、のろけのようで鬱陶《うっとう》しがられるかと思い、最近はあえて避けていたのだけど、それはそれで心配をかけてしまったらしい。

難しい。

「ありがと。けど今は京子より、凛《りん》に困ってるかな」

征矢《せいや》が「あぁ」と頷《うなず》いた。

凛というのはぼくの姉のことだ。

凛との関係は現在、冷戦じみた最悪な状況下にある。

元から関係は良くなかったし、昔から日常的に酷《ひど》い目にあわされてはいた。暴言を吐かれるなんて日常茶飯事《さはんじ》で、暴力をふるわれることも珍しくもなく、あらゆる面で束縛され、極めつけには嫌がっているのに、定期的に女装を強要されたりもしてきた。

かと思えば、時として気色の悪い猫なで声で、愛を囁《ささや》いてくることもあって……

いずれにせよ、ぼくにとって、凛は昔から恐怖の象徴だった。

精神的に支配されていた。逆らえなかった。

でも先月、そんな歪《いびつ》な関係に変化が生じた。

京子との交際を凛に知られ、激しい反対を受け、やむにやまれず凛に歯向かったのだ。

凛に逆らうなんて、生まれて初めてだったかもしれない。

もちろん凛は怒りくるった。かつてないほど酷いこともされた。

でも、京子と別れさせられたくなくて、言いなりにならずに逆らい続けたら、しまいに凛は、ぼくを存在しない者として扱うようになってしまった。

自分の意にそぐわない弟は不要、ということらしい。

勝手にすればいい。

なんなら過干渉されなくなって、清々したくらいだ。

ただ、そうはいっても無視できない不都合はあって、その最たるものが家の雰囲気だった。

うちは両親が凛《りん》を贔屓《ひいき》しているから、家の空気感が凛の調子に大きく左右される。

つまり現在は地獄だ。とにかく家の居心地が悪い。

だからこそ最近は家を避け、可能な限りばあちゃん家で過ごすようにしている。

それに、ばあちゃん家に行けば京子《きょうこ》に会えるしね。一石二鳥だ。

「相変わらず凛さんと仲直りできねぇか」

征矢《せいや》が言った。彼はぼくの現状を把握してるからね。

征矢には家のことについて相談をしてきた。

「仲直りもなにも、ぼくと凛の仲が良かった期間なんて存在したことないけど」

「そういう意味じゃねぇよ」

「わかってる。でも、やっぱり無理だよ。凛との関係を良くするためには、最低でもぼくが京子と別れなきゃいけないけど……ぼく、京子と別れる気、ないからね」

征矢が「あー」と唸《うな》るような相槌《あいづち》を入れた。

「それに、凛が大学に進学すれば全部解決するし。数か月辛抱して、凛が家から出ていけば、凛との関係なんて全部どうでもよくなる」

地元には大学が一つも無いから、来年度になれば凛は一人暮らしを始めるはずだ。

そうでなきゃ困る。

「たしかにな。けど、週末には家に帰ってくるかもしれねえだろ」

「だとしても、ぼくも再来年にはどこか遠くの大学に進学する予定だし。そうなれば、いよいよ凛や家族との接点も薄くなる。つまり、どれだけ長くても、あと一年半我慢すれば、それで済む話なんだよ」

どうしても食べる気になれなくて、未《いま》だ開封すらしていないパンを眺めながら、言った。

「やっと、自由になれる」

「家に居場所がねぇ奴《やつ》は大変だな」

征矢が何か言いたげにぼくを見たけど、結局これといった言葉はなく、自分の食べかけのパンに視線を戻した。

征矢は思慮深い。言うべきこと、言うべきではないことの線引きをはっきりしている。

少し前は、瑞希《みずき》に関してだけは口うるさかったけど……今となっては、あれだって、ぼくのためを思って、言いたくないのに言ってくれていたのだとわかるし。

そんな征矢が、家族のことには一切口出しをしてこない。

口を挟んだところでどうにもならないと判断しているのだ。

そういう気遣いを、本当にありがたく思う。

「……話は終わりか？」

パンを食べ終えた征矢が立ち上がった。

座り込んだままのぼくは、天を仰《あお》ぐように征矢《せいや》の顔を見上げる。

「うん。暑い中、外に連れ出してごめんね」

ぼくも腰を上げて、未開封のパンを買い物袋に入れて、お尻《しり》についた砂を払い落とした。

「うんにゃ。喜多河桂花《きたがわけいか》と会うなんて、誰かに聞かれたら大事だからな」

「だね。未《いま》だに京子《きょうこ》のことで色々言われてるし……」

東高《ひがしこう》の生徒はほぼ全員、ぼくが京子と……元トップアイドルと付き合っていることを知っている。おかげで一部の生徒からやっかみを向けられていて、ガラの悪い連中に絡まれたことすらある。そんな状況で、現役タレントの桂花さんと会うなんて話を聞かれた日には……

「……もし、また変な奴《やつ》に絡まれたら、俺に言えよ」

「ありがと。今のところ大丈夫だから……じゃ、校舎に戻ろう。熱中症になりそう」

返事を待たずに校舎に向かって歩き出すと、横に並んだ征矢が「なあ」と言った。

「なに？」

「……あー……喜多河桂花には、別に会わなくていいんだけどよ……もし、サインとかもらえそうだったら、それはほしいっつーか……や、無理そうなら全然いいんだけど」

思わず見上げると、征矢が何かを我慢するような、しかめっ面をしていた。

ほんの一瞬、意外な様子にポカンとなったけど、でもすぐに頷《うなず》く。

「うん。もらってくるよ。お願いしてみる」

「……さんきゅ」

恥ずかしそうな征矢に、珍しいものを見たという気分になった。

でも、茶化すようなことはしない。

◆

夏期講習一日目が終了した。

教室の壁にかけられた時計を見れば、もう夕方の四時を過ぎていた。短縮授業の日とまったく同じ終業時間で、とてもじゃないけど今日が夏休みだという実感はわかない。

部活の準備でにぎわう教室で、帰り支度を済ませて、念のためスマホを確認する。

果たして京子からメッセージが届いていた。

桂花さんが早めに佐賀に到着したので、先に合流してカフェで時間を潰《つぶ》している、という報告だった。なぜか、二人並んで自撮りした写真も添付されている。

帽子と色付き眼鏡《めがね》で変装した京子と、派手なパンクファッションに身を包んだ桂花さん。

桂花さんは、メディアに露出する時は綺麗《きれい》めな恰好《かっこう》をしていることが多い。

しかしプライベートではパンク系ファッションを好んでいるらしく、送られた画像に写る桂花さんは重度のバンギャにしか見えなかった。この画像を見て、彼女を喜多河桂花と認識できる人間は、たとえファンであったとしてもごく一握りのように思う。

今から行くよ、と返してスマホを鞄《かばん》にしまい、教室を出る……と。

ぼくとは逆に、教室に入ろうとしていたらしい瑞希《みずき》と、出入り口でばったり鉢合わせた。

ギョッとして立ち止まる。

瑞希は瑞希で驚いたらしく、大きな目を見開き、絶句してぼくを見上げている。

瑞希……朝山《あさやま》瑞希は、征矢《せいや》と同じくぼくの幼馴染《おさななじみ》で……ぼくが長らく片思いしていた相手だ。

十年近く、ずっと思い続けていた。本当に大好きだった。だから、京子《きょうこ》と付き合わなければ、きっとぼくは今もまだ、瑞希に恋焦がれていただろう。

だけど今は違う。恋慕の情は、もう残ってはいない。

それどころか仲違《なかたが》いまでしてしまって、最近は互いに互いを避けながら生活している。

「ごめんね」

瑞希が小さく囁《ささや》くように言って、道を譲ってくれた。

軽く伏せられた顔は、どこか苦しそうに見えて……つい、一か月前の別れ際を思い出す。

じくじくした感傷が顔をのぞかせた。

でもそれを見ないふりして「いや、こっちこそ」と返して、開けてくれた道を早足で進んだ。

……やっぱり、傷はまだ癒えそうにない。ぼくも瑞希も、もうしばらくは悪い意味でお互いを意識し合って、だけど必死に過去を消化していくのだろう。

くそ。人の感情が、もう少しさっぱりしたものであったらよかったのに。

切実に、そう思う。


京子たちがいたのは、小さいけれど味のある喫茶店だった。

内装は西洋風味というか……アールヌーヴォーとかいうんだっけ？　そんな感じで統一されている。それと、敢《あ》えてだろうけど、店内の照明がやわらかくて、少しだけ薄暗い。独特な雰囲気だ。外装がかなり古びていたから、店自体は昔からありそうで、きっと店主が趣味でひっそり経営してきたのだろう。まさか地元にこんな洒落《しゃれ》た店があったとは。

店内は席数が少なく、商売っ気があまり感じられない。客も多くはなかった。

そんな中で、京子たち……というか、桂花《けいか》さんの存在は強烈に目を惹《ひ》く。

店に入ったその瞬間に「あ、いる」とわかったくらいだ。

バーカウンターの奥に立つ、少し気難しそうなおじいさん店員……店主かな、に京子たちを指差して、待ち合わせだと無言で伝えてから、席へ向かった。

生で目にした桂花さんは、送られてきた画像よりも強く毒々しさを感じた。

まず髪が赤い。血のような黒が混じった赤色だ。メディアで見る時は黒髪だから、スプレーで一時的に染めているのかもしれない。唇は黒のリップで塗り上げられ、目の下には濃いめの隈《くま》が作られている。肌の透けるような白さも合わさって、病的な仕上がりだ。

服装も個性的で、全身にチェーンやら鋲《びょう》やらがついている。安っぽさが感じられないので、かなり値が張りそうだ。あと指にはごつい指輪もはまっている。

道端で肩をぶつけられたらそれだけで怪我《けが》をしそうだな、と思った。

長身瘦軀《そうく》で顔立ちもはっきりしているから、全体的にはとても似合ってはいる。だけど、何度か繰り返したように、メディアで見かける喜多河桂花《きたがわけいか》と同一人物だとはとても思えない。

おかげで、思ったより緊張せずに済みそうだ。

見た目が怖い人間なら征矢《せいや》で慣れてるし。

ちなみに京子《きょうこ》はいつもの変装スタイルだ。つば付き帽子で髪を隠し、色付き眼鏡《めがね》をかけている。服がシャツとデニムなので、ややB系っぽい。それにしても、なんでも似合うな。

「あの……はじめまして」

おそるおそる声をかけたら、京子と桂花さんが同時にぼくを見た。

二人は四人掛けのテーブル席に、向かい合わせに座っている。

「おつかれさま」と微笑《ほほえ》んだ京子に頷《うなず》きを返して、その隣の椅子《いす》に腰を下ろした。

テーブルの横に荷物入れのかごがあったから、鞄《かばん》を入れる。

「どうも、はじめまして。私は京子の友達の喜多河桂花です」

斜め向かいの桂花さんが、見た目に反して落ち着いた調子で挨拶《あいさつ》をしてくれた。

テレビや楽曲で何度も聞いた、少し低めな声。耳にするだけで、妙に気分が落ち着く。

……やっぱりこの声、好きだな。

「あ、ぼくは森崎衛《もりさきまもる》で……その、彼氏です。京子の」

「知ってるよ」桂花さんが笑った。「京子から話を山ほど聞かされてるし、写真も見たことがある。あんまり初対面って感じがしないな」

「あ、はあ、ぼくも桂花さんのお話は、京子から常々……ご活躍も拝見しています、はい」

どう答えたらいいかわからなくて、へにゃへにゃしたことしか言えない。

桂花さんが「ありがと」と苦笑した。

それにしても、当たり前だけど、メイクで覆われた奥にある顔立ちは喜多河桂花のそれなんだか。

あと向かい合ってから気付いたけど、紫色のカラーコンタクトが入っている。こうなると、コスプレ感があるというか……現実味が薄まって、虚構の人物のようですらあった。

「ちなみに京子は私について、なんて言ってた？」

聞かれて、ちらっと横目に京子を見遣《みや》ると、すました顔の京子と目が合う。

これは……話してもいい、という表情だろうか……？

まあ、桂花さんに関して変なことは何も言ってなかったし、問題ない、はず。多分。

「……親友だと。あとは、年下だけど、面倒見が良いとか……はい。そんな感じです」

「なるほどね」

頷《うなず》いた桂花《けいか》さんが、ゆっくり身を乗り出して、ぼくの顔を凝視《ぎょうし》してきた。

少し身構える。

「あの、なにか……？」

桂花さんが「ごめんね」と身を引いた。

「衛《まもる》くんの顔が、あんまりにも綺麗《きれい》だから、つい」

「あ、はあ……ありがとう、ございます……」

「生で見ても、すごく良い。顔が小さくて、肌のキメも細かい。すごいな。羨《うらや》ましいよ」

「……綺麗に生んでくれた両親に、感謝しています」

少し前であれば、不快に感じ、否定していただろうその褒め言葉に、苦笑で答えた。

もちろん……綺麗と言われたことで、心の奥では複雑な気持ちが渦巻いている。

でも、京子《きょうこ》と本気で向き合うために、まずは自分を変えると決心したから……そういう薄暗い気持ちは、自分の中だけで消化しなきゃならない。

「美少年だな。京子が惚《ほ》れるのもわかるわ」

「変なこと言わないでくれる？」

京子が桂花さんに釘《くぎ》を刺した。

「変なこと？　何が？　うーん……なあ衛くん、京子は君のことを小学生の……」

「ちょっ、けっ……桂花!?　怒るよ!?　マジでやめて！」

声を荒らげた京子《きようこ》に、桂花《けいか》さんがニヤッと笑って答えた。

からかわれ、年相応に感情を露《あら》わにして焦る京子が、新鮮だった。

なるほど。同年代の友達と喋《しやべ》る時はこんな調子なのか。ぼくと二人きりの時は、絶対に年上の余裕を崩さないんだけどな。少し前に、マンションの屋上でぼくに心中を持ちかけた京子と、今の京子がなかなか重ならなくて、それが妙に面白い。

「……なに笑ってるの？」

京子がムッとした様子でぼくを咎《とが》めてくる。

「あ、いや……京子の意外な一面が見られて、嬉《うれ》しくて」

「はぁ？」

唸《うな》った京子から視線を切って、桂花さんを見る。

「桂花さんといる時は、いつもこんな感じなんですか？」

「京子？　そうだな。衛《まもる》くんのことを話している時は、大体こんな感じかも」

「意外ですね……ぼくの前だと、本当にいつもお姉さんっていうか、余裕があるから」

「好きな男の前で、いい女ぶっているんだよ。きみに情けないところを見られたくないんだ」

「二人とも、今すぐ黙ってくれる？」

顔を赤くした京子が割り込んできた。

「冗談だよ、冗談」

向けられた引きつった笑みには妙な迫力があって、さすがに何も言えなくなる。

桂花さんも「はいはい」と、まるで降参するように、わずかに肩をすくめた。

「慌てる京子が面白くて調子に乗った。ごめんな」

「全ッ然、面白くないよね？」

「面白いだろ。アイドルやってた頃には考えられないような姿だ」

憮然《ぶぜん》とする京子に、桂花さんが薄く笑う。

「……今の方が、よっぽど人間味があって、いいんじゃない？」

「それって褒めてる？」

「さあね」

桂花さんが軽く流して、メニュー表をぼくに差し出してきた。

そういえばまだ何も頼んでなかったな……

「何か頼みなよ。はじめましての記念に、お姉さんが奢《おご》ってあげよう」

「いえ、そんな、自分で払いますよ」

「可愛くないことを言うね。そんなことは、働きだしてから言えばいいんだよ」

「は、はあ……じゃあ、お言葉に甘えさせてもらいます……」

「ここ、ケーキセットが美味《おい》しいよ。おすすめ」

桂花さんが、メニュー表の一部を指先でコツコツ指し示した。

テーブルの上には空のケーキ皿が二枚と、まだ中身が残っているコーヒーカップが二つある。

どうやら二人とも、そのケーキセットを頼んだらしい。

「なら、それにしようかな……」

「あぁ、待って。このあと晩ご飯の予約取ってるから、飲み物だけの方がいいと思うよ」

京子《きょうこ》が言った。

「え、そうなの？　どこ？」

「鉄板焼きのお店。桂花《けいか》、佐賀牛《さがぎゅう》を食べてみたいんだって」

予想外すぎる答えだった。

ぎょっとして「え!?」と声を漏らす。

「鉄板焼き!?　そんなお金、持ってきてないんだけど!?」

「奢《おご》るし」「私が出すよ」

京子と桂花さんの声が重なり、二人が顔を見合わせた。

一瞬、沈黙。

「桂花。私が全部出すから。わざわざ佐賀まで来てもらったんだし」

「ありがたいけど、無職にお高めなディナーを奢らせるほど鬼じゃないぞ」

桂花さんの鋭い一言に、京子が「うっ」とうめいた。

「いや……働いてはないけど、貯金はたくさんあるから。これでも元トップアイドルだし」

「その貯金は今から数年間、減り続ける一方だろ。無駄遣いするなよ。私が出すから」

筋は桂花さんの方が通っている気がする。だけどお金を出せないぼくが余計な口を挟むのは
それこそ筋が違う気がしたので、黙って見守ることにした。

手を上げて店員を呼び、静かにアイスココアを注文する。

しばらくあーだこーだと話し合っていた二人だけど、ココアが届く頃になってようやく、桂
花さんが奢ってくれる形に落ち着く。どうやら京子は「無職」の一言に勝てなかったようだ。

それからは、穏やかに三人で雑談をした。

「ご飯の後も何かするよね？」

鉄板焼きの予約時刻が迫り、喫茶店を出ようかという頃、京子が思いついたように言った。

桂花さんが「二人が良ければ」と頷《うなず》く。

「だよね。じゃ、おばあちゃんに帰りが遅くなる連絡してくる。あとタクシーも呼ぶから」

京子が電話のために、お手洗いへ向かっていった。

桂花さんと二人、席に残される。

なんとなく桂花さんを見れば、心の内が読みにくい、薄い微笑《ほほえ》みを向けられた。

ぼくも笑みを作って、返して……うん。ちょっとだけ気まずいな。

「……京子と仲良しですよね」

沈黙が耐え難くて、当たり障りない話題を切り出した。

ずっと会話を聞いていて感じたことだけど、二人は本当に気の置けない関係のようだった。

従姉弟《いとこ》で彼氏なぼくより、桂花《けいか》さんの方がよほど京子《きょうこ》と息が合っていた。

正直、羨《うらや》ましいくらいで、少し妬《や》けるかもしれない。

「まあ、今はそうかもね」

だけど返ってきたのは、予想に反して奥歯に物が挟まったような言葉だった。

「今は？」

思わずオウム返しすると、桂花さんが微苦笑を浮かべた。

「こんなに気安くなったのは、ここ最近ってだけの話だよ。変な意味じゃない」

「はあ……？　でも京子、桂花さんの話をよくしていましたよ。一番の友達だって」

「あ、そう？　……ま、よく遊んでたからなぁ。オフがかぶれば大体一緒にいたし」

「仲良しじゃないですか」

「うーん……でも、浅いとこで交流していたというか。自分の話とかあんまりしてくれなかったんだよ。君の話だけはたまにしてたけどね。さっきみたいに弄《いじ》れるようになったのは、本当に最近になってからで……ま、私が勝手に壁を感じてただけかもしれないけど」

「壁、ですか……ぼくの前じゃ、ずっと過保護で優しいお姉さんだったから、意外です」

「私にとってはそっちの方が意外だよ。ま、好きな男に見せる顔と、グループのリーダーとして気を張っていた時の顔は、違って当然だけどね」

「それはそうか」

かくいう桂花さんも、ぼくを相手にする時と、京子を相手にしていた時で、対応がはっきりと変わっていた。ぼくと話す時、桂花さんは口調が少し硬くなり、一歩引いた感じが出る。

「少なくとも、当時は目には見えない透明な距離を感じていたな……でもね、そこが京子の良さでもあったんだ。そういった底の見えなさが、トップアイドルに相応《ふさわ》しいというか」

薄く微笑《ほほえ》むその目の奥に、妙な熱量を感じた。

だけど、それに気軽に触れてもいいものか、わからない。

だから「へえ」と曖昧《あいまい》な相槌《あいづち》で流すしかなかった。

「……今は衛《まもる》くんが言うように、普通に仲良しだけどね」

桂花さんの目から妙な熱が一瞬で消え去る。

「関係の変化は、京子の引退がきっかけですか？」

「そう。一度、大喧嘩《おおげんか》したんだよ。実はグループの解散と京子の引退は、全部あいつの独断だ。私には相談もなかったから……カチンときて。そりゃ、あんなことがあったし引退を決めても仕方がないって、頭じゃわかってた。でも感情が納得しなかったんだよ。だから問い詰めたら、大喧嘩になってね……ふふ」

桂花さんが自嘲《じちょう》するような、アンニュイな笑みを浮かべる。

あんなこと……というのは、グループメンバーたちが犯した不法行為のことだろう。

「結局、仲直りはできたけど、そこで私たちの関係が、少しだけ変わった」

桂花《けいか》さんが喉《のど》を潤すように、カップに残っていたコーヒーを呷《あお》る。

取っ手を摘《つま》む指の先……爪《つめ》が、黒く染まっている。ネイルチップだろう。

「喧嘩《けんか》……」

初耳だった。京子《きょうこ》はそんなこと、おくびにも出さなかったから。

たしかに、京子がぼくに見せる顔と、桂花さんに見せる顔は、全然違うようだ。

ただ、どんな顔であっても、そのどれもが、京子を構成する正しい要素なのだろう。

だとしたら……知りたい。

京子を深く理解するために、ぼくには見せてくれないような、他の貌《かお》まで、全部知りたい。

そんな欲求がむくむく膨らむ。

「あの、桂花さん」

気づけば前のめりになっていた。

桂花さんが不思議そうに、でもまっすぐに見返してくる。

「なに？」

「京子の話をもっと聞きたいです。この五年の間、京子と桂花さんがどう過ごしてきたのかとか、桂花さんの前だと京子がどんな感じになるのかとか、詳しく教えてくれませんか？」

「……あぁ。別にいいけど……それは、京子を怒らせそうだ。多分、途中で止められる」

それもそうだ。この一時間足らずでも、京子は桂花さんがぼくに余計なことを言おうとするたび、必ず止めていたから……京子の前じゃ、その話をするのは厳しいかもしれない。

「そう、ですね……」

どうしよう。京子のこと、たくさん知りたいんだけどなぁ……

「……連絡先、交換しちゃおうか？」

悩んでいたら、桂花さんが控えめな調子で提案してきた。

「え？」

「京子に内緒でさ。ほら、電話なら安全に話せるだろ？」

本気か冗談かわからず、黙って目を見つめる。病的なメイクも相まって感情が読み取りづらい……が、少なくとも冗談を言っている顔ではない、気がした。

「ん、うー……」

どうしよう。たしかに、連絡先がわかれば、桂花さんからたくさん話は聞ける。

でも、彼女に内緒で、彼女の女友達と連絡を取り合うのは、正直どうなんだろう？

もちろん、誓って下心はない。ないけど、でも、京子に対して誠実ではない。

「京子に悪いと思ってる？」

心を読まれたかのようなタイミングで聞かれ、「はい」と素直に頷《うなず》いた。

桂花さんが面白そうに口元だけで笑う。

「良い子だね。でも真面目《まじめ》すぎるな」

「そうですか?」

「だって、私と電話する理由は、京子《きょうこ》のことを知るためだよ? こっそり女遊びをするわけじゃないし、私に下心があるわけでもない……違う?」

「違わないです」

はっきり答えたら、桂花《けいか》さんがパッと笑顔になった。

「なら気にすることないって。考えすぎだよ。大体、京子だって君の男友達の……名前なんだっけな、ほら、君の幼馴染《おさななじみ》の男子の……なんとか、かんとか……せ、せ……あー……?」

眉間《みけん》に皺《しわ》を寄せる桂花さんに、まさか、と思う。

「……もしかして、征矢《せいや》のこと言ってます? 鵜野《うの》征矢」

「そう、それだ! 京子だってこないだ、君に内緒でその鵜野くんに電話かけたんだろ?」

ぎょっとした。そこまで詳しく京子から話を聞いているのか……

でも、そうか。言われてみれば、京子もぼくに内緒で征矢に電話をしていたんだったな。征矢から確認を取られなかったら、ぼくがそれを知ることはなかっただろう。

「君はそれを、浮気だと思った?」

「いや……全然。あの時には必要なことでしたから」

「それとこれは、同じことじゃない?」

「……ていうか、あの、なんか、やたらぼくらの事情に詳しくないですか？」

「君について、よく相談に乗ってるからな。あいつも色々必死なんだよ」

「はあ……そうですか」

「とにかく、京子は良くて君は駄目なんて、そんなの道理が通らない」

ぴしゃりと言われて、段々気持ちがぐらついてくる。

別に京子をずるいとか思わないけど、でもぼくも浮気をするわけじゃないし……うーん。

桂花さんはこれ以上言葉を重ねる気がないのか、黙ってぼくを見つめてくる。

つまり、あとはぼく次第か。悩んでいる時間はあまりない。お手洗いをちらっと見る。

京子はいつ戻ってきてもおかしくない。

「……やっぱり連絡先、交換してもらっていいですか？」

アイドル時代の京子について、深く知りたいという気持ちが勝った。

桂花さんがスマホの画面にコードを表示して、差し出してくる。それを自分のスマホで手早く読み込み、表示された連絡先に確認のためのスタンプを送った……なんだろう。

少しだけ気持ちがイガイガした。

もしかすれば……万引きでもすれば、こういう気持ちになるのかもしれない。

でも……仕方ないな。知りたいんだもの。京子のことを。

桂花さんが「ん、よし」とスマホを鞄《かばん》にしまう。

「いつでも気軽に連絡してね。私、暇人だから」

「え？　……全然暇じゃなさそうですけど」

「いやいや。暇じゃなきゃ一週間も旅行できないって」

「あ、そっか……あれ？　でも、結構テレビとか出てたような……」

「グループが解散して、仕事が段々減ってるんだよ。これから姿が見えなくなってく」

桂花《けいか》さんが笑った。

地雷を踏みつけた気分だ。

よく考えたら、わかりそうなことだったのに……元々、桂花さんピンの仕事は、それほど多くなくて……なのに、グループという看板までなくなれば、どうなるかというのは……

なんて返せばいいかわからず、たちまち、いたたまれなくなっていく。

「気にしなくていいよ。京子《きょうこ》という旨味《うまみ》がなくなれば、私なんてこんなものだ」

言葉の内容と比べて、桂花さんはやたらからっとしていた。

もちろん内心はわからないけど、全然気にしているふうじゃない。

「……あの。ぼくは、桂花さんってすごく綺麗《きれい》だし、あと声とかも良いと思うのですが……」

何の足しにもならない言葉だと思いつつ、言わずにはいられなかった。

桂花さんが一瞬意外そうに目を見開いて、すぐに薄く微笑《ほほえ》む。

「ありがとう。京子の彼氏にそう言ってもらえるなんて、光栄だよ。自信がつく」

「はは……」

「何の話？」

電話を終えたのか、京子が戻ってきた。

いつもと変わらない、何も疑っていないその様子に、罪悪感が顔を覗《のぞ》かせる。

でもそれを見えないふりして、首を左右に振った。

「いや、別になにも」

「私の仕事が減って、暇になったって話をしていたんだよ」

桂花さんがさらっと答えて、京子が嫌そうに眉根を寄せた。

「なんでそんな悲しい話を…………それより、タクシーすぐ来るって。出よ」

京子が自分のバッグを摑《つか》んで、レジへと向かう。

「あ、おい。私が出すって」

慌てたように桂花さんが立ち上がって、京子を追いかけた。

うーん……

ぼくとは違ってまったく動じた様子がない桂花さんに、もしかして、と思う。

連絡先の交換というのは、実はぼくが思っているほど大したことじゃないのか？

ぼくが必要以上に気にしすぎているだけなのだろうか……？

わからない。でも、どちらにしても、交換してしまった以上は、折を見て京子のことを教えてもらわないと、損だ。

もしもそれで……京子《きょうこ》に連絡先の交換がバレて、嫌な思いをさせてしまったら。

その時は、全力で謝って、二度としないと誓おう。

朝《あさ》山《やま》瑞《みず》希《き》

まーちゃんがくれる愛情は、私にとって酸素と同じ。

そこにあるのが当たり前。だけど、なければ死んでしまう……そーいう、ありがたみを感じるのは難しいくせに、絶対欠かすことのできない、大切なもの。

私が生きるためには、まーちゃんの愛情が必要なんだ。

それなのに、私は理不尽《りふじん》に、その愛情を奪われた。

最低で最悪なあの女、宵ヶ峰《よいがみね》京子に、まーちゃんを取られたから。

おかげで今、私の世界からは色素が全部、抜け落ちた。くすんでしまった。

水底《みなそこ》のように重たい日々は私の心を少しずつ、でも確実にすり潰《つぶ》していく。

苦しい。

本当に、苦しいのに……まーちゃんはもう、私に話しかけてさえくれない。

どーして？　京子と付き合ってるからって、そんなの絶対おかしいよ。

だって、だって、まーちゃんは、本当は、まだ私のことを一番愛してるじゃない。
京子とは仕方なく付き合っているだけで、今も私を……わかるもん。
目が合うだけで、あんなに苦しそうな顔をするんだから、嫌でも伝わってくるよ？
まーちゃんの未練が。私への想いを、必死に我慢しないといけない、苦しみが。
全部全部、痛いほど伝わってくるよ。
……つらいよね？　嫌だよね？
そんな無理、しなくていいんだよ……？
まーちゃんは……優しすぎるんだよ。
京子みたいな性悪女に義理立てしちゃ、駄目だよ。
もっと、自分のために、自由に生きなきゃ。
じゃないと、私もつらいよ……
まーちゃん……かわいそうな、まーちゃん。
京子が帰ってきてから、全部の歯車がくるった。
あの女が帰ってこなきゃ、みんな、幸せだったのに……
京子さえ、いなければ……
悔しい……悔しいし、憎いよ。
「あぁ……はあぁぁ……」

パチパチはじける線香花火を眺めて、まーちゃんや京子《きょうこ》のことを考えていたら、ため息がこぼれた。後悔や怒りが胸から溢《あふ》れ出した。そんなため息。

だけど……その吐息は、足下に打ち寄せた波の音に、あっけなくかき消されてしまう。

無情だなぁ……はあ。

ここは海。

うちの近所にある、海……の、波打ち際。

私はちょっと前から、ここで花火をしている。

半袖のシャツと短パン、あとサンダルを履いて、しゃがみ込んで。

一人で。線香花火ばっかり、何本も、何本も。

深夜だから、浜には私以外、だぁれもいない。警察が来る心配も、あんまりない。

何も気にせず花火ができる。

てゆーか、他に人がいたら、怖くてとっくに帰ってる。

見上げたら、満天の星空が広がっている。控えめに浮かぶ月は、上側が欠けていた。

なんだか、世界に私一人しかいないみたい。

「……あ」

手元に注意を戻したら、ちょうど、線香花火の火の玉が落ちた。

かぶせるように波が押し寄せてきて、あっという間に火玉は影も形も見えなくなる。

ざざぁん、ざざぁん……

夜の静かな浜に、磯の香りを漂わせながら、波の音が響く。

浜の裏手には防風林の松原が広がっていて、車の音も、人の声も、聞こえてこない。

素肌に心地よい夜の湿った暑さも合わさって、なんだか少し、気持ちが救われた。

手元に残ったゴミクズを背後のバケツに突っ込んで、袋から新しい線香花火を取り出した。

チャッカマンで火をつけて、震えながら膨らんでいく火の玉をぼーっと眺める。

膨らみきった火の玉は、バチバチ過激に火花を放つ。かと思ったら、そのうち少しずつ勢いを弱めてって……次の瞬間にはぽたっと落ちて、黒い波にさらわれて。

ささやかな栄枯盛衰《えいこせいすい》。

「うーわっ……本当に一人で花火やってるよ。しかも線香花火って。病んでるのか？」

何本目かわからない線香花火に火をつけて、育つ火の玉を眺めてたら、声がした。

聞き覚えがある、低めな女の声に首だけで仰《あお》ぎ見たら、パンクな服に身を包んだ、死神みたいな女が私を見下ろしていた。

桂花《けいか》ちゃんだ。

「……別に、病んでませーん」

花火に視線を戻す。

「派手な花火を一人でしてる方が、ヤバい奴《やつ》感ありませんかぁ？」

「そうか？　てか、日頃から深夜に一人で花火してるわけ？　……趣味？」

「まさか。去年までは、まーちゃんと二人でやってたもん」

夏休みにまーちゃんと海で花火をするのが、毎年のお決まりだった。

二人でお金を出し合って、たくさん花火を買って、浜でずーっと花火をするの。

……楽しかったのになぁ。

でも、今年は私一人だけ。

どれもこれも京子《きょうこ》のせいだ。

「そんなに仲が良かったなら、付き合えばよかったのに。京子より先に」

桂花ちゃんが何もわかってないことを言った。

「それじゃ意味ないもん……私、まーちゃんと付き合いたいわけじゃないし。付き合える望みが無いのに、それでも私を全力で愛してくれるまーちゃんが、大好きだったんです」

「それって同じだけ愛してくれる人がいるなら、衛《まもる》くんじゃなくてもいいってこと？」

「まーちゃん以外に、そんな人がいるわけないじゃないですかぁ」

「変なこと言うね」

桂花ちゃんが呆《あき》れたように言ったけど、何が変なのか、さっぱりわからない。

無視して、いつの間にか燃え尽きていた花火を捨てて、次を取り出して、火をつけた。

「ここ、波で靴が濡れるなぁ。革だから、よくないいんだよねぇ」

ぶつぶつ文句を言いながら、桂花《けいか》ちゃんが、私の隣にしゃがみ込んだ。

そして、未使用の花火を詰め込んだ袋を、勝手に覗《のぞ》き込む。

「線香花火以外もあるじゃないか……やらないなら、もらっていい？」

「勝手にどーぞ。でも、やるならお金は出してくださいね」

「はいよ。これで足りる？」

桂花ちゃんが財布を取り出して、千円札を三枚、私に差し出してきた。

多分足ります、って受け取って、ポケットにねじ込む。代わりにチャッカマンを渡してあげたら、桂花ちゃんはシンプルな手持ち花火を袋から取り出した。

「花火とか何年ぶりかねぇ。小学生の……あー、低学年以来？」

「夏って、友達と集まれば、とりあえず花火しません？」

「小学生の頃からダンスや歌の自主練に明け暮れて、友達の誘いを大体断ってたからな……」

「自主練？」

「アイドルになるための自主練。憧《あこが》れてたんだよ。アイドルに、ずーっと。だから、いつかオーディションを受けるつもりで、小さい頃からずっと一人で練習してた。健気《けなげ》だろ？」

桂花ちゃんが花火に火をつけた。

一秒か二秒すると、花火の先端から緑色の火花が飛び出す。

「お、おー……勢い、強くないか？　こんなもん？」

ぼおぉぉぉ、と噴き出す火花に、桂花ちゃんが目を丸くしていた。

なんとなく、初めて火を目にした猿もこんな顔したのかなぁ、って思う。

「そんなもんです。それより、今日はどーでしたぁ？」

桂花ちゃんが花火を海に向けた。

「どう…………とりあえず、実際に会って、京子《きょうこ》が衛《まもる》くんに執着している理由がわかった。顔が綺麗《きれい》で性格も健気で、たしかにあれは可愛いわ。きみや京子が入れ込むのも、ま、わかるな」

そう言った桂花ちゃんの表情は、少し柔らかくて……あーあーあー。

嫌な顔だなぁ。

首の後ろに、ちりちりするような、不愉快な感覚が走る。

「そーですか。でも、可愛いからって、まーちゃんのこと、好きになっちゃだめですよぉ？」

釘《くぎ》を刺すと、桂花ちゃんが意外そうに私を見て、「ならないよ」と苦笑した。

「心配しすぎだ」

桂花ちゃんが燃え尽きたゴミをバケツに入れて、次の花火を取り出した。

今度は赤色の火花が飛び散る。

「全然趣味じゃない。そもそも今は、恋愛する気がないしな」

ふーん……？

「ならいいでーす」

「……にしても、二人を別れさせるのは大変そうだったな。京子《きようこ》は衛《まもる》くんにべた惚《ほ》れだし、衛くんも京子を好きになろうと必死だし……彼、衛くん、新しい恋愛にかなり前向きだったよ」

手元で火花を散らしていた花火の火種が、ぽたっと落ちた。

桂花《けいか》ちゃんの言葉に動揺して、手が震えたから。

「……へぇ」

「京子をもっと深く知りたいから、アイドル時代の京子について教えてください、って頼み込まれてさ。それを餌《えさ》に、京子に内緒で連絡先も交換できた」

「そーですかぁ……」

「そっちは？　もう、挨拶《あいさつ》できるくらいまでは関係を戻せた？」

聞かれて、ざわざわしていた気持ちが、一気にずんと沈む。

挨拶なんて……今日の放課後にばったり出くわしたけど、あの時まーちゃんは口すらきいてくれなかった。一か月前からずっとあんな調子だ。全然……戻れてなんかない。

……苦しい。

黙り込んだ私に、桂花ちゃんが状況を察したらしい。

「頑張ってよ。瑞希《みずき》ちゃんが駄目なら、私が衛くんをどうにかしないといけなくなる」

「わかってますよぉ……言われなくたって、そんなこと」

暗にまーちゃんに手を出すぞって脅《おど》されてイラッとする。

私と桂花ちゃんは、利害の一致で繋《つな》がった関係だ。

京子を憎み、とにかく苦しめてやりたい桂花ちゃんと、京子からまーちゃんを取り戻したい私たちは、二人を別れさせたいという願いが共通していて、手を取り合うことになった。

桂花ちゃんは、京子とまーちゃんを揺さぶる。

私はまーちゃんにアプローチをかけて、まーちゃんの気を引く。

そういう約束。

「明日、頑張って、声をかけてみまぁす」

話しかけて……もし、まーちゃんに拒絶されるかもって思ったら、足がすくむし、泣きだしそうになるけど……でも、やるしかない。このまま終われない。

桂花ちゃんが口元を緩めた。

「あぁ。私もしばらくは毎日京子たちと会うから、少しでも亀裂《きれつ》を入れられるよう頑張るよ」

すごく楽しそうにこんなことを言うなんて、この人は性格が悪いんだなぁ、と思った。

そもそも、京子を別れさせたいがためだけに東京から佐賀まできて、長期滞在するんだから、やっぱりどこか頭がおかしいのかも。変な人だよ。

「……そんなに京子を恨んでるのに、会って、気分が悪くならないんですかぁ？」

「なるよ。でも我慢はできるからな……あいつを別れさせるためなら、なんだってできる」

「ふーん……ほとんど逆恨みなのに、よくそこまで怒りが持続しますよねぇ」

ついつい、意地悪なことを言ってしまう。

でも桂花《けいか》ちゃんは怒らずに、苦笑して、「逆恨み、か……」と呟《つぶや》いた。

「瑞希《みずき》ちゃんにはそう見えるんだ」

「……グループが解散したのは、京子《きょうこ》が原因かもですけどぉ……今、桂花ちゃんに仕事がないのは、桂花ちゃんの実力不足のせいですもん。京子は悪くないし」

初めて桂花ちゃんと会った時、私は桂花ちゃんに「協力して、京子を別れさせない？」と話を持ちかけられた。でも、京子の親友なはずの桂花ちゃんがそんなことを言う理由がわからなくて、信用できなかった私は、まず最初に、何が目的なのか、桂花ちゃんに聞いた。

「京子がグループを勝手に解散したせいで、私のアイドルとしての未来が断たれたからだ」

桂花ちゃんは、そう答えた。

つまり、京子が独断でグループを解散して、桂花ちゃん個人にはあんまり需要がないから仕事がなくて、結果としてアイドルとして食べていけなくなったことを根に持っているらしい。

正直、がっかりだった。

私はカッコいい桂花ちゃんが好きで、だからあのグループでは桂花ちゃんを推してた。

なのに、あんな情けないことを言うなんて……失望して当たり前だよ。でも、そのおかげで、京子とまーちゃんを別れさせる仲間ができたと思ったら……ちょっと、複雑。

「ま、その通りだな……瑞希ちゃんは正しいよ。耳が痛い」

桂花ちゃんの手元の花火が燃え尽きた。

「へー。自覚はあるんですねぇ」

「……でもね。頭ではわかっているのに、心が納得しないことってあるだろ。私にとって、アイドルはあまりにも特別すぎた。チビの頃から神様を信仰するみたいにアイドルを想い続けてたんだ……それを気まぐれみたいに全部足蹴《あしげ》にされたら、逆恨みだとしても、なぁ……」

「そーですか。そんなにアイドルに執着してたなら、しょうがないですねぇ」

全然思ってもないことを言って、私はすっかり燃え尽きていた花火をバケツに入れる。

桂花ちゃんがどれだけアイドルを大切に思っているかなんて、興味ない。どーでもいい。

次は、どれにしよっかなぁ……うーん。

桂花ちゃんが合流して、線香花火って気分でもなくなっちゃったなぁ。

普通の手持ち花火でいっか。

取り出して、火をつけると、火花が勢いよく飛び出した。なんとなーく腕をクルクル回す。

走る光が線になって、視界に焼き付く。不思議な感覚。

「怖っ！」

火花が近くに飛んできたのか、桂花ちゃんが素早く立ち上がって私から距離を取った。

「周りをよく見ろ！　何のために二つも目玉がついてるんだ⁉　それは飾りか⁉」

怒られた。

「ごめんなさぁい……案外、怖がりですねぇ。人は見た目によらないなぁ……」

「あぁ……？」

「なんでもありませーん」

すごまれたけど、つーんと顔を逸《そ》らす。

「いい性格だな……！」

「よく言われまぁす」

桂花《けいか》ちゃんが顔を歪《ゆが》めた。

でもすぐ、呆《あき》れたみたいに「はあ」ってため息を吐《つ》いて、私の隣に戻ってくる。

「……きみ、友達少ないだろ」

「いるもん」

「あっそ……」

桂花さんが袋の中に手を伸ばした。

「……お、打ち上げ花火だ」

地面に置いて火をつけるタイプの大きな花火を取り出す。

嬉《うれ》しそうにそれを浜に設置すると、チャッカマンを手に取った。

「……まだ駄目ですよぉ。それは最後です。締めまで取っておいてくださぁい」

ぴしゃっと言うと、桂花さんが意外そうに私を見た。

「なんで？」

「……まーちゃんが、打ち上げ花火を、いつも最後まで取ってたから」

「あぁ。なるほどね」

桂花さんが花火を袋に戻した。

「また、衛《まもる》くんと一緒にできたらいいね」

「……そーですね」

「そのためにも、頑張ってあの二人の仲を引き裂いてやろう」

桂花ちゃんのその言葉に……私は、深く頷《うなず》いた。

二話

Mamorukun to ai ga omotai syoujotachi

森《もり》崎《さき》衛《まもる》

賢くて、慎重で、さらには全ての経験を血肉にして成長していく貪欲《どんよく》な人でもない限り、喉《のど》元過ぎれば熱さを忘れる、ということわざに実感が湧《わ》かないなんてことはないと思う。

人は体験した危険を、抱いたはずの危機感を、平穏によって忘れていく。

苦しみも恐怖も怒りも、悲しみも、教訓さえも、やがては思い出にしてしまう。

たとえそれらが完全に消えずとも、必ず色あせる時が訪れる。

それは欠点と美点、どちらにもなりうる、心の習性だ。

平穏を手に入れたのなら、人は恐怖を忘れてしまって、静かに過ごすべきだろう。

でも。一時的な安全の中で、もはや危機は去ったと思い込み、気持ちを弛緩《しかん》させ、結果的に手酷《てひど》い目にあったとすれば……

それはやっぱり、迂闊《うかつ》としか言いようがない。


桂花《けいか》さんと顔合わせをしたその日の夜。

夕飯に鉄板焼きを食べた後、ぼくらは、そのままカラオケへ向かった。

カラオケ。決して嫌なわけじゃないし、征矢《せいや》や他の友達ともたまに行くことがあるけど、歌を本職にしていた人たちと行くとなると、なかなか肩身が狭い。

かといって、未成年に許された夜遊びは限られているから、他に選択肢はないんだけど。

タクシーに乗って市内で一番大きなカラオケ店に向かい、ぱぱっと受付を済ませた。

パンクな格好の桂花さんに店員は少し驚いていたけど、二人の正体には気づかれなかった。

案内されたのは、少人数用の狭い部屋だ。ワンドリンクオーダー制だったので、まずは内線で飲み物を注文し、それらが届くのを待ってから、京子《きょうこ》たちがマイクを手に取る。

意外なことに二人ともアイドル時代の持ち歌をまったく歌わなかった。

京子は流行曲や有名なアニソンを、桂花さんは他のアイドルグループの曲ばかり選び、歌う。

仕事にしていたものをプライベートに持ち込みたくないのかもしれない。

二人の歌声を聞いて、ぼんやり思ったのが、桂花さんの方が上手《じょうず》だということだ。いや、そもそも二人とも異様に上手だから、誤差か、あるいは声質の好みの問題かもしれないけど。

ちなみにぼくはというと、やはり本職を前に歌を披露できる技術も度胸もなく、ひたすら聞き役に徹していた。元アイドルたちのミニライブだと思えば、むしろありがたみすらある。

と、思っていたら。

「衛《まもる》くんも歌いなよ」

気を利かせたつもりか、京子《きょうこ》が歌っている最中に、桂花《けいか》さんがリモコンを差し出してきた。

「あ、いや……ぼくは二人の歌をずっと聞いていたいです」

横目に京子を見つつ、やんわり断った。

「でも、聞いているだけじゃつまらないだろ……あ。もしかして、恥ずかしい？」

わかっているなら勘弁してほしい。こんな中で、素人《しろうと》のぼくが歌えるわけがない。

「まあ、二人の後に歌うのは、ちょっと……」

素直に頷《うなず》いたら、桂花さんが微笑《ほほえ》んで、ぼくの隣に詰めてきた。

「なら、一緒に歌おう」

「はい？」

「一緒なら恥ずかしくないよ。何なら歌える？　てか、好きな歌手は？」

距離が近い。

一つのリモコンを二人で覗《のぞ》き込む形になり、肩が触れ合いそうだ。

垂れた髪が邪魔なのか、桂花さんが細く長い指で丁寧《ていねい》にかきあげ、耳にかける。

露《あら》わになった耳朶《じだ》には、いくつものピアスが見えた。

単純なもので、それだけで「大人だ」と思う。

桂花さんとぼくは二つしか年が離れていないけど、とてもそうは見えない。

間近に迫るその横顔は、鼻筋がすらりと通っていて美しい。

濃いメイクが施され、かつ薄暗い部屋であってもなお、顔の作りの良さがうかがえる。
妙に良い匂いもするし……あぁ、やばい。
なんだか心臓がバクバクしてきた。
緊張してきたかも……いけない。これは、いけない。
絶対によくない。
「桂花さん、ちょっと近すぎで…………、っ!?」
言いながら、息継ぎでもするような気分で顔をあげて、ぎょっとする。
ぼくらをじっと見つめる京子と、視線がかち合った。
京子は、モニターではなく、ぼくらを凝視《ぎようし》しながら歌っていた。
その瞳には、あまりに強い重力が宿っている。
恐ろしい形相でもないのに……吸い寄せられるように、目を逸《そ》らせない。
呼吸が詰まる。
向けられた視線に込められた意図を理解するより先に、ただ、まずい、とだけ思った。
桂花さんはリモコン操作に夢中で、京子の視線に気づいていない。
「……あの」
曲が間奏に入り、ぼくはそっと横にずれて、桂花さんから距離を取った。
京子は無言でぼくらを見つめ続ける。

「……気を遣ってもらって、ありがたいんですけど」

京子《きょうこ》にまで届くよう、声を張って、桂花《けいか》さんに話しかける。

「京子と一緒に歌ってもいいですか？」

桂花さんが「ん？」とリモコンから顔を上げた。

そして、ようやく京子の視線に気付いて「あぁ」と呟《つぶや》いた。

「悪い」

「なにが？」

マイクを通して、京子の声が部屋中に出力され、響く。

桂花さんがぼくを一瞥《いちべつ》した。

「……彼ピが暇そうだったから、ついベタベタ構ってしまった。悪い」

「え？　……やだな、全然気にしてないよ？　桂花ならわかるよね？　私がそんな器の小さい人間じゃないって。もー、やめてよね」

京子が朗《ほが》らかに言った。だけど、目が微妙に怖い……気がする。

「……だから、ほら。デュエット曲でもなんでも選んで、二人で歌いなよ。ほら」

桂花さんは答えなかった。代わりに、ぼくにリモコンを手渡しながら、小声で「京子と歌う曲選んどいて」と囁《ささや》く。

そして、ずりずりと椅子《いす》の上で尻《しり》を引きずって京子の隣まで移動し、弁明を始めた。

「拗《す》ねるなよ。私が悪かった。ごめんて。お前の彼ピを取ったりしねーよ」

「だから別に怒ってないってば。ていうか桂花、なにか勘違いしてるよね？」

「いやいや、普通に目がこえーから。それで怒ってないは無理があるわ」

「はあぁ？」

二人のやり取りには、気心が知れた者同士の気安さがある。だけど同時に、仲が良いからこその無遠慮さが、口喧嘩《くちげんか》を誘発しそうにも見えて、不安になってくる。

慌てて「京子」と二人の間に割って入る。

桂花さんに何か言おうとしていた京子が「なに？」とこっちを向いた。

「あ、と、その……次、一緒に歌わない？」

「は？　桂花じゃなくて、私と？　なんで？」

京子が小首を傾《かし》げた。なんとも自然な仕草だが、これは素の疑問なのか、皮肉なのか……

いや皮肉だな。間違いない。

ということは、これは嫉妬《しっと》してくれている、ということで、いいのだろうか……？

……わからない。京子がぼくに関して嫉妬するというのは、どうにも現実味が薄い。

「桂花さんじゃなくて、京子と歌いたい。京子が良い」

はっきり言うと、京子がわずかに目を見開いて……ぷいっとモニターに向き直った。

「……あっそ。じゃ、この曲終わるまで待ってて」

そして何事もなかったかのように、中断していた曲を再び歌いだした。

歌声は安定していて、相変わらず上手《うま》い。

どうやら、機嫌を取れたらしい。

よかった……そう、胸を撫《な》で下ろしたら、桂花《けいか》さんと目が合った。

申し訳なさそうに手を合わせられ、思わず苦笑を返した。

桂花さんは悪くない。彼女はぼくを気遣って、申し出てくれただけだ。

問題があるとすれば、すぐさま桂花さんを突っぱねなかったぼくだろう。

いや、まあ……京子《きょうこ》が言ったように、実は京子はぼくと桂花さんのやり取りを全然気にしていなくて、ぼくらが過剰に反応しただけ、という可能性もあるにはあるけど……

いずれにせよ、今、京子は上機嫌に歌っている。

だったらことさら蒸し返す必要もないだろう。

静かに息を吐きながら、そう思った。


その後はぎくしゃくした雰囲気を引きずることもなく、心穏やかに過ごせた。

京子と一緒に一曲歌ったことでぼくも吹っ切れて、ヘタクソなりに好きに歌えたし、あと京子と桂花さんがアイドル時代の代表曲をデュエットで歌ってくれたりもした。

楽しかったな。

ただ、十八歳未満は夜の十時までには店から追い出される定めにある。

店員を誤魔化《ごまか》そうにも、ぼくは制服姿だし、もっと言えば童顔だ。これじゃ誰も騙《だま》せない。

そんなわけで、十時を少し回った頃に解散することになった。

楽しい時間はいつだってあっという間に過ぎ去っていく。

三人で同じタクシーに乗り込み、順番に家を回る。

ぼくは最初に下ろされた。住んでいるマンションが、カラオケ店の近くにあるからだ。

お金を出そうとしたら京子に断られ、おとなしく二人を乗せたタクシーを見送った。

完全に車が見えなくなり、エントランスに入る。

エレベーターに乗って、スマホで時間を確認すると、もう十時半だった。

最近は帰宅が遅くなりがちだけど、それにしても今日は特別遅い。

まあ……日をまたぎさえしなければ、平気だろう。多分。

母さんはぼくをあまり気にしていないし、父さんは仕事で家を空けていることが多く、凛《りん》も
この頃は干渉してこなくなったから……小言を言ってくる人間がそもそもいない。

最高だよ。天国のようだ。本当に。

十階で降りて、自宅の玄関を鍵で開けて、中に入る。

廊下は電気がついていなかった。でも、リビングから漏れた光でぼんやり照らされている。

かすかに、テレビの音が聞こえてきた。母さんがまだ起きているのだろう。

無視するのも具合が悪いのでリビングに入ると、予想通り、母さんがソファに座ってテレビを眺めていた。凛《りん》はいない。自分の部屋で勉強でもしているのかも。あるいは寝たか。

父さんは言わずもがな。

平和だな。

「ただいま」

声をかけると、母さんが顔だけで振り返って「おかえり」と言った。

そして、壁に掛けられた時計を見て「あら」と小さく呟《つぶや》く。

「……今日は特に遅いのね。連絡くらいくれてもよかったのに」

今の今までぼくの帰りが遅いことに気づいていなかったかのような反応だ。

実際、気づいていなかったんだろうけど。母さんはそういう人だ。

別にそれで落胆することは、もうない。

「ごめん。忙しくて。お風呂入ってくるよ」

「そう。湯船にお湯溜《た》めてないから、入りたければ自分で掃除しなさいね」

「シャワーだけでいいかな。あがったら、多分そのまま寝ると思う……おやすみ」

「おやすみなさい」

会話を切り上げて、自分の部屋で下着とパジャマを取って、浴室に向かう。

ゆっくりシャワーを浴びて、丁寧《ていねい》に髪と体を洗い、全身の汚れを落とした。

浴室から出て、タオルで体を拭き、ドライヤーで髪を乾かす。

そのまま顔に化粧水を塗った。洗面台の鏡を見ながら、優しく肌に染み込ませる。

スキンケアは、女装の一環として、凛に強制されてやり始めた。その凛と冷戦じみた関係になった今、強要はもうされないが、それでもまだ、毎日続けている。

もちろん、この機会にやめてしまえ、という考えがなかったわけじゃない。ケアを自主的に続けていると、未《いま》だに彼女に服従している気がしてきて、それなりに不快感がある。

坊主憎けりゃ袈裟《けさ》まで憎い、というやつだ。

ただ……京子《きようこ》が、ぼくの肌をよく褒めてくれるんだよな。綺麗《きれい》だねって。

だから、悩んだ末に、続けることに決めた。凛は憎いままだし、凛に服従していたことを思い出すのは業腹《ごうはら》だが、スキンケアに罪はない。

「……よし」

一通りケアして、パジャマを着こみ、歯を磨いてから、脱衣所の引き戸を開ける。

目の前に凛が立っていた。

パジャマ姿で、ジッとぼくを見下ろす凛と視線がかち合って、心臓が派手にはねた。

猛獣と出くわしたかのような衝撃に、一瞬で頭が真っ白になる。

なんで凛がっ……い、いや、落ち着け。

どう考えても、洗面台を使いたくて、廊下で待っていただけだろ……そうに決まっている。

ここのところ、挨拶《あいさつ》さえ交わさなかったんだ。今更、ぼくに用なんかないはず。

そう結論付けて、喉元《のどもと》までせり上がっていた悲鳴をどうにか呑《の》み込む。

半ば意地だ。

もう、凛《りん》には弱みを晒《さら》さない。いや、もちろん凛への恐怖は骨の髄まで染みていて、たった一か月じゃ克服できていないけど、それでも、これ以上いいようにされたくない。

脱衣所の出口を塞《ふさ》ぐように立つ凛から、視線を切る。

「……あぁ。洗面台ずっと使っててごめん。すぐ退《ど》くから、そこ通して」

目を合わせないよう俯《うつむ》いて、脱衣所から出るために凛の横をすり抜けた。

「触んな」

でも……凛に軽く触れた瞬間、肩を乱暴に突かれて、強引に脱衣所に押し戻される。

足をつっかけて、こけそうになり、ぎりぎりのところで体勢を整えて……

え？

非難するように睨《にら》めば、凛の目が、ぼくをまっすぐに捉《とら》えていた。

そこには隠し切れない苛立《いらだ》ちや怒りが滲《にじ》んでいて、幽鬼という言葉が思い起こされた。

「っ……」

たちまち身がすくむ……あぁ、くそっ、くそっ。

なに、こんな簡単にビビって……決意したんだろ!?

でも。

それはなけなしの勇気を振りしぼった末の、ぼくにとっての最大級の抵抗だった。

「……なに、するんだよ」気持ちを奮い立たせて、凛をきつく睨みつけた。「どいてよ」

だったら、もう凛なんか恐れるな……！

京子《きょうこ》に相応《ふさわ》しい男になるために、自分を変えるって！

「はあ？」

返ってきたのは、あまりに冷たい声。

「なんで私があんたの言うことなんか聞かなきゃなんないわけ？」

抑揚がない……感情を無理矢理抑えているかのような口ぶりだ。

それが、あまりに不気味で、凛を見つめたままぐっと息を呑《の》む。

「なんで、って……」

「そもそも、こんな時間まであんた何してたのよ。今、何時だと思ってんの？　え？」

ドンッ、と、ほとんど殴るような強さで、また肩を押された。

たたらを踏む。背中から洗濯機にぶつかった。鈍い音が響く。

痺《しび》れるような痛みが、打ち付けた背中と踵《かかと》に、じくじく滲む。

「ったぁ……！」

思わず呻《うめ》いた。でも凛は眉一つ動かさない。

路傍に転がった死にかけた虫でも見るような冷たい目だ。

怖い。そう思ってしまった。

慌ててその恐れを打ち消すように、口を開く。

「りっ……凛《りん》には、関係ないだろ……どこで、なにして、何時に帰っても……」

でも言葉はしどろもどろな上、声に力がないと自分でもわかってしまって……くそっ。

ほんの少し暴力を振るわれただけで、こんなに動揺して、決意まで揺らぐ。

情けない。今はそんな場合じゃないのに、自己嫌悪に陥りそうになった。

「とにかく、ぼくに、もう、関わらないでよ……」

返事はなかった。代わりに、肩を摑《つか》まれる。

指が強くめり込み、思わず顔をしかめたら……摑まれた肩を強引に引っ張られた。

「わ、わっ!?」

つんのめる。よろめいた。そこに、追い打ちのように足をかけられる。

一瞬の浮遊感。

あっ、と思った時には、全身に衝撃があって、仰向《あおむ》けで床に倒されていた。

肩や肘《ひじ》や腰……いや、とにかくあちこち全身が痛む。倒れた拍子に床で打ち付けたらしい。

「痛ぁ……」

「本気で言ってんの?」

顔をあげると、凛がぼくを見下ろしていた。
この状況はまずい。何をされても、抵抗できない。
危機感に突き動かされ、ほとんど反射で手を床についた。起き上がるために。
が。
「動くな」
強く胸を踏みつけられた。
躊躇《ちゅうちょ》もなければ、容赦《ようしゃ》もない。
ゆっくり体重をかけられていき、「ぐぅっ」と情けない声が漏れた。
ピンで刺された標本みたいに、あるいは杭《くい》で打たれたみたいに、抜け出せない。
「……次、勝手に起き上がろうとしたら、肋骨《ろっこつ》を踏み砕く」
大げさだ。でも、それがただの脅《おど》しじゃないことは、目を見ればわかった。
なにより、凛はこの手の脅しをブラフに使うことがない。
やると言ったら必ずやる。そういった嫌な信用がある。
ぼくがもう動かないと確信したのか、凛が「で」と言った。
「関係ないとか、関わるなとか、本気で言ったわけ？」
胸を踏みにじられて、恐怖心がさらに膨れ上がる。
でも。

「そ、そう……そうだよ……冗談で、こんなこと、言うわけないだろ……」

色々なものを堪《こら》えて、言い切った。

短い沈黙。ほんの数秒だろうか。

ジッ、とぼくを見つめていた凛《りん》が「最悪」と顔を歪《ゆが》めて吐き捨てた。

「さすがに甘やかしすぎたか」

「え？」

思ってもみなかった凛の発言に、思わず体に力が入った。

「あ、甘やかすって、凛がぼくを？　いつ？　そんな覚えは……いっ!?」

凛が一度足を持ち上げて、ぼくの胸を改めて踏みつけた。

肺の空気が全て押し出される。

本当に肋骨《ろっこつ》が折られてしまいそうな圧に、いよいよ口すらきけなくなった。

「ぐ、苦し、い……！」

「なんって恩知らずなの？　京子《きょうこ》と会うことも、毎日帰りが遅れることも、歯を食いしばって許してやってるでしょうが。ほんとムカつくわね……」

凛が上体をぐっと前に倒してきた。

ぼくを踏みつける足に重心を移して、前のめりになり、彼女の顔が近づいてくる。

もう耐えられない。両手で凛の足首を摑《つか》む。けど……凛は、びくともしなかった。

「衛《まもる》」

凛の顔が、目の先にまで迫ってきた。

長い黒髪がさらさらと垂れて、毛先がぼくの頰《ほお》に触れる。

「私が、なんで、あんたに、あの女と会うことを許してやってると思う？」

「あぁ、ど、どいて……！」

「絶対長続きしないからよ。あんな見てくれだけのクソ女、付き合ったところですぐ化けの皮がはがれて幻滅させられる。でも、馬鹿って実際に痛い思いをしなきゃ、何も理解しないじゃない。私が、親切心から忠告をくれてやっても、あんたは愚かだから、その正しさを理解できない。ならもう、しばらく好きにさせて、自分自身で間違いに気づかせてやる以外、ない」

滔々《とうとう》と語られた言葉は、到底理解が及ぶものではなかった。

あまりに決めつけが過ぎる。勝手な思い込みを根拠に、適当なことを言っているだけだ。

「でも、それにも限度はある。ねぇ……あんた、こんな時間まで京子と何してた？」

照明を背負い、垂れた髪に隠れ、凛の顔には影が差している。

だけどその目は爛々《らんらん》としていた。

「何も、して、ない……！」

「答えられないってわけね。はあぁ……失敗したわ。最低。小賢《こざか》しいことせずに、あんな女との交際、殺してでも止めないといけなかった。くそ。怒りで、頭がどうにかなりそう……」

胸にかかる重みが増す。もう、限界だ。

「てか、さぁ。あんたも、なんでわかんないわけ？　いつまでも、あの女に騙《だま》され続けやがって……愚図《ぐず》。ほんっとに愚図だわ。おかげでこんなことに…………えっ？」

ほとんど無意識に、無我夢中で、摑《つか》んだ凛《りん》の足首を横にずらしていた。

今にも肋骨《ろっこつ》が折れそうな苦しみに、もはや何も考えていられなかった。

火事場の馬鹿力とでもいうのだろうか。

「ひゃっ⁉」

凛が体勢を崩した。間抜けな声をあげて、滑って転び、あっけなく床に尻餅《しりもち》をつく。

「いっ……たぁ……！」

そして涙目で呻《うめ》く。

圧から解放されたぼくは、大きく息を吸って、立ち上がった。

逃げないと。今のうちに。

早く自分の部屋に……いや、家の外でもいい、とにかく凛から逃げなきゃ……！

踵《きびす》を返し、駆けだす。

「っ……逃げんなッ！」

けど二歩目を踏み出す前に、足首を摑まれた。

視界の端、這《は》うように手を伸ばし、ぼくの足首を摑んだ凛の姿がかすめる。

ふりほどけない。何もつかめない。身体《からだ》を支えられず、前のめりに倒れた。

信じられないほど強い力で足を引かれ、立ち上がれない。

怖い。

「離せ！」

「ふざっけんなよ!?」

凛の怒声。

一際強く足首を引かれて、次の瞬間、背中にのしかかられた。

「そんなに殺されたいってわけ!?　あぁ!?」

乱暴に髪を摑まれて、頭を持ち上げられる。首が、背中が、反った。

そのまま腰にまたがられ、両膝《ひざ》で体をがっちり挟まれて、さらにわき腹を片手で鷲摑《わしづか》みにされる。爪《つめ》が服越しに皮膚に食い込み、痛みが広がった。

身体をよじって凛を跳ねのけようとするけど、びくともしない。

馬乗りだ。完全に拘束《こうそく》された。まずい。

「あんたは私のモノだぞ!?　なのに、なんでそんな勝手なことっ……許さない！」

悲鳴のような叫びに、全身から血の気が引く。

凛がこんなに声を荒らげたのは初めてで……あぁ。殺される。

「離せってば！」

半狂乱になって叫んだ。

「私に指図すんな！　あんたが、私に！」

持ち上げられていた顔面を、床に勢いよく押し付けられる。脳が揺れた。

「私のモノが、私の、勝手にっ……私に！　あんたは、あんたは私のっ……！」

凛《りん》の怒声が途切れた……と思ったら、首に、焼かれるような、熱。

それは激痛へと変わる。

ブチッ、というおぞましい音が、直接肌を伝って鼓膜《こまく》まで届く。

意識が明滅した。息が詰まる。

「ふーっ！　ふーっ……！　ふ、うぅ、ぅぅ……うーっ！」

耳元の、何かを咥《くわ》えるような……凛の荒々しい息遣いがあまりに恐ろしい。

痛みと恐怖に、頭の中をぐちゃぐちゃにされて……自分でも信じられないほどの力が出た。

身体《からだ》をねじる。凛がぼくの上から転がり落ちて、体にかかっていた重さが消える。

ひどく痛む首を手で押さえ、よろよろと立ち上がった。

手のひらの、ぬとっとした感触に、怖気《おぞけ》が走る。

これ……この液体は、一体なんだ……？

「凛……」

凛はぺたりと床に座り、顔を真っ赤に染め上げ、口元を腕で覆い……湿気を含んだ目でぼ

くを見ている。いや待て。どうして、口元を腕で覆っている？

まさ、か……

おそるおそる、首にあてた手を離して、見てみれば……手のひらに、少量だけど、血が……

「うそ、だ……」

首から、血が出ている？　なんで血なんかが出る？

見れば、凛《りん》が口元を腕で覆っていて……あぁ。つまり、凛に、噛《か》みつかれて……

「あっ……あんたが、悪いんだから……！」

唖然《あぜん》としていたら、凛が語気を荒くした。

「あんたが、私を、裏切ったから……！」

ふっ、と気が遠のいた。

信じられなかった。

もちろん……凛に暴力を振るわれたことは、これまでに幾度もあった。でもそれは殴るとか蹴《け》るとか、ある種まともな……まだ十分に、理解の及ぶ暴力だった。

でもこれは違う。ぼくを組み敷き、血が出るほど強く首を噛むなんて。

そんな常軌を逸した暴力性を発露する人間は、もう……獣と何も変わらない。

正気じゃない。どうかしている。

無意識に、一歩、二歩と、後ずさって、凛から離れる。

理解できない……理解できないものは、怖い。
怒りはもうさっぱり消え失せていた。残ったものは、恐れだけだった。
「衛《まもる》……」
ゆらっ、と凛が立ち上がった。
その瞬間、弾かれたように駆けていた。
振り返らずに自分の部屋に逃げ込む。
内側から、全体重をかけて、ドアを押さえつけた。
心臓が拍動していた。思考がまとまらない。
やがて、ぎっ、ぎっ、と廊下を歩く足音が聞こえてきて。
その足音は、部屋の前で止まり……
だけど、どれだけ時間が経《た》っても、凛は部屋に入ってこようとはしなかった。
ずっと。ずーっと。

◆

一晩中ドアの前に座り込み、一睡もできないままに朝を迎えた。
当然のように気分と体調が最悪だったけど、さすがに学校は休めない。

気だるい。意識に逆らおうとする身体《からだ》に鞭打《むちう》って、のろのろ立ち上がる。

恐る恐るドアを開けて、隙間《すきま》から廊下をうかがうと……凛《りん》の姿はなかった。

足音はしなかったはずだけど、いつの間にか自分の部屋に戻ってしまったらしい。

くそ。いないとわかっていれば、ベッドで多少なり眠れたのに……いや。そうでもないか。

この精神状態じゃ、どのみち安眠はできなかった。

嚙《か》まれた首筋に、指先でそっと触れる。

傷は小さいし、血もとっくに止まったけど、菌が入ったのか、じくじく痛んだ。

「……最悪だ」

軽い頭痛と吐き気、それに節々の痛みを堪《こら》えながら、身支度を整えて家を出た。

リビングで母さんと顔を合わせたけど、昨晩の騒ぎについては特に何も言われなかった。

あれだけ派手に暴れていたのだから、よっぽど熟睡していなければ、気づいたはずだけど
……自発的には、ぼくらの問題に関わりたくないのだろう。

まあいい。凛に関して、両親に何かを期待する段階はとうに過ぎた。

生活費や学費を出してくれるなら、それで十分だ。

登校し、強烈な睡魔と倦怠感《けんたいかん》に抗《あらが》いつつ、授業を受けた。

何度か意識を飛ばすうちに、昼休みを迎える。

昨日に続いて征矢《せいや》と弁当を食べる約束をしていたから、普段つるんでいる友達に断りを入れ

てから、待ち合わせ場所へ……いつもの校舎裏へと向かう。

炎天下、肌を焼く日差しに目を細めながら歩く。石垣の前には、すでに征矢がいた。

「おっせぇよ」

松の木が作る陰の中で、ヤンキー座りした征矢が言った。

その手には購買部で買ったらしいパン二つが握られ、地面にはストローがささった紙パックの紅茶が置かれていた。大層ガラが悪い。

でも、そのガラの悪さが、征矢にはこの上なく似合っている。

「ごめん。四限目が少し長引いた」

弁明して、征矢の隣に腰を下ろす。

地べたに座り込むと、征矢が眉間《みけん》に皺《しわ》を寄せてぼくの顔をジッと見つめてきた。

「……なに？」

「顔色やべぇな。大丈夫か？」

てっきり追加で文句を言われるかと身構えたら、むしろ逆に心配された。

あぁ、と頷《うなず》いて、自分の目の下に触れる。今朝、鏡を見たら、そこには濃い隈《くま》があった。

「寝不足だよ。ただの」

「ほーん……京子《きょうこ》さんたちとオールでもしたんか？」

「ううん。十時過ぎには解散した。それより、はい、これ」

持ってきていたビニール袋から、小さい色紙を一枚取り出した。

桂花《けいか》さんのサイン色紙だ。実は昨日、カラオケ店で書いてもらっていた。

今日も征矢《せいや》と昼に会う約束をしたのは、これを渡すためだ。

征矢が「マジか」と受け取って、サインを眺めて嬉《うれ》しそうに頬《ほお》をほころばせた。

珍しい反応だな。でも、そんな征矢を見て、ぼくも一仕事終えた気分になる。

「さんきゅ」

「ううん。こっちこそ、征矢にはいつも助けてもらってるから」

袋からおにぎりを取り出す。登校時にコンビニで買ったものだった。

寝不足だからかあまり食欲がわかないけど、でも何も食べないのも体力的に不安だ。

包装を剝《は》ぎ、海苔《のり》に包まれたおにぎりをかじる。

「……何味?」

「ツナマヨ。カロリー高いのがいいよね」

「カロリーなんか気にしたことねぇよ…………で?　昨日はどうだった?」

「楽しかったよ。征矢も来たらよかったのに」

「行かねぇよ。何度も言わすな」

「京子《きょうこ》と桂花さんがカラオケでミニライブしてくれたのにな。生歌、えぐかったよ」

征矢が一瞬固まった。

でもすぐに「ほぉん……あっそ。よかったな」とか言って、パンをかじる。

明らかに動揺している。なるほど。推しと個人的な繋《つな》がりを持ちたいとは思わずとも、間近で生歌を聞けるとなれば話は別だったのだろう。もったいない。

「次、カラオケに行くことがあれば改めて誘うよ」

「だから行かねぇって。それより、首どうした？」

征矢の視線の先には、ぼくの首筋がある。

そこには、絆創膏《ばんそうこう》が三つ並べて貼られている。嚙《か》み傷を覆い隠すためだ。

「これ？　えーっと………凛《りん》に嚙み付かれて、血が出たから」

少し悩んだけど、素直に答えた。

実姉に首を嚙まれて出血したなんて、普通はドン引きされることだから、隠さなきゃいけないけど……征矢には、凛とのあれこれについて散々愚痴《ぐち》ってきたし、隠すにしても今更だ。

それに、昨日のことを誰かに吐き出してしまいたかった。一人で抱え込むには、少し重い。

「嚙まれた……？」

「うん。昨晩、帰りが遅くなったせいで凛がブチギレて、風呂上がりに襲われたんだよ。床に押し倒されて血が出るまで嚙まれちゃった」

さすがに征矢も絶句している。凛の異常性を十分に知る征矢で、こういう反応か。

やっぱり征矢以外には打ち明けられないな。

絆創膏《ばんそうこう》を剝《は》がして、征矢《せいや》に嚙《か》み痕《あと》を見せる。

「見てよ。完全に紫色に変色してるでしょ？　やばくない？」

「くそやべぇわ。嚙むて。あの人いよいよイカレたのかよ？」

「凛《りん》は常にイカレてるけど、まあ、暴力の方向性は変わったよね。びっくりだよ」

「……なんかマーキングみてぇだな」

征矢の何気ない感想に、思わず顔をしかめた。

マーキング。凛にその意図があったかは定かでないが、妙にしっくりくる。

なにせ凛は、ぼくを自分の所有物だと思い込んでいる。

馬鹿らしい。人が人を所有するなんて、そんなことあってたまるか……そりゃあ、少し前までは、ぼくは凛に全然逆らえなくて、服従して、女装なんかもさせられていたけど……

「……はあ。家に帰りたくないなぁ」

不快感を覆い隠すように、剝がした絆創膏を貼り直す。

「おばさんは何も言わなかったのか？」

「全然。期待するだけ無駄だね。助けを求めても、ほぼ間違いなく凛の肩持つだろうし」

「どうしようもねぇな」

「ほんとねぇ……今、凛の顔見たら吐くかも。ばあちゃんに頼んで、泊まらせてもらおうかな」

「なんなら、うち来るか？　一日くらいなら多分いけるぞ」

征矢が言った。

心が揺れたけど、すぐに首を横に振る。

「ありがたいけど、いきなりお邪魔したら冬美《ふゆみ》さんたちに迷惑だし、遠慮するよ」

征矢には年の近い姉と妹がいる。二人とは知らない仲じゃないし、仲良くしてもらってもいるけど、それでも異性がいきなり家に泊まるとなれば、いい気はしないだろう。

なによりぼくが気まずい。

「あいつら多分お前が家に泊まっても、気にしねぇぞ」

「そうかなぁ……でも、やっぱりまずはばあちゃんに聞いてみるよ」

「あっそ。じゃ、駄目だったらいつでも連絡くれや」

「ありがと」

やはり持つべきものは友達だな。大丈夫だろうけど、もしもばあちゃんが泊まらせてくれなかったら、ありがたく頼らせてもらおう……と、そう考えていたら。

「こんなところにいたぁ」

聞き覚えのある、間延びした女の声がした。

ぎょっとして、顔をあげる。

少し離れたところに瑞希《みずき》がいた。しかも、一直線にこちらへ向かってきている。

辺りを見渡しても、ぼくら以外の人影はない。

つまり、ぼくらに用があるということか……？

「おいおい……こっちきてねぇか？」

征矢《せいや》が顔を歪《ゆが》めた。相変わらず瑞希《みずき》への嫌悪を隠そうともしない。

でも、その態度の悪さを咎《とが》める気にはなれなかった。

征矢が瑞希を蛇蝎《だかつ》のごとく嫌う、その理由を知っているからだ。

「ぽいね。なんだろ」

予想通り、目の前まで来た瑞希が、立ち止まる。えー……。なんて言葉をかけよう。それとも向こうが口を開くまで待つべきか？

迷っていたら、瑞希が控えめに微笑《ほほえ》んだ。

お尻《しり》の辺りのスカートを手で押さえ、しゃがみ込み、目の高さを合わせてくる。

「こんなに暑いのに、外でご飯食べてるんだぁ」

ぼくらはもう完全に決別したはずで、実際昨日まではそういう雰囲気だった。

なのに、瑞希はあの出来事の前みたいな距離感で、話を振ってきて……軽く混乱する。

この子は一体、何を考えているんだ？

「……えと。ぼくに用？」

ぶっきらぼうに返した。

「うん。ちょっと、お話いーい？」

そっと両手を合わせて、ちょこんと小首を傾《かし》げられる。

数えきれないほど見た、瑞希のおねだりの仕草だ。

疎遠《そえん》になる前は、このポーズに何度理性を溶かされたことか。

隣の征矢に目配せする……が、征矢はこちらに目をくれず、ただ黙って瑞希を見つめていた。

何か言いたげだけど、口は閉じられている。今は、口出しをする気はないらしい。

「……別に、いいけど」

いくら仲が拗《こじ》れたとはいえ、こうも下手《したて》に出られたら、話も聞かずに追い払うのは難しい。

だけど快く頷《うなず》くこともできないから、不承不承《ふしょうぶしょう》な感じを押し出しつつ、了承する。

瑞希が「よかったぁ」と安堵《あんど》したように、肩を小さく上下させた。

かと思えば、胸元に片手を当てる。ずむっ、と、大きな胸に瑞希の手が沈んだ。そして、大きく息を吸って……自分を奮い立たせるように「んっ」と頷き、ぼくの目を見つめてくる。

くりっとした、大きくて綺麗《きれい》な二つの瞳が……少し内側に向いた二つの黒目が、ぼくを捉《とら》える。

内斜視《ないしゃし》。瑞希の中で、ぼくが好きだったところの一つだ。

「まーちゃん……………まーちゃん、あのね……？」

言いにくそうに、だけどそれでもぼくから目を逸《そ》らさず、ゆっくりと言う。

うん、と頷いたら、瑞希が一度、呼吸を整えた。

「な……仲直り、したい……です」

勇気を振り絞ったんだとわかる、今にも消え入りそうな声だ。

……正直なところ、瑞希《みずき》が現れた時点で、もしかしたら、という予感はあった。

だから驚きはない……ないけど、返す言葉がまったく出てこなかった。

感情が目まぐるしく形を変えている。今の気持ちを、一つに定められない。

意志は否定的な方へ大きく傾いている。当然だ。

ぼくは京子《きょうこ》と付き合っている。だから、京子を何より大切にしなきゃならない。

ここで瑞希を許して仲直りするなんて、それは京子への不義理だ。

それに、ぼく自身も、瑞希に酷《ひど》いことをされたんだから、道理として許すべきじゃない。

でも。

瑞希が怯《おび》えるように目を伏せて、下唇をきゅっと噛《か》み……沙汰《さた》を待つ恐怖がありありと感じられる。それがたとえようもなく可哀想《かわいそう》で、許してあげたいと思ってしまう。

……いや。絆《ほだ》されちゃだめだ。

そんなものは優しさじゃない。自分を悪者にしたくないと思う、ただの保身だ。

「悪いけど、無理だ。ぼくは瑞希を許したくない」

京子のことを思い浮かべ、はっきり言い切った。

瑞希がゆっくり頭を下げる。

「……ごめんなさい。私、は……まーちゃんを、たくさん傷つけたよね……」

答えずに黙っていたら、瑞希が顔を上げた。

「謝ったくらいで許されないのは、わかってるの……」

いつの間にか、涙が潤んだ目で、ぼくを上目遣いに見てくる。

「でもっ……でもぉ……寂しい、よぉ……」

「寂しい？」

うん、と瑞希が頷《うなず》いた。

「信じてもらえないかもしれないけど、私、まーちゃんのこと、大好きなの。すごく大事な友達だから……目すら合わせてくれないのは、本当に、寂しい……」

小さく震える声に、嗚咽《おえつ》が混じりだす。

瑞希がふるふると首を振った。

「……あのね？　また、好きになってほしいとか、そんな厚かましいことは言わない。ただ、顔を合わせて、自然に挨拶《あいさつ》できたら……それだけでも、十分だから……」

切実さがひしひしと伝わってくる。

どうしよう。自分がとても酷いことをしているような気分になってきた。

「……それ、マジで言ってんのか」

おもむろに、征矢《せいや》が口を開いた。

何かを暴こうとするかのように、鋭い目つきで瑞希《みずき》を見つめる。

「あんなことしといて仲直りとか、てめぇサイコパスかよ」

言葉は酷《ひど》いけど、ぼくのために言ってくれたんだと思うと、咎《とが》められない。

瑞希が目を伏せた。

「鵜野《うの》くん、ひどいよ……」

「どこがだよ。てめぇマジでもう引っ込んでろ。これ以上余計な火種をまき散らすな」

「どうして、そんなこと言うの……？」

「被害者面《づら》すんな。衛《まもる》はようやくお前から解放されたんだよ。今は、必死に京子《きょうこ》さんと幸せになろうとしてんの。衛のことを思うなら、金輪際《こんりんざい》ほっといてやれ」

征矢《せいや》が野良犬を追い払うように「しっし」と手を払った。

「……私、鵜野くんとも仲直り、したいのに……そんなこと、言わないでよぉ……」

ん？

ありえない言葉が飛び出して、瑞希を凝視《ぎょうし》してしまう。

「……寝ぼけてんのか？」

征矢も信じられないといったように、怪訝《けげん》な顔を瑞希に向けた。

二人は犬猿の仲だ。

征矢が瑞希を死ぬほど嫌っているように、瑞希も征矢を同じだけ嫌っている。

征矢と瑞希が罵《のの》り合うところを何度も見てきただけに、にわかには信じられなかった。

一体どういう心境の変化だ？

「それって本気で言ってる？」

尋ねたら、瑞希が「本気だよぉ！」と声を荒らげて頷《うなず》いた。

「じゃなきゃ、わざわざ、まーちゃんが鵜野くんといる時に来ないもん！　まーちゃんとだけ仲直りしたいなら、鵜野くん邪魔だから、教室で話しかけてる！」

それは……たしかにそうかも。

「本当に、昔みたいに、三人で仲良くしたいの！　最近、中学の頃のことをよく思い出して……あの頃は本当に楽しかったなぁ、って……あの頃に、戻りたいよぉ……」

征矢がため息を吐《つ》いた。

「どの口で言ってんだ。俺らの関係ぶち壊したのはてめぇだろ」

「だから、後悔してるもん！　あと、反省も…………二人とも、本当にごめんなさい。もう、馬鹿なことしないから……許して、ください……」

「ごめんで済むことか、これ」

「すまないかもだけどっ……でもっ！　私たち、小さい頃からの仲っ……幼馴染《おさななじみ》なんだよ!?　なのにこのまま疎遠《そえん》になるなんて、悲しすぎるよ！　わ、私、何度でも謝るから……！」

だから、お願いします。

そう、瑞希《みずき》が頭を下げた。

「……はぁ。だってよ」

征矢《せいや》がえもいわれぬ顔でぼくを見た。

こうも下手《したて》に出られたら、征矢といえども強く拒絶できないようだ。

なんだかんだ根が善良だから、白旗《しらはた》を振る人間は殴れないらしい。

あるいは、征矢もぼくらの関係について思うところがあるのかもしれない。

「どうする？　もう、お前に任せるわ」

「ん、うーん……」

瑞希の言い分は、心情としてはよくわかった。

小さい頃からの仲がこれっきりというのは、たしかに残念だし収まりが悪い。

なにより、少し前までは、ぼくも昔みたいな関係に戻りたいと思っていた。

瑞希が言うように、三人でつるんでいた頃は、本当に楽しかったのだ。それに、昨晩の凛《りん》とのあれこれで心が参っているのか、人とのつながりをことさらに求める自分もいる。

でもなぁ。そうは言っても、やっぱり問題は大きい。

瑞希との仲直りは、先月、瑞希と戦ってくれた京子《きょうこ》を裏切ることにつながる。

どうするべきか………いや。

最初から、答えは決まっていたじゃないか。

「悪いけど、やっぱり無理」

京子としっかり向き合うと決めた以上、これ以外の答えなんかない。

瑞希が口元を歪《ゆが》めた。

「そっ……かぁ。そう、だよねぇ……まーちゃん、もう、彼女がいるもんねぇ……」

そう言って悲しげに笑う瑞希に……ため息を吐《つ》いた。

やっぱり、ぼくは弱いのだろう。

歩み寄ってきた幼馴染《おさななじみ》を、一方的に突き放せない。負い目を感じる。

「……一応、京子に話してみるよ」

瑞希が「え？」と目を見開いた。

「瑞希と仲直りしてもいいか……まあ、きっと駄目だろうけど、一応聞いてくる。でも、あんまり期待はしないでよ。ぼくも、京子を怒らせてまで仲直りはしたくないから」

それは、ぼくにできる精一杯の妥協だ。

恋愛的な未練はもうないけど、それでもやっぱり瑞希はぼくの幼馴染で、積み重ねてきた時間もあって、情も残っている。できるなら仲直りしたい。昔みたいに征矢を交えて遊びたい。

だから、問題は、京子がどう思うかだけだ。

「っ……それで、十分だよ」

瑞希が小さく笑った。

「ありがとう、まーちゃん」

お礼を言われても、断られる可能性の方が高いから、頷《うなず》くに頷けない。

なんとなく隣を見たら、征矢《せいや》と目が合った。

「……京子《きようこ》さん、ブチギレそうだな」

冷静な突っ込みに、少しだけ気が滅入った。

宵《よい》ケ《が》峰《みね》京子《きようこ》

「明日は、福岡の観光とかどう？」

衛《まもる》を含めた三人でカラオケを楽しんだすぐあとのこと。

拾ったタクシーで家に帰りながら、私は隣に座る桂花《けいか》に明日の予定を振った。

「夕方から自動車学校のコマ取っちゃったから、朝から福岡に出て、昼過ぎまで適当に回ってこっちに帰る感じで考えてるんだけど」

ちなみに衛はもういない。森崎《もりさき》家がカラオケから一番近いから、真っ先に降ろした。

今は、桂花が泊まるホテルに向かってる。

「行くとしたら、博多《はかた》と天神《てんじん》かな～……門司港《もじこう》はさすがに遠すぎるし、太宰府《だざいふ》も距離微妙だし……でも糸島《いとしま》くらいなら……いやどうだろ、やっぱ時間的に無理かも」

指を折りながら、時間内に回れそうな場所をピックアップしてく。

けど桂花が「待て待て。なんで福岡？」とか言って話の腰を折ってきた。

「せっかく佐賀にきたんだから、佐賀を案内してほしいんだけど」

ごもっともな意見だけど、それって佐賀に住んだことがないから出てくる言葉だな。

「佐賀に案内するような場所はないよ」

「そんなわけがあるか。ネット見たら色々出てくるぞ」

「観光地はね。でも全体的に渋いんだよな。年取れば楽しめるかもだけど」

「えー……つっても、福岡はもう何回も行ったろ？」

「行ったって、それ全部仕事だったじゃんよ。鬼スケジュールで毎回とんぼ返りだったから、博多駅と福岡空港とホテルの部屋の記憶しかないんですけど」

「まあ、そうだけど……じゃ、日を分けて、佐賀も福岡も両方案内してくれ。私、こっちに何日かいるし」

「別に、良いけど……じゃあ、近場だと、稲作発祥の地の遺跡とか、秀吉《ひでよし》が朝鮮出兵した時の城跡とか、あと近年になって天守閣が作られたお城があるけど、どれか興味ある？」

「ない。佐賀市とか伊万里《いまり》市には何がある？」

「そっちは私もあんま行ったことないんだけど。有名なのだと、弥生《やよい》時代の遺跡とか？」

「遺跡多くね？　それ以外は？」

「あとは、とっ、と……伊万里《いまり》のどっかに河童《かっぱ》のミイラがあるかも。行く?」

「……行かない」

「ほらみろ。観光するなら絶対福岡がいいって。しかも、ここからならバスか電車一本で天神《てんじん》に行けるんだよ? 佐賀はね、美味《おい》しいご飯ならたくさんあるけど、遊ぶ場所はないの」

「えー……」

「あと私、新しい水着が欲しくて、だから天神に買いに行きたいんだよ」

「あぁ、そーいう……その水着って、衛《まもる》くんに見せるのか?」

一瞬フリーズ。

衛に見せるために水着を買う、ってフレーズが気に入らなかった。いやまあ事実ですけども。

そりゃ復讐《ふくしゅう》するために、水着姿くらい見せますよ? ええ。変な意味とかないぞ。

「だね。ちょっと攻めたの着て、かるーく誘惑してやろっかなと」

「ふうん……通販じゃダメなのか? 三愛とかで買えばいいだろ」

「せっかく桂花《けいか》がいるから、現物見ながら一緒に選びたいんだよ」

「……じゃ、仕方ないな」

そんな感じで話もまとまった。

で、時間は飛んで翌朝。

朝からバスセンターで桂花と待ち合わせて、高速バスで天神へ向かう。

小一時間でついた。やっぱ近いな。地元最高。

「暑……あれ？」

日銀前のバス停で、バスから降りた桂花が景色をぐるっと見渡して、呟《つぶや》いた。

「なに？」

「いや、なんか……九州一の繁華街とかいうわりには、建物が全体的に低くない？」

「あぁ。空港がすぐ近くにあるから、この辺は高さに制限あるんだって」

私は別に建物が低いとは思わないけど、都会っ子な桂花にはそう見えるらしい。

「あーね……空港が街に近いのも考えものだな」

桂花は今日も派手なパンクファッションだ。

ただ、地元を歩く時みたいな悪目立ちはしてなくて、すれ違う人たちも桂花を一瞥《いちべつ》こそすれ、じろじろとまでは見てこない。天神くらい大きい街だと、桂花以外にも奇抜な人が多いしね。

「で、まずは水着だっけ？」

「ん」

予定としては、まず買い物を済ませて、荷物をロッカーに預けてから観光って感じだ。

「近くにパルコとソラリアがあるから、行こ」

それにしても水着を買うなんて中学の頃以来かも。

仕事じゃ色んな水着を着たけど、それって全部現場で用意してくれてたしな。プライベートで海やプールに行くこともなくて、ここ数年は水着を買う理由がなかった。

「パルコ？　福岡まで来て、どこにでもあるパルコ？」

「大きいとこ行っとけば間違いないでしょ。ほら、地下街通ってこう。涼しいし」

天神《てんじん》には巨大な地下街があって、大通りのそこら中に出入り口がある。

この辺の大きいお店は大体地下街と直通で、当然地下には信号機なんか無いから、離れたところに向かうなら地下街を通った方が早く着く。

バス停の近くにも入り口がある。そこから地下街に降りた。

薄暗くてひんやり涼しいそこは、人がひしめいてた。

夏休みってこともあって、地下街のテナントはどこも混んでる。

「お。雰囲気あるな」

桂花《けいか》が物珍しそうにきょろきょろ見渡す。

「独特だよね。昔のフランスをイメージしてるんだっけ……？」

「へー……夜の街並みとか？」

「街じゃなくて、劇場だった、ような…………んー、知りたきゃネットで調べて」

地下街は照明が控えめ。

もちろんテナントの中は普通に明るいけど、通路はぼんやりしてる。そこに天井の不思議な模様やら石畳の床が合わさって、独特な雰囲気が形作られてた。

私はこの雰囲気が結構好き。でも独特すぎて好みがはっきり分かれるのか、子供の頃の衛《まもる》なんかは地下街を異様に怖がってた。だから、安心させるために手を引いてあげてたっけ。

あの頃の衛は、天使みたいに可愛かった……いや待て。

でもあいつ、当時はとっくに瑞希《みずき》ちゃんに片思いしてたんだよな？　あんな可愛い顔して、私に手を引かれながら、他の女のことを考えてたって……そう思ったら、ムカついてきた。

一刻も早くあいつを私に骨の髄まで惚《ほ》れさせて、捨てて、同じ思いをさせてやらなきゃ……

「……じゃ、ソラリアから行こっか」

無限に湧《わ》き上がる怒りを力に変えて、人でごった返す地下街を進む。

マジで見てろよ。水着姿の私にべた惚れしたって、今更手遅れだからな……！


理想の水着と巡り合うまでに、二時間かかった。

冷静に考えて、水着選びに二時間はマジで馬鹿。

でも桂花との買い物っていつもこんな感じで、あれでもないこれでもないって本気で言い争いながらテナントをいくつも回って吟味《ぎんみ》するから、時間が無限に必要になる。

「腹減ったなぁ」

会計を済ませてビルの外に出たら、桂花がぼそっと呟《つぶや》いた。

「そーね、もうお昼だしね。桂花がふざけるからこんな時間になっちゃった」

少し嫌味っぽく返す。

ていうのも、桂花《けいか》が私に極端に露出が高いものばっかり勧めてきたからだ。目的が目的だからそりゃ多少の肌見せは我慢するけど、過激なＩＶ《イメージビデオ》でしか着ないような布面積極小なものばっかり勧められたら話は別。当然桂花が推した水着は全部却下してやった。

「ふざけてないわ。衛《まもる》くんみたいな奥手を惚《ほ》れさせたいなら、とにかく肌を出すべきだろ」

桂花がぶすっと言い返してきた。

まだ言うか。

「露出が多いほどいいって、そんな単純な話でもなくない？」

「でも、衛くんは京子《きょうこ》の水着グラビアを見ても、特に反応しなかったんだろ？　だったら少なくともそのグラビアよりは攻めないと駄目だって」

「写真と実物は違うから。少し攻めたくらいの水着でも、私が着て、目の前にいけば、それで十分なんだよ。だって私だよ？　私の、生の水着姿だよ？　あと、衛に見せたグラビアって全然過激じゃなかったし、それと比べても仕方なくない？」

「馬鹿。そんな慎重なことばっか言ってるから、朝山《あさやま》に衛くんを横取りされたんだぞ」

「うっさい。瑞希《みずき》ちゃんの話はやめて。もうやっつけたんだし」

「やっつけた、ねぇ……？」

「なによ。やっつけたでしょ。てかね、衛は純粋で無垢《むく》なの。桂花が選ぶような下品なのを着ってたら逆効果だから。絶対引かれる。どうしてそれが……」

「あーあー！　はいはいわかった、わかりました！　私が間違ってました！　……だからいつまでたっても衛くんに女として意識されないんだよ。先が思いやられる」

「なんか言った!?」

「言ってませぇん」

桂花が面倒くさそうに唇を尖《とが》らせた。

まったく……一着選ぶのに二時間もかかるわけだ。私が可愛いのを選んでも、桂花が全力で否定してヤバいの持ってきて、それをさらに拒否して、その繰り返しだったし。

ま、最後はちゃんと良いのを選べたけどね。

買ったばかりの水着が入った手提げ袋を見る。中には、サイドとバックの肌見せがあるフリル付きのタイトなワンピースに、シアーでガーリーなトップスのセットが入ってる。

ワンピースは体の線がはっきり出るけど、フリルとトップスで最終的なシルエットは可愛くなるし、肌見せ部分も透けて薄くしか見えないから、下品にならない範囲で攻めてる感があってすごくいい。桂花は「微妙。露出以前になんかダサい」みたいな感じで納得してなかったけど、でも水着に関して桂花の意見はあてにならないってわかったから、聞き流した。

ま、本気でアドバイスしてくれてたのはわかるし、一緒に買い物するのは相変わらず楽しかったけどね。でもそれはそれで、これはこれ。

とにかく、これ着てそれなりにアプローチかけたら、衛《まもる》だってクラッとくるはず。よし。

「水着はもういいから、昼飯にしようぜ。私、久しぶりに豚骨ラーメン食べたい」

桂花《けいか》がばっさり話を変えた。

たしかに、もうすっかりお昼時だ。

「いいね。せっかくだし、有名なお店に行く？」

「行く行く」

スマホで近場の人気店の場所を調べてそこへ向かう、と……

「うわ、やば」

少し歩いた先にあったお店は、平日なのに馬鹿みたいに混んでた。

店外にまでずらっと人が並んでるんですけど。

「ラーメン店だから回転は速いと思うけど……どうする？　よそにいく？」

確認すると、桂花が「いや、ここでいい」って行列の最後尾に並んだ。

「また一々調べて移動する方が面倒だ」

「そか」

「けど、これに並んでたら、もう観光は無理そうだな……自動車学校って何時からだっけ？」

「五時。だから三時過ぎのバスには乗りたいな……あと二時間ちょいか」

「やっぱ観光には時間が足りねー」

水着選びに時間をかけすぎた。もう天神《てんじん》か博多《はかた》の散策くらいしかできそうにない。

見通しが甘すぎたか……くそ。

せめて、自動車学校のコマがもう少し自由に取れたら……

ここ最近になって、私が通う自動車学校は講習のコマが取りにくくなった。

理由は明白で、夏休みになって県外に進学してた大学生たちが帰省して、地元で免許を取るため大挙して自動車学校に入学してきたからだ。ここ数日はコマの争奪戦が激しくて、今日もこんな中途半端な時間しか取れなかった。

せっかく桂花が来てくれたのに、タイミングが悪すぎて泣ける。

「ほんとごめん。桂花がこっちにいるうちに、また福岡に来よう」

「そうだな」

なんて話してる間に、行列が少し進む。

やっぱり客の回転が速そうだ。

「……食べたあとはどうしよっか。買いたいものとかある？」

「タワレコに行ってもいいか？　さすがにあるよな？」

「あったと思う。アイビスの新曲？」

「そう。配信はダウンロードしたけど、ＣＤはまだでさ」

桂花《けいか》がスマホを取り出して、音楽アプリのプレイリストを表示した。

見れば、アイビスの新譜が入ってた。

「配信も現物も買うってなかなかだよね」

「あいつら、友達みたいなものだし」

アイビスっていうのは私らの後輩アイドルグループで、デビュー時に私らの姉妹グループってとこを強調されてた。だから私らも数えきれないくらいコラボに駆り出されて、おかげでがっつり面識がある。

ま、ある程度あっちにも固定ファンが付いてからは、一気に関わり薄くなったけどね。

でも桂花だけは個人的に応援を続けてて、なんなら今じゃ普通にファンと化してる。

元々桂花って重度のアイドルオタクで、私らのグループの人気が絶頂だった頃でさえ予定が合えば自分でチケット取って他のアイドルのライブやイベントに参加してたくらいだ。

だからアイビスのメンバーたちにも慕われてて、未《いま》だに相談に乗ったりご飯を食べに行ったりしてるらしい。ユーチューブのチャンネルにもよく出てるみたいだし。

私も彼女たちと連絡先の交換はしたけど、最初の頃に何回かやり取りしたっきりだ。よくわかんないけど、私、あの子らに怖がられてたっぽいんだよな。解せぬ。

「アイビス以外にも買いたいＣＤがあるから、ついでに探そうかな」

桂花が五つのアイドルグループの名前をあげた。

一つだけ聞いたことがあって、残りは全部知らないグループだった。

どこでそんなマイナーなアイドルの情報を手に入れてくるんだか。光るものがあると感じたらすぐ飛びつくのは、さすがドルオタって感じだ。ただ、その推しが気に入らない方向へ活動を広げればあっさり切り捨てる潔癖さもあって、だから桂花の推しはころころ変わる。

今あがった五つのグループのうちのいくつかが、半年後も桂花に推されてることやら。

「ね。その中で、一番気に入ってるグループってなに？」

私自身は芸能界を卒業してからそっち方面への興味がすっかり失せちゃったけど、でも桂花の推しくらいは把握しとこうかなって、聞いた。

「……特別贔屓《ひいき》にしてるのはないな。全部横並び」

「ふうん……じゃ、今まで推してきた全部の中で、一番良かったのってなに？」

桂花が私を見た。

何故か、そのまま見つめ合う……え、なにこの妙な間。

「桂花？」

促したら、桂花が「あぁ」って苦笑いする。

「……ぱっと、思いつかないわ」

なんか違和感。

でも、わざわざ聞き直すまでのことじゃない……よね？

「そか。じゃあいいや。後でタワレコ行こ」

「おいっすー……そういや、海はいつ行くんだ？」

桂花《けいか》が、水着が入った私の買い物袋を見た。

「衛《まもる》くん、夏休みも普通に学校あるから、海に行ける日ってあんまなくないか？」

「あぁ……ほんとそれよ。マジで予定くるったよねー……」

衛から夏期講習について聞いたのは、実は数日前だ。

おかげで、夏休みにあいつを落とすための作戦は大体全部パーになった。

思うんだけどさ。そういう大事なことって、普通彼女には早めに言わない？

あのアホが。

「行けるとしたら、土日と……お盆休みだけか。お盆って、もうクラゲ出るっけ？」

「さあ？　その辺から出始めるかも。わかんね」

「出ちゃうかぁ……じゃ、八月頭辺りまでの土日に行こっかな」

「な、今週の土曜とかどう？　せっかくだし、一緒に行かない？」

ん？　ってなった。

一緒に……？

「もちろん、邪魔でなければだけど」

なんて付け足されて、ちょっと悩む。

はっきり言うけど、邪魔は邪魔。

もちろん桂花はかけがえのない親友で、一緒に色んなとこに遊びに行きたい……けど、だ。

さすがに海は衛と二人きりがいいかも。だってデートって名目で誘うつもりだし……あと、
桂花ってスタイル良いから、水着姿を衛に見せるのはちょっと……ねえ？

あんまいい気がしないっていうか、私の水着姿がかすむかもしれないし……

でも、わざわざ佐賀まで来てくれたのに、断るのもなぁ。

んー…………ま、いっか。

衛とは、別な日に改めて二人で行けばいいし。

「……いいよ。三人で行こ」

桂花が「え、マジ？」と意外そうな声を出した。

「自分で言っておいてなんだけど、断られると思ってた。邪魔じゃない？」

「別に。桂花が帰った後に、改めて二人で行けばいいだけだし」

「あーね、たしかに」

「けど水着は？　さすがに持ってきてないよね？　このあと買いに行く？」

聞くと、桂花が「いや」と頭を振った。

「今日は、もう水着は見たくないな……」

「わかる」

「ま、当日までに用意するわ」

「そ」

◆

教習後に晩ご飯を一緒に食べる約束をして、桂花《けいか》と地元のバス停で別れた。

で、自動車学校に向かう前に一旦《いったん》おばあちゃんちに寄って、荷物を置いてくことに。

別に重くはないし邪魔ってほどじゃないけど、水着を持ち歩くのはなんだか抵抗がある。

あとおばあちゃん家はバス停のすぐ近くで、経由してもそんな手間じゃないし。

「ただいまー……あ」

鍵を開けて玄関に入ったら、衛《まもる》の通学用の白いスニーカーがあった。

そういえば、もう学校が終わる頃か。どうしよ。晩ご飯、衛も連れてこうかな？

桂花なら嫌がらないだろうし、置いてくのも可哀想《かわいそう》だし。

でも連れてったら桂花がお金出そうとするんだよなぁ。

「あらおかえり。てっきり夜まで帰ってこないと思ってたわ」

うぬぬ、って頭を悩ませてたら、台所からおばあちゃんがひょっこり顔を出した。

相変わらず無駄に元気で声が大きい。どこからそんなエネルギーが湧《わ》くんだろ。

わりと謎。

「ただいま。荷物置きに帰っただけだよ。晩ご飯は友達と食べるから」

「あらそう？　……あっ。そういえば衛が今日はうちに泊まりたいんですって」

「え？　なんで？」

「それがまた凛《りん》と大喧嘩《おおげんか》したみたいなのよ！　昨晩は一睡もしてないとか言うし！」

「凛と大喧嘩……」

「ほんと仲が悪くて心配ねぇ。というか、雅美《まさみ》も雅美だと思わない？　昔から事なかれ主義だったけど、まさか人の親になっても変わらないなんて。浩紀《ひろき》さんも滅多に家に帰らないみたいだし、私、親の方針が森崎《もりさき》家の子たちに悪く働いてると思うのよ。だから……」

「ねえ、ちょっと衛と話してきていい？」

まだ何か喋《しゃべ》りたそうにしてるおばあちゃんを強引に遮った。

ほっとけば、このまま永久に喋り続けそうな勢いだし。

「あらごめんなさいね。仏間で寝てるんじゃないかしら？　あの子、死にそうな顔してたし」

「ん、わかった。ありがと」

居間に荷物を放り投げて仏間に入ると、衛が座布団を枕にして畳の上でぐうすか寝てた。

仰向《あおむ》けで、男子にしては薄い胸板がゆっくり上下に動いてる。

傍《そば》に座って顔を覗《のぞ》き込むと、死人みたいなひどい顔色だった。

目の下には濃い隈《くま》があるし、肌もちょっと荒れてる気がする。

額にはうっすら汗が滲《にじ》んで、苦しそうな顔もしてる。

悪夢でも見てるのかも。

凛《りん》と何があったのか聞きたかったけど、これは起こせない。

そっと前髪に触れて、指先で優しく梳《す》いた。

「……大丈夫？」

起こさないよう小声で囁《ささや》いた。

何度も言ってるけど、私は衛《まもる》を死ぬほど恨んでる。それに偽りはないし、復讐《ふくしゅう》は必ず遂げるつもりだけど……今は、衛に同情的な気分だった。

憎しみと親愛。人の心って、なぜか対立する二つの感情を共存させる。

私がどれだけ衛を男として恨んでても……親戚《しんせき》としての愛情は、そう簡単にはなくならない。

本当に嫌いなんだよ。死んだって許せない。

でも、衛が私と無関係なことで苦しんだら、それはやっぱり心配してしまう。

この矛盾した心の在り方に気付けたのは、先月の事件のおかげだ。

自覚して衛を追い詰め、自殺の手前まで追い込んだ瑞希《みずき》ちゃんに、ブチギレたあの時。

私は……衛を強く深く恨む一方で、衛を大切に思う気持ちが残ってることを自覚した。

感情ってほんとに面倒くさい。嫌いで、憎んでて、復讐するつもりなのに、大切なんだもん。

いっそ完璧《かんぺき》に嫌えたら、どれだけ楽か。

「昨日、私と別れてから何があったの……？」

さらさら髪を撫《な》でながら、小さい声で尋ねる。

もちろん返事はない。ていうかあったら困るけども。

「……はあ。やっぱ美少年だよなぁ」

無防備に寝てるから、かな？

衛の顔を、心から素直に、綺麗《きれい》だって思えた。

本当に綺麗なんだよ。苦しんでる顔ですら美しいんだ。

私……この顔が好き。ううん。顔だけじゃない。

さらさらな髪質も、小柄な体躯《たいく》も、匂いも、澄んだ綺麗な声も……ちょこちょこしてる細かい仕草も、気弱なくせに妙に芯が通ってる性格も……全部全部、心の底から大好き。

女の趣味以外は、完璧なんだよな。

代わりがきかない、かけがえのない、唯一の存在。

なのに……そんなに大切なのに、どうしても許せない。違うか。

大切だからこそ、許せないんだ。

ため息がこぼれそうになった。

「……凛に、なにされたの？　最近、ずっと平和だったのに…………………ん？」

襟に隠れててわからなかったけど、首に何かが貼り付いてる。なんだろ……絆創膏《ばんそうこう》？
大げさに三枚も並べて貼って、よっぽど大きな傷でもできたのかな？
昨日までなかったから……そっか。きっと、凛《りん》にやられたんだ……いや、待てよ。
喧嘩《けんか》して、首を怪我《けが》させるって、ありえる……？
あんまりないような……そもそも首って滅多に怪我しなくない？
でも、だったらなんで絆創膏なんか……まさか、キスマークとか？
思いついた瞬間に、自分で「いや、まさか」って否定した。
いくら凛が正気を疑うレベルのブラコンでも、それはない。絶対ない。ありえない。
……じゃあ、これは、一体なに？
一度貼り直したのか、絆創膏はよれて、端がぺらっと浮いてる。
めくれたとこをジッと見つめたら、痣《あざ》みたいなものの端が見えた。
普通の怪我っぽくないな……ほんとになんだろ？
しばらく悩んで、腹を決めた。
指を伸ばして、浮いた端を摘《つま》んで、ゆっくり、ぺりぺり、剝《は》がしていく。
やけに粘着力が弱い。やっぱり一回剝がしてるっぽい。
簡単にペロンとめくれて……え？
「なにこれ……」

紫色に変色した嚙《か》み痕《あと》が出てきた。どう見ても人の歯型。小さいかさぶたもある。

つまりそれって……誰かに、血が出るまで嚙まれたってこと……？

誰がこんなこと……いや。凛だ。凛以外ない。

まるで印をつけるみたいに、目立つとこに、血が出るまで嚙み付くなんて……

絶対わざとだ。私に見せつけるために、こんな傷痕《きずあと》を残しやがった。

胸にドロッとした感情が広がる。

「ふざけんな……！」

衛《まもる》に干渉してこなくなったから放置してたけど、やっぱり駄目。

あの女とは……一度、しっかり、話し合わないと。

朝《あさ》山《やま》瑞《みず》希《き》

自分の家を好きだと思えたことが、あんまりない。

温かい思い出みたいなのがほとんどないから、愛着がわかないんだと思う。

仕方ないよねぇ。

お母さんは水商売をしていて、お昼に家を出たら明け方まで帰ってこない。休みの日も誰かと遊びに出かけたり、お客さんとデートをしたりして、生活リズムが全然違うから、顔を合わせることがあんまりない。

お父さんなんて、たまーにしか帰ってこないし……ていうかあの人、今なにしてるのかな？

まあ、もう、どーでもいいけど。みんな勝手にすればぁ？　って感じだよ。

慣れたもん。家に一人でいることに。

とにかくそーいう家だから、誰かを呼ぶことってほとんどなくて、今までいた五人の彼氏はもちろん、友達すら招待したことがない。

まーちゃんだけは、中学の頃までは、遊びに来てたけど。でもそれだけ。

「今日は、瑞希《みずき》ちゃんの家で話さない？」

だから、桂花《けいか》ちゃんをうちに招き入れるのは、かなり抵抗があった。

でも未成年の私が夜中に長居できるような店はこの辺にはないし、だからって毎回海まで行くのも面倒だし……結局、ゆっくり話をするには、うちに呼ぶしかなかった。

別に電話で済ませてもいいけど、うち、ワイファイないからギガがもったいないし。

「お邪魔しまー……うーわっ!?」

そんなわけで、数年ぶりに他人を……桂花ちゃんを家に招いたんだけど。

そしたら桂花ちゃん、うちに入った瞬間に、悲鳴をあげやがった。

「きたなっ!?」

私もお母さんも片付けが苦手だから、家の中はいっつも散らかってる。

床には洋服とか下着が脱ぎっぱなしだし、ゴミが入ったコンビニ袋もそこらにある。

ポストに入れられるチラシは全部床に放ってるし、ミニテーブルの灰皿にはお母さんが吸った煙草《タバコ》の吸い殻がうずたかく積まれて、すぐそばにはお酒の缶とか瓶が並んでる。

あと台所には洗い物も溜《た》まってるし。

「あ、そっかぁ。これって、普通は汚いんですよねぇ……ごめんなさぁい」

でも普段からこんな感じで、私はもう何も感じなくなっていた。

別に問題なく住めるからいいもん。これでも、最低限の家事はやってるし。

「……瑞希ちゃん」

茫然《ぼうぜん》と部屋を眺めていた桂花ちゃんが、真顔で私を見た。

「これは駄目だろ……まずは部屋を片付けよう」

「えー……そんなのいいですよぉ。座る場所も、ちゃんとあるじゃないですかぁ」

「ないよ。てか、こんなところにいたら病気になる」

「ひっどーい！　なりませーん！　子供の頃から生活してるけど、元気でーす！」

「私が嫌なんだよ。いいから片づけるぞ。使い捨てのビニール手袋くらいあるよな？」

桂花ちゃんが玄関で靴を脱いで、ずんずん台所へ向かっていって、勝手に引き戸を開けた。

もー……！

「よし、ちゃんと一式あるな」

そして中をあさってビニール袋とゴミ袋を取り出すと、床に散らばるゴミを詰めていく。

「ちょっとぉ！　勝手に荒らさないでくださいよぉ！」

「元々荒れてるだろ。これ以上ひどくなりようがない。それに、片づけながらでも話はできる。瑞希《みずき》ちゃんは散らかった服と下着をまとめて……おい、ふくれるなよ」

別に部屋を片付けるのはいいけど、指図されるのは気に食わないなぁ。

……って気持ちが顔に出たみたい。しぶしぶ服を拾い集めていく。

しばらく二人とも無言で掃除をしてたけど、ゴミ袋が一つパンパンになったところで、桂花《けいか》ちゃんが「瑞希ちゃん」と声をかけてきた。

「今日、やっと衛《まもる》くんに仲直りしようって話しかけたんだって？」

手を止めて、桂花ちゃんを見た。

そのことはまだ桂花ちゃんに伝えていないのに。

「……どーして、知ってるんですかぁ？」

「衛くんから聞いた。さっきまで京子《きようこ》と衛くんの三人で遊んでたんだよ」

「ふーん。なんでまーちゃんが、桂花さんにそんなことを言ったんです？」

「私じゃなくて京子だよ。京子に、学校でこういうことがあったけど瑞希ちゃんと仲直りしてもいいですか？　っておそるおそる伺《うかが》いを立てて、それを横で聞いてただけだよ」

その言葉に、全身が強張《こわば》った。

「……へぇ？」

まーちゃん、さっそく京子に聞いてくれたんだ。

そっかぁ……でも、京子が、駄目って言ったなら……

まーちゃんは、もう、私と話してくれないかも……

……怖い。京子がどう答えたか聞きたいけど、聞きたくない……

でも……ううん、ちゃんと、聞かなきゃ。

「なんて言ってましたぁ？」

「京子？　……死ぬほど嫌そうにぶつくさ文句を吐いていたけど、最後は、彼氏の交友関係にまで口を挟みたくないから好きにしろ、って言ってたな。私もちゃんとサポートしたぞ。ま、詳しくは、衛くんに直接聞けばいい」

安心して、力が抜けて、腕に抱えていた服を落としそうになった。

よかっ、たぁ……

「そーですかぁ……」

また、まーちゃんと話せるんだ。

ここのところずーっと澱《よど》んでいた気持ちが、ちょっとだけ晴れた。

「よかったね」

「……まーちゃんが京子に確認を取るって言いだした時は、もう、駄目かもって」

「鵜野《うの》くんを巻き込んだのが上手《うま》かったな。衛《まもる》くんだけじゃなくて、幼馴染《おさななじみ》二人と仲直りしたいって言葉は……まあ、普通に怪しいんだけど、それでも反対しにくいよな。京子《きようこ》の奴《やつ》、衛くんの前では良識のある大人な女性として振る舞おうとするから、断れなかったんだろ」

「へぇ。馬鹿みたい……ふふっ。鵜野くんを巻き込んで、よかったぁ……」

「あっ。でも京子、二つ条件を出してたわ」

「はい？」

「校外で瑞希《みずき》ちゃんと二人きりにならないことと、校内でも鵜野くんといる時だけしか会わないこと。この二つを守れば文句は言わない、だってさ。やっぱり相当警戒されてるな」

「……ちッ」

なに、その馬鹿みたいな条件。信じられない。

鵜野くんが一緒だと、余計な口出しをされて、色々邪魔をされちゃう……本当に、あの人は意地悪。性格が悪くて、ずる賢くて、汚い。

許してくれて、ちょっとだけ見直してあげようかなって思ったのに……無理。大嫌い。

まーちゃんも、京子に義理立てしてるから、簡単には目を覚ましてくれないだろうし……

やっぱり、ゆっくり時間をかけて、ちょっとずつ、説得していくしかないかぁ。

でも、話さえできるようになったなら、もう問題はない。

だって……まーちゃんが本当に好きなのは、私だもん。

毎日、ちょっとずつでも話せたら……きっと、遠くないうちに、それを思い出すはず。そうに決まってる。

「……で、どう？　一応衛くんと話せる感じにはなったけど、うまくやれそう？」

「すぐには、無理そうですねぇ」

答えたら、桂花《けいか》ちゃんが私を一瞥《いちべつ》して、ゴミ袋の口を縛った。

新しいゴミ袋を開いて、次々ゴミを入れていく。

「だよな」

桂花ちゃんが呟《つぶや》いた。

その声が、少し冷めているみたいに聞こえて、ドキッとする。

あれ……？

「ま、会話も制限されて……なにより、衛くんが今は京子しか見ていないんだから、そう簡単な話じゃないか。なかなか上手くいかないな。どうしたもんかね」

「……でもでも、まーちゃんが私をまだ大好きなことは絶対ですから、時間さえあれば、どーにかなりますよぉ？　今は、焦っても仕方ないです」

「そう？」

「劇的に、ぱーっとさっぱり解決なんて、しません」

「……そうだな。今は、こつこつやっていくしかないか」

「そーですよ」

頷《うなず》いたら、桂花《けいか》さんが視線を切って、ゴミ拾いに集中し始めた。

だから、私も、散らばった服を拾い集めて、洗面所へ持っていく。

すると。

「……駄目かな。これは」

ぼそっと、背後から、そんな声が聞こえてきた……気が、した。

……でも、きっと、気のせいだよねぇ？

だって、私以外に、京子《きょうこ》からまーちゃんを引きはがせる人なんていないもん。

桂花ちゃんも、まーちゃんには興味ないって、言ってたし……

うん……

三話

森《もり》崎《さき》衛《まもる》

Mamorukun to ai ga omotai syoujotachi

　スマホの目覚まし機能で目を覚ましたら、木目調の天井板と、そこから吊《つ》り下がった四角くて和風なペンダントライト型の照明があった。

　電源を入れるための紐《ひも》が、照明からぷらりと一本垂れていて、手を伸ばせば指が届きそうな高さでゆらゆら揺れている。

　照明は切れているけど、障子の向こうで朝日が照っていて、紙から透けた陽光に、畳が薄く照らされていた。

　背中はふかふかした柔らかな敷き布団に包まれている。

　いつもとは違う朝の光景。

　自宅ではない部屋。

　ばあちゃんの家の、仏間。

「よく、眠れたなぁ……」

　自然とそんな言葉が口をついて出た。

枕元で振動を続けるスマホを止めて、起き上がると、仏壇に立てかけられた遺影のじいちゃんと目が合う。いつもの気難しそうな顔だ。

心の中で「おはようございます」と挨拶《あいさつ》をして、掛け布団代わりのタオルケットを横に丸めた。

立ち上がって背伸びをする。

「んー……ふーっ！　……よし、目覚めた」

仏間から出て、ダイニングに入ったら、ばあちゃんが台所で朝ご飯を作っていた。

焼き魚の香ばしい匂いが漂ってくる。

「おはよう」

「あら、おはよう！　よく眠れた？」

ばあちゃんが、甲高い声で挨拶を返してくれた。

朝から元気だなぁ、と思いながら「うん」と頷《うなず》く。

「おかげさまで、ぐっすりだったよ。手伝えること、何かある？」

「そうねえ、もう少しで朝ご飯だから、京子《きょうこ》を起こしてくれる？」

「わかった」

居間から出て、階段を上がって、二階にある京子の部屋へ向かう。

扉をノックする……けど、返事がなかった。まだ寝ているのだろう。

「あけるよー……」

ゆっくり扉を開けて、一歩、京子の部屋に踏み入る。

京子はベッドで熟睡していた。半袖シャツに短パンというラフな部屋着姿だ。

タオルケットを蹴《け》り飛ばし、お腹《なか》がぺろっとめくれて見える。

白くて、ほどよくくびれた、綺麗《きれい》な腰つき。

無防備すぎる。いや、自宅だから当然だけど。

引き寄せられる視線を意志の力で剝《は》がして、口が半開きになった寝顔を見る。

なんだか、いけないものを目にしている気分だ。

「……おーい？」

煩悩《ぼんのう》が膨らむ前に、遠くから声をかけた。

だけど起きない……無理もないが。

昨晩、ぼくは京子と桂花《けいか》さんの三人で遊んだ。ぼくは前日に徹夜したこともあって、眠気に抗《あらが》えず先に切り上げたけど、京子はその後遅くまで遊んだはずだ。

できればもう少し寝かせてあげたいけど、ばあちゃんに頼まれたからなぁ……

「朝だよ。京子、起きてー……」

なんて、入り口付近から声をかけ続けるけど、京子は身じろぎだけして、そのまま沈黙。

覚醒の兆しがまるでない……こんなに寝起きが悪かっただろうか？

「……入るよ？」

少し後ろめたさがあったけど、こうなると仕方がない。

それに、まあ、今更か。京子《きょうこ》の部屋にはもう数えきれないほど入ってるし。

「起きて。朝だよ」

ベッドの傍《そば》まで行き、めくれたシャツをそっと直して、肩を優しく揺する。

「ん、うぅ……」

薄目が開いた。瞼《まぶた》の奥の黒目が震えるようにわずかに動き、目が合う。

京子はすっぴんだけど、それでも、その辺りのメイクをしっかり施された女子よりずっと綺《き》
麗《れい》で、見惚《みと》れそうになる。さすがは元トップアイドル。顔立ちが抜群に良い。

「まもる……？」

京子の目がさらに大きく開いて、少しかすれた声でぼくを呼んだ。

「うん。おはよう」

微笑《ほほえ》むと、京子もにへっと笑顔を返してくれた。

「おはよ……」

そして、ふわふわとそう言って、上体を起こすと、ぼくの腰の辺りに抱き着いてくる。

「んー……ふふっ……」

ぼくの腹に顔を埋めて、だらしなく笑う京子に、ドキッとする。

自分でもわかるくらい、胸の拍動が強くなっていく。

「ちょっ…………いや、まあ、いいけど」

京子《きようこ》の背中に手を回すと、薄いシャツの下に、京子の背中の柔らかさと……あと、ナイトブラの紐《ひも》を感じた。しっかり細いのに、女の人特有の柔らかさがあって、ほのかな体温も伝わってくる。シャツはじっとりしていた。わずかに寝汗が滲《にじ》んでいる。

生々しい存在感。

ぼくの顔のすぐ下に京子の頭があって、彼女が日頃使っているシャンプーの香りがした。

……なんか、いいな。こういうの。

そうして、どれくらい抱き合っていただろうか。

「……ん？　…………んんっ!?」

急に、京子が勢いよくぼくから離れた。

そして、驚いた顔でぼくを見上げてきて……みるみる、顔全体を赤くしていって。

不可解な反応だ。「どうしたの？」と尋ねる。

ぷいっと顔を逸《そ》らされた。

「え、別に？　……あぁ、おはよう」

二度目の挨拶《あいさつ》。声が、さっきまでと比べてかなりはっきりとしている。

完全に目が覚めたようだ。少し残念な気持ちになる。

「おはよう。もう朝ご飯だって」

「うん……うん、了解。でもごめん、すぐ行くから、先に行ってて」

京子がそっぽを向いたまま言った。

表情は見えないけど、髪から飛び出した耳が真っ赤に染まっている。

もしかすれば、今の行動は、京子にとっては恥ずかしいことだったのかもしれない。

たしかに京子が甘える姿は今まで見たことがなかった。

でも……正直、かなりよかったけどな。

「わかった……ねぇ、京子？」

「なに」

「今の甘えた感じ、すごく可愛かったから、またやってくれたら嬉《うれ》しいなぁ、なんて……」

「なあっ⁉」

京子がすごい声をあげて、ぼくを振り返った。

さっきよりもさらに顔が赤くなっている。

「なっ、なっ……！」

今にもわなわなというオノマトペが聞こえてきそうな表情だ。

しかも、感情が昂《たかぶ》りすぎたのか、ろくに言葉を発せず口をぱくぱくさせている。

まずいかも。

「えーっと、なんでもない。じゃあ、先に行くね」

慌ててそう伝えて、京子《きようこ》が返事をするより早く部屋を出た。

少し調子に乗りすぎたか。

でも……トントントン、と逃げるように階段を下りながら、思う。

ギャップって、破壊力があるんだなぁ。

◆

「まーちゃん」

昼休みに入ってすぐのこと。

校舎裏に行くために廊下を歩いていたら、遠慮がちに肩を叩かれた。

振り返ると、予想通り瑞希《みずき》がいて、上目遣いにぼくを見ていた。

「……あぁ、瑞希」

「きょーこさんには、もう、私のこと、聞いてくれたぁ？」

軽く小首を傾《かし》げられる。

それは、好きだった子の、好きだった仕草だ。

瑞希への未練は、もうない。それは断言できるし、断言しなくちゃならない。

だけど……そういった好意の残滓《ざんし》に、思うものが何もないかと言えば、それは嘘《うそ》になる。

なんて面倒くさいのだろう。感情を、スイッチ一つでさっぱり切り替えられたらいいのに。

何も感じてはいないと自分に言い聞かせるよう「聞いたよ」と、フラットに返した。

「普通に話すくらいなら、大丈夫だって」

瑞希が「よかったぁ」と微笑《ほほえ》んだ。

「じゃあ、これで、仲直りだね」

「……そうだね」

あんなことがあったばかりなのに、こんな簡単に仲直りをする自分たちが、不思議だった。

でも逆に、こういうのは時間がたつほどに拗《こじ》れていくのかもしれない。

だからきっと、幼馴染《おさななじみ》と仲直りできたことそれ自体は、喜ばしいことであるはずだ。

「今朝から全然話しかけてくれないんだもん。駄目だったのかと思ったよ」

「ごめんね。なんとなく、話しかけづらくて……今日中には伝える気ではいたんだけど」

「もー……まだ壁はあるかもだけど、できれば朝一で教えてほしかったなぁ」

「だからごめんって。あ、でも、前みたいにベタベタはしないでね」

「…………、わかってますぅ！　そんなことしないもん！　私をなんだと思ってるの？」

釘《くぎ》を刺したら、瑞希がぷーっと頬《ほお》を膨らませた。

たかだか一か月ぶりなのに、こういったやりとりを、無性に懐かしく感じた。

こんなことを思ったら、本当はいけないのかもしれないけど……少しだけ、嬉《うれ》しい。

「ぼくの気持ちを何年間も弄《もてあそ》んでいた、悪女かな」

だから、自戒する意味も込めて、酷《ひど》いことを言った。

ぼくも瑞希《みずき》も、二人ともを嫌な気持ちにさせる言葉を。

瑞希がほんの一瞬、顔を強張《こわば》らせた。

だけどすぐに、にへっと笑う。

「ひっどーい！」

「いや、事実だし……それじゃ、ぼく、征矢《せいや》とお昼の約束してるから」

「あっ！　それ、私も行っていい？」

歩き出そうとしたら、瑞希が前に回り込んできた。

耳を疑う。

「えっ……いや、それは……さすがにまだ、早くない？」

「そんなことないよぉ！　だってだって、私、鵜《う》野くんとも仲直りしたんだよぉ!?　せっかくだし三人でお昼ご飯食べたい！　……ね、駄目ぇ？」

少し甘えるような仕草に、うっ、と息が詰まる。

けど、瑞希の言い分も、もっともだ。瑞希は元々ぼくだけじゃなくて、征矢との仲直りも望んでいた。そして征矢がぼくに判断を委ねた以上、その結果を確認するためにも一度三人でご飯を食べたいという瑞希の主張は、わからないでもない。

それに、京子《きょうこ》も征矢が一緒ならある程度一緒にいても良いみたいなこと言っていたしな。

「……わかった。でも、いつも一緒に食べてる友達はいいの？」

「あぁ。私、最近ハブられてるから、全然平気」

さらりと言われて、ぎょっとする。

「ハブ……？」

「うん。私がこないだまで付き合ってた、とーまくんっているでしょ？　あの人、最近私の悪口を言い回ってるみたいで、それがねぇ……私のグループに、変に影響しちゃったんだぁ。

それで今は、ちょっと変な空気なの。知らなかった？」

「あー……全然気づかなかった」

最近、瑞希の方をできるだけ見ないようにしていたから、わからなかった。

少しだけ、瑞希に同情的な気持ちになってしまう。

もちろん、とーまくんを弄んだ瑞希にも、少なからず非はあるけど。

「ね。だから、しばらく私も、まーちゃんと鵜野くんのお昼に混ざっていーい？」

これは断りにくいな……

んー……

「征矢が一緒の時なら、別にいいけど……」

どうしても突っぱねられずに頷《うなず》くと、瑞希《みずき》がパッと笑顔になった。

「やったぁ！　ありがとー！　まーちゃん、大好き！」

「大好きはやめてよ」

思わず突っ込むと、瑞希が「ごめぇんね！」とはにかんだ。

……安請け合いしたけど、大丈夫かな、これ。


瑞希を校舎裏に連れて行ったら、案の定、征矢《せいや》とひと悶着《もんちゃく》あった。

でもなんだかんだ話はついて、最終的には征矢も三人での昼ご飯を了承してくれた。

とはいえ、征矢もぼくも、クラスの友達と弁当を食べる日はそれなりにあるし、だから毎日というわけにはいかない。ただ、時々は三人で集まってご飯を食べることになりそうだ。

「……そういやお前、結局、昨日は婆《ばあ》さんの家に泊まれたのか？」

右隣でヤンキー座りをして総菜パンをかじっていた征矢に聞かれた。

おにぎりを開封していたぼくは、手を止めずに「うん」と頷く。

「傷痕《きずあと》を見せたら、すんなり泊めてくれたよ」

首の噛《か》み傷は呪いのように消える気配がない。

痛みもまだあるし、しばらくは絆創膏《ばんそうこう》を手放せそうになかった。

「どーいうことぉ？」

左隣で、ぺたりと地べたに座っていた瑞希が、ぼくを見上げた。

その手には、食べかけの菓子パンが握られている。

「凛《りん》と大喧嘩《おおげんか》して、昨日はばあちゃんちに泊まったんだよ」

少し前まで、瑞希に家の話をするのは抵抗があったけど……もう、別にいいか。

「へー……傷痕ってなに？」

「首を噛まれて血が出た。それを、ばあちゃんに見せたの」

「えーっ⁉　そんなことってあるぅ⁉　見せて！」

「なんでそんなもん見たがるんだよ……意味わかんねぇ」

やにわにテンションをあげた瑞希に、征矢が呆《あき》れた顔をする。

ぼくも征矢と同意見だ。とはいえ、断る理由もない。

絆創膏をはがして、瑞希に「これ」と傷痕をさらす。

「うわーっ！　うわーっ！　きっもぉい！」

「紫色が濃くなってんな……ちゃんと消毒したのか？」

「してない。もし腫《は》れたら病院に行くよ」

「噛み傷とか、下手《へた》すりゃ医者に警察呼ばれねぇ？」

「大丈夫でしょ」

絆創膏を貼り直す。

「凛《りん》ちゃん、すごいなぁ。野生の猿みたいだねぇ……どーして喧嘩《けんか》になったのぉ？」

「ぼくが京子《きょうこ》と付き合っていることが気に食わないってさ」

「………へえ？」

妙な間に、瑞希《みずき》を見る。

だけど瑞希はなんというふうでもなくて、ニコニコしていた。

……瑞希の言動に、敏感になりすぎているのだろうか。

「相変わらずブラコンなんだぁ」

「そんなレベルじゃねぇだろ……脳みそに花でも咲いてんのか？」

「ひっどくない!?　どーしてそんなに性格が悪いの!?」

「性格の悪さでてめぇにとやかく言われたかねぇよ」

ぼくを挟んで言い合う征矢《せいや》と瑞希を無視して、海苔《のり》に包まれたおにぎりを一口食べた。

ぱりぱりと、磯の風味が口に広がる。

征矢が「おい」とぼくを呼んだ。

「お前、今日も婆《ばあ》さん家に泊まるのか？」

「ん？　……そうだね。一応、お願いしてみるつもり。泊めてくれたらいいんだけど」

「凛ちゃんとは、仲直りしないのぉ？」

愚問が飛んできて、思わず苦笑する。

「いや、できないよ。あんな化け物とは……」

「でもぉ……おばあちゃんのところに、ずーっと泊まれるわけじゃないよねぇ？」

「ん……まあ、うん」

「いつかは、家に帰らなくちゃいけないよ？」

目を逸《そ》らし、考えないようにしていたところを突かれて、言葉に詰まる。

そうだ。いつまでもばあちゃんの家に泊まれるわけじゃない。

いずれは、あの地獄みたいな家に帰らなければならない。

そのためには……凛をどうにかしないといけないのか……いや。

そうでもないか？

刺激しないよう、極力避けて生活すれば。部屋に鍵とか付けて……うん。

「……喧嘩したままでも、家には帰れるよ。今は、絶対に近寄りたくないから、もう少しだけ逃げるけど……そのうち、帰りはする」

「ふーん……仲直り、すればいいのに」

「世の中には絶対にわかりあえない人間もいるんだよ」

食い下がる瑞希を、征矢が少し強めに諌《いさ》めてくれた。

これ以上、凛の話はしたくなかったから、助かる。

「そういうこと」

同調して、これで話はおしまいだと、暗に瑞希《みずき》に伝えた。

世の中には絶対にわかりあえない人間がいて、少なくとも凛《りん》はその一人だ。

もちろん、家族なんだから、関係を良好にできるなら、そうした方がいいことは間違いない。

でも……どう考えても無理だ。ぼくは凛がわからない。凛がぼくに向ける感情の正体も、何を考えてぼくに女装を強要していたのかも、何もかも、理解できない。

ずっと前……小学生くらいの頃は、まだもう少し、わかりやすい人間だったようにも思うけど……いや。もはや、今となっては、どうでもいいことだ。

わかりあえる日なんか、こないんだから。

◆

六限目の授業が終わり、放課後になった。

入学してからずっと帰宅部で通してきて、さらにここ最近になって征矢《せいや》とも下校をしなくなったこともあり、放課後の学校には用事がなにも無い。

だから、友達に挨拶《あいさつ》して、すぐに教室を出た。

その際、視界の端に瑞希の姿がちらっと入る。昼に彼女が言っていたように、いつも一緒にいた集団には加わらずに、一人で静かに身支度をしていた。

なんだか、元々小柄な瑞希がより一層小さく見えて、声をかけたい衝動に駆られる。

でも……声をかけて、その流れでもし一緒に帰ろうと誘われでもしたら、きっと断るのは難しいだろう。だから自制した。

瑞希への罪悪感を心の底に沈めて、校舎から出る。

グラウンドから、野球部の掛け声がした。武道場の前を通れば、剣道部員たちの奇声が轟《とど》く。

その声には、征矢のものも含まれているのだろう。

みんな頑張っていて、えらいな、と思った。

入学時に凛から部活に入ることを禁じられて、帰宅部になったぼくだから、部活を頑張る生徒の声を聞きながらの帰路は、いつも、少しだけ、後ろめたい。

いっそ、今からでもどこかに入部してしまおうか。

もう、凛に従う必要もないのだし……なんて、そんなことを思っても、現実問題、二年生の二学期から入れる運動部の部活なんてほとんどないだろう。

つくづく、凛に逆らえずに言いなりになっていた過去の自分が恨めしい。

ぼくの人生は、ぼくだけのものなのに。

ぼくが後悔しない生き方を、ぼく自身が選ぶべきだったのに。

「はあ……」

正門を抜けてすぐ、自宅とは逆の方へ進む。ばあちゃんの家へと続く道だ。

京子《きようこ》に会いたかった。

本当に、京子には心を救われてきた。

会って、ひたすらとりとめのない話をしたい。許してくれるなら、抱きつきたい。

でも、駄目だ。今日は何か用事があるとかで、夜まで帰ってこないらしい。

自動車学校か、桂花《けいか》さんと遊ぶのか、わからないけど……残念だ。甘えすぎるなということなのかもしれない。こんなんだから、いつまでたっても対等になれないのだし。

なんて考えながら、上の空で歩いていたら。

いきなり腕を摑《つか》まれた。

「衛《まもる》」

ぼくを呼ぶ声に、ドッ、と心臓が暴れて、声にならない悲鳴が口から漏れる。

反射的に腕を振りほどき、バッと振り向けば……ブレザーを着た、凛《りん》がいた。

見えない石で、頭を強く殴られたような気分だ。

「どこに行こうとしてんの？」

突然のことに思考が追い付かず、硬直していたら、凛がぼくを睨《にら》みつけて、言った。

「この先に、私たちの家はないでしょうが」

「なんで、いるの……」

そんな疑問だけが、ようやく形になる。

凛と対峙《たいじ》するための、心の準備が全く足りていない。

不機嫌なその顔に、あの晩が自然と思い起こされ、焦りと恐怖を強く感じた。

気づけば首筋を、凛に噛《か》まれたその場所を、手で押さえていた。

つられるように、凛がぼくの首を見た。

だけど特別な反応はない。すぐにぼくの目を見据《みす》え直す。

「昨日の夜、あんたが帰ってこなかったから、わざわざ迎えに来てあげたのよ。あんたと違って暇じゃないんだから、こんな無駄な手間、かけさせないでくれる？」

まるで何もなかったかのようだ。

「頼んでない、帰るわけがない、何を言っているんだよ……」

少しずつ、ショックが薄れていく。

家の中という閉じた空間じゃなくて、今は外だ。人目もある。

凛も下手《へた》なことはできないはずだ。

ある程度の安全が保障され、ふつふつ闘争心が湧《わ》いてきた。

そうだ。いつまでも、姉のいいなりでいられるか。

「今更反抗期？　高校生にもなって、馬鹿じゃないの」

凛がはき捨て、再びぼくの腕を摑んできた。

振り払おうにも、今度は凛もしっかり力を込めていて、まるで振りほどけない。

「もう、おばあちゃんの家には行かせないから」

「離してよ！　……離せってば！　一昨日《おととい》ぼくにあんな酷《ひど》いことをしたくせに、なんでそんなに平然としてるの!?　どうかしてるんじゃない!?」

「あんたが悪いからに決まってんでしょ!?」

突沸《とっぷつ》したみたいに凛《りん》が怒声を上げた。

まるでダムが決壊したかのような激情に、無意識に身がすくみ、萎縮《いしゅく》してしまう。

動悸《どうき》が酷い。どれだけ強がったって、刷り込まれてきた恐怖が克服できるわけではない。

情けないにも程がある。

「全部あんたがっ……なんでわかんないの!?　わかれよ！　間違ったことしてるって！」

「は、はあ？　間違ってるのは、凛……」

「無断で外泊した！　好き放題してる！　そんな勝手が許されると思ってるわけ!?」

それは、そうだ。

でも、少なくとも凛には言われたくない。

「りっ……凛がぼくに酷いことするから、家に、帰りたくないんだよ……！」

反論すると、腕を離された。

かと思えば胸倉を掴《つか》まれ、強引に引き寄せられる。

上に持ち上げられて、凛の顔が迫った。

首が締まって息がしづらい。

「ぐっ……」

「あんたが間違えなけりゃ、私だって噛《か》んだりなんか……酷いこと、しなかったわよ……！」

「じ、女装は……嫌がるぼくに、女装させて……あれは、酷いことじゃないの……？」

「それこそ男に生まれたあんたが悪いんじゃない！　あんたが女だったらよかった！」

「………、なんだよそれ」

めちゃくちゃなことを言われて、怒りが恐怖を上回った。

「離して」

ほとんど殴りつけるように、胸倉を掴む凛の腕を払う。

凛が驚いたように目を見開いて、それから振りほどかれた自分の手を見た。

「妹が欲しかったなら、文句を言う相手はぼくじゃなくて、母さんや父さんだろ」

「……私は妹が欲しかったわけじゃない」

「は？」

「あんた……私のこと、何もわかってないの？」

「わからないよ。どうかしてる人のことなんか」

征矢《せいや》の言葉を思い出す。絶対にわかりあえない人間は、いる。

凛が舌打ちして、ぼくの手首を掴んだ。

筋が軋《きし》むほど強く力を込められて、痛みに口が歪《ゆが》む。

「っ……！」

「何もわからない馬鹿なら、黙って私の言うこと聞いとけよ……この愚図《ぐず》」

「だっ……から、手を、離してってば！」

「なんか勘違いしてるけど、あんたは私のモノなの」

凛《りん》が冷たく断言した。

「口答えする権利はそもそもないわけ。たまにはあんたの言うことも聞いてあげてるけど、それは私の優しさ。それすらわからず飼い主に噛《か》み付くなんて、正直異常よ。わかってる？」

そして、強引にぼくの手を引いて、半ば引きずるように、家の方へと歩き出す。

「どこまでも手がかかる……今日は、その辺、ゆっくり話したげるから」

踏ん張るけど、凛の方がぼくより力が強い。

このままじゃ、本当に家に連れ込まれる。

思い切り腕を振りかぶって、凛の拘束《こうそく》を解いた。

「勘違いしてるのはそっちだろ!?」

「あぁ？」

「ぼくは誰のモノでもない！」

凛がため息を吐《つ》いた。

「そうやって、口だけじゃ理解しないから、力で躾《しつけ》るしかないんじゃないの。こないだ噛《か》んだのだって……私は、別に、あんたに乱暴したいわけじゃないのに」

そして手を振りかぶって。

それがあんまりにも躊躇《ちゅうちょ》の無い、ごくごく自然な動きだったから。

あぁ、頰《ほお》をぶたれる、と、どこか他人事《ひとごと》のように思った。

「やめとけよ」

でも、その手は、振り下ろされなかった。

突然現れた、毒々しい恰好《かっこう》をした派手な女の人が、凛《りん》の腕を摑《つか》んだからだ。

「……桂花《けいか》さん？」

なんて、タイミングの良い……

「往来で暴力なんて、何を考えているんだ」

桂花さんが凛の手を摑んだまま、言った。

凛は突然の乱入者に怪訝《けげん》な顔をして、手を振りほどく。

「誰……いや、誰でもいいけど、無関係な他人は引っ込んで。これは家族の問題だから」

「無関係じゃない。私は衛《まもる》くんの……友達……だからな」

桂花さんに目配せされて、こくこく頷《うなず》いた。

「友達、友達です」

凛が苛立《いらだ》たしそうに、舌打ちをする。

「で？　友達だから、なに？　結局他人じゃない。こっちは家族なんだけど」

「家族だからって、暴力が許されるわけないだろ」

「これは躾よ。暴力じゃない」

「DV男と同じ考えだな。通報されても文句は言えないぞ」

「……はあぁ。じゃ、通報すれば？　どうぞご自由に。ほら衛、もう帰……」

「衛くんの首に特大の証拠を残しているのに、強気だな」

にわかに凛の顔色が変わった。

けど、あれ？　その話、征矢《せいや》と瑞希《みずき》以外にはしてないんだけど……

「黙れ」

混乱していたら、凛が桂花さんを睨《にら》みつけた。

「厚顔無恥《こうがんむち》に、他所《よそ》の家庭の問題に首を突っ込んでんじゃないわよ」

「そんなに第三者に口出しされるのが嫌なのか？　なら、本人の意思を確認してみよう」

桂花さんがぼくを見た。

「衛くん。どうする？　警察、呼ぶ？」

「衛。わかってるわよね？」

ぼくが答えるより早く、凛が牽制《けんせい》してきた。

目は口ほどに物を言う。

正直、身がすくんだ。本当に怖い。

けど……首の絆創膏《ばんそうこう》に触れて、痛みを確かめて、頷《うなず》いた。

「……今すぐに、凛《りん》が立ち去らなければ……お願いします」

凛と目を合わせず、桂花《けいか》さんを見ながら、言った。

桂花さんがスマホを取り出す。

そして凛に見せびらかすように、ひらひら揺らした。

「だってさ。衛《まもる》くんのお姉さんは、さて、どうする?」

挑発的に尋ねられ、凛が無言で地面を一度……二度、三度と、踏みつけた。

どうしようもない苛立《いらだ》ちを、無理矢理にでも発散するように。

やっぱり怖い。荒れた姉を見ると無条件に動悸《どうき》がして、勝手に泣きそうになる。

「地団駄《じだんだ》なんて久しぶりに見た」

でも、桂花さんは極めて冷めていて、その動じなさが、ぼくに勇気を与えてくれる。

「部外者が……!」

「私は部外者だけど、判断を下したのは当事者だよ」

凛が、射殺すような目でぼくを睨《にら》んだ。

「衛。今晩は必ず帰りなさいよ」

そして吐き捨てると、ぼくらに背を向けて大股で去っていく。

……どうやら撃退できたらしい。

緊張していた心と体が、急速に弛緩《しかん》していく。気を抜くと、膝《ひざ》が折れそうだ。

同時に、疲労感がドッと押し寄せてきた。

はあぁ……心臓が、まだバクバクしてる。

「……あの。ありがとう、ございます。本当に助かりました」

気の抜けた声で、桂花さんにお礼を伝えた。

「どういたしまして。それにしても、いざ実物を見たら、話に聞くよりずっと強烈だったな」

桂花さんが、小さくなった凛の後ろ姿を見ながら、感慨深げに言った。

おそらく京子《きょうこ》から凛について聞かされていたのだろう。

少なくとも、ぼくは桂花さんに凛のことを話していないし……あ。

「ところで、その……偶然というか……助かりましたけど、なんでここに？」

あまりにタイミングの良い登場だったので、気になった。

桂花さんが「あぁ」と苦笑する。

「今日は夕方から暇してて、ホテルの近くを散歩してたんだよ。で、すぐ近くに衛くんの高校があるって話を思い出してさ。天守閣と松原に囲まれた校舎なんて珍しいし、見物してやろうと思ってこっちに来たんだよ」

「あー、そういう……京子《きょうこ》と一緒じゃないんですね……」

「さっき解散したんだよ。何か用事があるってさ。てかきみ、顔と声が死んでるけど、大丈夫？」

正直、全然大丈夫ではない。ただ、桂花《けいか》さんにこれ以上心配をかけたくなかったから「平気です、大丈夫です」と空元気《から》を返した。

「本当に？　そうは見えないな」

「…………、まあ、良くないものが、色々溜《た》まってますね……」

「あ、そう……じゃ、今から一緒にカラオケにでも行く？」

「はい？」

「こんな時は、ハメを外して思い切り叫ぶに限る。案外すっきりするかもよ」

「なるほど……」

「京子にほっとかれた者同士、楽しく遊ぼう」

「ははっ……」

気を遣われていることがわかって、つい苦笑してしまった。

薄々感じてはいたけど、とても優しいんだな。

なんだか征矢《せいや》に似ている気がした。

見た目は少し怖くて、だけど心根はとても優しい。

だからだろうか。話していたら、妙に安心するのは。

「……そう、ですね」

気づけば、頷《うなず》いていた。

正直……ぼくも、気分を晴らしたかった。それに、桂花さんが相手なら、二人で遊んだとしても、京子もそれほど怒りはしないだろうし……いや、どうだろう。

こないだカラオケで嫉妬《しっと》されたばかりだし、微妙かもしれない。

まあ、もし怒らせたら、その時は必死に謝ればいいか……

「カラオケ、付き合ってもらって、いいですか？」

「もちろん」

ぼくのお願いに、桂花さんがニヤッと笑った。

宵《よい》ケ《が》峰《みね》京《きょう》子《こ》

森崎《もりさき》家の人たちが住んでるマンションは、この辺じゃ富裕層御用達のお高めな分譲マンションって感じて周知されてる。

立地がよくて駅から近いし、スーパーや病院、公立の小中学校が徒歩圏内、設備もまあまあ充実してるから、築年数は結構いってるのに中古でたまに売り出されても全然値崩れしてなくて、ていうか少し値上がりしてることもある。

もちろん都会にあるようなコンシェルジュ付きの超高級マンションと比べたら何ランクも見劣りするのは間違いない。だけど地元じゃ十分すぎるほど価値がある。そんな不動産だ。

ここに勝てるとしたら……豪邸じみた一軒家とか？

つまりこれ、何が言いたいのかっていうと、衛《まもる》のお父さんが高給取りってこと。

ま、外資の製薬会社に勤めるＭＲ（医薬情報担当者）だし、そりゃあお給料も高いよねって。

ただ、ＭＲだから転勤が多くて半ば単身赴任状態だし、営業職だから休日も仕事関係の人に呼び出されて潰《つぶ》れることが多々あって、家を空けることがとにかく多い。

結局それが、あの家の不和に繋《つな》がっちゃったとこは絶対あると思うんだ。

外から見れば、順風満帆《じゅんぷうまんぱん》なんだけどな。

良いマンションに居を構える、優秀な旦那さんと専業主婦の奥さん。娘は県内有数の私立高校に進学し、息子は息子で学区一偏差値が高い公立高校に在学中と、まさに自慢の子供たち。

田舎《いなか》における、裕福な家庭のモデルケースって感じ。

中身はガッタガタだけど。

夕方になっても全然涼しくならないのは、いくら七月といっても軽く詐欺《さぎ》。

「暑い……何が、今年一番の猛暑日だよ……くそ……」

蝉《せみ》たちが懸命に鳴く中で、まだまだ明るい夕方の外を歩きながら、私は日本の夏を呪う。

気温が高いだけなら、まだいい。でも多湿て。高温多湿て。

馬鹿じゃん。

これがあと二か月は続くとか、ほんと拷問《ごうもん》。勘弁なんだけど。

家を出てまだ五分もたってないのに、全身に汗が滲《にじ》む。

日傘のせいで、日光を蓄えたアスファルトが放つ熱が傘布に阻まれてこもるから、間の私は蒸されて死ぬ。だからって傘を畳めば直射日光でもっと死ぬからそれも無理。

夏は嫌い。大嫌い。

できるだけ日陰を選んで進んで、時々文句を垂れる。でも足は止めない。

涼しい家にとんぼ返りするつもりもない。

私は今、森崎《もりさき》家のマンションへ向かってる。

衛について、凛《りん》と話し合うためにね。そもそも、凛の衛への接し方については、前からずっと気になってて、どうにかできないかなって思ってた。

でも学生の頃ならいざ知らず、今はもう色々な分別が付いて、姉弟の……言い換えたら家族の問題に部外者が直接口を挟むのはどうなんだ？　って自制が働いて、手出しできずにいた。

だけどあの噛《か》み痕《あと》。あれを見たら、もうそんな悠長なこと言ってらんなくなった。

……凛って、衛に変な感情を向けてる。これは絶対だ。確信がある。

その感情が具体的にどんなものかまでは知らないけど……ていうか正直知りたくもないし、

興味もない。けど衛《まもる》に実害が及べば話はまったく別。

どんな理由があっても、血が出るまで弟の首を噛《か》むなんて異常そのもの。

我慢できない。これ以上、衛を傷つけさせてなるものか。

……ていうか、わざわざあんな目立つ場所に噛み傷を付けられたら、マーキングされたみたいで心底不愉快。絶対狙ってやっただろ。

マジでふざけんな。

衛を傷つける権利があるのは、あいつに酷《ひど》いことされた私だけなんだけど。

暑さへの苛立《いらだ》ちも合わさって、気分は完全にカチコミ。

「……やっとついた」

二十分近く歩いて、目的のマンションに辿《たど》り着いたころには、全身じっとりしてた。

せめて自転車でも使えばよかったかな……や、自転車は日傘させないから駄目か。

「はあぁ……」

エントランスに入ったら、空気がひんやりしてて無意識にため息がこぼれた。

汗ばんだ胸元を指でつまんでぱたぱた扇《あお》いで、ぬるい風を送り込む。

スマホを取り出せば、そろそろ五時。ちょうどいい頃合い……な、はず。

凛《りん》は衛とは違う高校に通ってるけど、衛と同じように夏期講習がある。

私は、その終わり頃に合わせてここにやってきた。要は待ち伏せ。

家を訪ねても、凛、多分出てきてくれないし。

そのまま数分立ち尽くして、凛が現れるのを待つ。

住人や来客者が何人も出入りしたけど、変装のおかげで正体には気づかれない。

「……おっ」

しばらく待ったら、無事目当ての女が現れた。

背中にかかる長い黒髪が印象的な、ブレザー姿の女子高生。凛。

「あんた……」

凛が、私を見た瞬間に顔をぐにゃっと歪《ゆが》ませた。

久しぶりに見た凛は、やっぱり綺麗《きれい》。むかつくけど、さすが衛の姉って感じな顔だ。

でも気の強さと意地の悪さが表情ににじみ出てて、素直に褒めづらい。

そうでなくとも凛のことは嫌いだしね。

「やっほ。お久しぶり。元気にしてた？」

愛想よくにこやかに挨拶《あいさつ》する。今日は口喧嘩《くちげんか》をしにここまで来たけど、最初から喧嘩腰だとさすがに野蛮だし。

凛は何も言わずに私から目を離して、操作盤に手を伸ばした。

センサーが反応して、ロビーに繋《つな》がる自動ドアが開き何食わぬ顔で中へ入って……おっと。

逃げる気？　凛と一緒に中に入って、エレベーターの前に立ちふさがった。

「数年ぶりの再会なのに、無視はひどくない？　少し話そうよ」

「は？」

うお。目つきヤバ。

もうほとんど鬼の形相。一周回ってうけるんだけど。

「話すことなんか何もないわよ。邪魔。どいて」

「どかないよ。それより、立ち話もなんだし、カフェでも行く？」

「なんで私が、あんたとカフェに行かなきゃなんないのよ。死んでも御免だわ。そもそも、あんた、どの面《つら》下げて私に会いに来られたわけ？　あぁ？」

「芸能界で天下を取った、美しすぎるこの面だけど」

素知らぬ顔で、自分を指差した。

凛《りん》が「死ね」と吐き捨ててくる。

「嫌味を額面通り受け取るなんて、頭が足りてないわね。だから馬鹿は嫌いなの」

「ひっど。相変わらず口が悪いな。そんなだから、衛《まもる》に嫌われるんだよ」

挑発を軽く流して冷静に言い返したら、凛の形相がさらに険《けわ》しくなった。

「黙れ」

「衛が悲しむからまだ死ねない。付き合いだしたばっかなんだよ」

「ちっ」とか凛が舌打ちする。ガラ悪。

ほんと昔から何も変わってないのな。逆に安心する。

「あんたなんかと付き合ったせいで、衛はおかしくなった」

「弟が言うこと聞かなくなっただけで、おかしくなったとか言うの、大げさすぎない？」

「あんたに衛の何がわかんのよ」

「さあ？　衛が凛を嫌ってることだけは、わかるけど」

言い終えた瞬間、凛に胸倉を摑《つか》まれた。

手を出すまでが早すぎる。あと躊躇《ちゅうちょ》もなさすぎ。

「……言い返せなくなったら、暴力？」

「あんたが東京でアイドルなんて馬鹿なことやってた間も、私はずっと衛の傍《そば》にいて、あいつを毎日見てきたのよ。家族として」

凛が、胸倉を摑んだまま、ぐぐっ、と顔を寄せてきた。

目が完全に据《す》わってるんだけど。怖。

凛から目を逸《そ》らさずに、ゆっくりハンドバッグに手を伸ばした。

中には護身用の催涙《さいるい》スプレーが入ってる。いざとなったら顔にひっかけてやろう。

「いいから、手、放して。私、殴り合いしにきたわけじゃないんだけど」

睨《にら》み返しながら言ったら、凛が私の胸元をドンと突いた。

その拍子に手も離れる。お、案外素直。

「……私とあんたじゃ、衛《まもる》への理解度が違う。その私が、衛がおかしくなったと感じてんのよ。わかったら、それ以上知った口きくな。馬鹿」

「なら教えてよ。衛はどうおかしくなったの？」

引っ張られて乱れた胸元を手で整える……あっ、布が伸びてるわ。

もう着られないな。くそ。これ、結構気に入ってたのに。

「私の言うことを聞かなくなった。あいつは、私のモノなのに……それに、無断外泊するような馬鹿でもなかったわけ。本当にもう滅茶苦茶だわ。それに、衛も私を一番大事に……」

「待って。それは衛が自立しただけじゃない？」

「なわけ……いや、もうどうでもいいわ。とにかく衛と別れろ。それ以外言うことないから」

話は終わりとばかりに凛《りん》が私を押しのけて、エレベーターのボタンを押そうとした。

その手を摑《つか》んで止める。

いやいや。なに自然に逃げようとしてんの？

「凛。仮に……仮にだよ？　仮に、私が衛と別れても、何も変わらないよ」

「……なにが？」

「弟離れをする日は、遅かれ早かれ必ず訪れる」

「はあ？」

「だって、姉弟がいつまでも一緒って、普通に考えて無理でしょ。そんな当然のこと……」

「黙れッ！」

凛が怒声を張り上げた。ロビーに響く。

「その減らず口を今すぐ閉じろ！　でなきゃ殺す！」

うわ、顔真っ赤。

完全にブチ切れてるけど、沸点がマジで謎だな。

あの一言に、そんな怒るようなとこあった？　怖いんですけど。

「……殺すとかできないこと言ってる暇があれば、現実見たら？」

「耳が壊れてんの⁉　私は黙れって言ったはずだけど⁉」

「黙る前に、凛に伝えたいことがあるんだけど」

「あんたから聞く言葉なんかない！」

「あるから。これ以上、衛に酷《ひど》いことしないで。あの子を解放してあげて」

「は⁉　私がいつ衛に酷いことを……」

「首の傷」

私が自分の首を指先でちょいちょいと示した瞬間、凛が言葉を詰まらせた。

「……あれって、凛がつけたんでしょ？　一昨日《おととい》に」

「っ……どいつも、こいつもっ……あんたもそれ⁉」

「ん？　どいつもこいつもって、なに？」

「あいつが言うこと聞かないから、私のモノだって、印をつけただけじゃない！」

凛《りん》が私を無視して叫んで……あぁ。印ね。はいはい……

やっぱわざとだったか。

にしても噛《か》み痕《あと》でマーキングて。

どんないかれた神経してれば、そんなキショイことを思いつくわけ？

はー…………ムカつくなぁ……！

「凛のじゃない」

「あぁ!?」

「衛《まもる》は、私のだから。凛のじゃない」

「なんっ……」

「色々厚かましいんだよ」何かを言おうとした凛を、声を張って遮った。「キモい執着心丸出しのくせして衛のことは一切考えないその身勝手さ、マジでどうかと思う。それって家族の立場に甘えて衛を傷つけるだけの、ただの加害者じゃん」

伝えたかったことを、ここぞとばかりにぶつけてやる。

とにかくこれだ。凛にはこれを伝えたかった。

「この機会に弟離れして、ちょうど良い距離感で付き合いなよ」

凛は怒りが膨らみすぎて言葉がでてこないのか、口をパクパクさせて私を睨《にら》んでいる。

ふと見れば、凛の両手の指先がプルプル痙攣《けいれん》してた。

「あ、あんた、何様のつもり……!?」

「……将来的には奥様？」

「こっ……ろす！」

獣みたいに歯を剝《む》いた凛が、摑《つか》みかかってきた。

腕を摑まれ、髪まで引っ張られて、体が傾《かし》ぐ。

こいつっ……！

我慢できずに私も手を出した。凛の頰《ほお》を叩いて、同じように髪を引っ摑んでやる。

そのまま罵《のの》り合いながら、無我夢中で殴ったり、髪や服を引っ張り合って……あぁもう！

スプレー取り出す余裕も無い！　しくじった！

「いっ、たぁ！　なにすんだ、このブラコンクソ女……！」

「あんたさえっ、いなけりゃ……！」

「だから！　私がいなくたって何も変わんないっつってんでしょ!?　パーなん!?」

揉《も》み合って、いつのまにかエレベーターのボタンにぶつかって、電子音と一緒に扉が開く。

誰も乗ってないいし、誰も乗らないのに……くそっ！

なんかムカつく！　こっちは今、喧嘩《けんか》してんだぞ!?　なに勝手に開いてんだ！

「うるさい！　あんたが衛をくるわせたんだよ！　なにもっ、衛のこと、知らないくせに！」

怨嗟《えんさ》の言葉には粘度があって、それが耳にへばりつく。

やっぱこの女、現実見えてなさすぎだって！

もういい！

「そこまで言うなら、衛《まもる》が先月自殺しようとしてたことも知ってんのよね!?」

凛《りん》に髪を引っ張られながら、怒りに任せて叫んだ。

私が地元に帰ってきたあの日、衛はマンションの屋上から飛び降りようとしてた。

それは、ほんとは誰にも言うつもりがなかった秘密の思い出だ。だってこれ、衛の恥だし。

でも、どこまでも衛を顧《かえり》みない凛に、いよいよ堪忍袋《かんにんぶくろ》の緒《お》がブチ切れる。

そんなに衛を深く理解してるなら、衛があそこまで追い詰められる前に助けてやれよ！

凛の動きが止まった。

「じっ……!?　な、なに、急に、適当なこと……」

「先月、このマンションの屋上で！」

凛の声を、言葉を、塗り潰《つぶ》す。

「柵を乗り越えて、縁のギリギリに立って、飛び降りようとしてた！」

言葉で殴りつけるつもりで叫んだ。

「たまたま私が見つけたから止められたけど、あと少し遅れたら死んでたかもしれない！　家族とかなんとか言うくせして、衛が思い詰めてたことに気づけなかったわけ!?」

凛の手の力が緩んだ。

両手で凛の胸を突けば、凛はあっけなくよろめいて、距離があく。

「嘘《うそ》、そんなの嘘」

「んなわけあるか！　それがきっかけで私たち付き合いだしたんだから！」

凛の顔から赤みが引いた。

そして何か呟《つぶや》いたけど、声が小さすぎて全然聞き取れない。

けど驚愕《きょうがく》のその顔を見れば、なんとなく予想がついた。

「……はあ。もう、衛を傷つけないで。私が凛に言いたいのは、それだけだから」

想像以上にショックを受けた様子を見て、こっちも気分が落ち着いてくる。

別に……必要以上に凛を攻撃したくないし、ていうか衛への態度さえ改めてくれたら十分だ。

で、この様子を見たら、少しは悔い改めてくれそうな感じがする。

なら、とりあえず様子見でいっか。

凛は呆《ほう》けた顔で私を見返して……ふらっ、とエレベーターのボタンを押した。

扉が開き、凛が力のない足取りで中に入り、扉が閉まって……？

モニターに表示された階層が増えてって、森崎《もりさき》家がある十階で止まる。

普通に帰りやがった。や、いいけども。言いたいことはあらかた伝えたし。

それに凛もひどい顔してたし……一人で考えをまとめたいんでしょ。多分。

「……はー、疲れた……」

乱れた髪や服を手で整えて、よし、って頷《うなず》く。

今日はこれくらいで勘弁してやろう。

森崎衛《もりさきまもる》

我ながら単純だと思うけど、カラオケで桂花《けいか》さんとアップテンポな曲を数曲歌ったら、気分がそれなりに晴れた。

大声を出したり、誰かに悩みを話したり……とにかく、どんな形であれ、内に溜《た》め込んだものを表に出すことは、メンタルの安定に大切なんだなと実感する。

「もう、落ち着いた？」

予約した曲を消化して、音楽が止まったタイミングで桂花さんに聞かれた。

薄暗い部屋の中、テーブルの向こうで微笑《ほほえ》む桂花さんは、やっぱり大人びて見える。

「はい。すっきりしました」

持っていたマイクのスイッチを切って、テーブルに置いて、頭を下げた。

「付き合ってくれて、ありがとうございます」

「すっきりしたなら誘った甲斐《かい》があったかな」

桂花さんにとって、ぼくはあくまで友達の彼氏でしかないのに、ここまで気にかけてくれるなんて、優しい人だ。

芸能界を引退した京子《きょうこ》が、彼女とだけは交流を続けている理由がよくわかる。

「……お姉さんと、上手《うま》くいっていないんだってね」

桂花さんが、おそるおそる、まるで探りを入れるみたいに聞いてきた。

ぼくの事情は気になるけど、踏み込んでもいいのか測りかねているのだろう。

「……はい。昔から折り合いは悪かったんですけど、最近は特に、よくないです」

「そっか。話を聞いてもいい？」

興味本位……ではなさそうだな。

ぼくの悩みを少しでも軽くしてあげたいという真摯《しんし》さが感じられる。

どのみち、助けてもらった以上、凛《りん》に関して隠し立てするつもりはない。

「……いいですよ。ちなみに、京子からは、凛についてどれくらい聞きました？」

「ごめん。実は結構聞いてる……君が、女装させられていたことなんかも、大体全部」

申し訳なさそうな桂花さんに、少し驚いた。

口の固い京子が、女装について話していたとは……逆に言えば、それだけ桂花さんを信用しているのだろう。それにまあ、桂花さんが相手なら、ぼくもそれほど不満はない。

「……じゃあ、女装画像とかも見ました？」

「見たよ。驚くほど可愛かったな」

「……でしょ？　めちゃくちゃ可愛いんですよ。残念なことに」

軽くおどけた。こうなると、開き直ってみせた方が桂花《けいか》さんもやりやすいだろう。

もちろん女装はいつまでも好きになれそうにない。でも、京子《きょうこ》が女装したぼくを認めてくれたから、前ほどの忌避《きひ》感はなくなって、こんな容姿なんだから女装が似合って当然だ……くらいには思えるようになった。

だったら、目を逸《そ》らすより、こうして認めてしまった方が、ぼくの気も楽になる。

「桂花さんほどの美人に褒められると、さすがに気分がいいや」

半ばやけくそで言うと、桂花さんが目を丸くした。

「京子からは、君が女装を苦手にしていると聞いていたけど、実はそうでもない？」

「いや苦手ですよ。女装は、姉の言いなりだった過去の自分を象徴するような行為ですから、やっぱり進んではやりたくないです。ただ……女装が似合うのは、もう仕方がないし」

いきなりこんな個人的な話をしても困らせるだけかな、と思った。

でも、桂花さんが親しみやすくて、ついつい口を滑らせてしまう。

「そっか。一度生で見てみたかったけど、そういうことなら無理強いできないな」

「物好きですね。ぼくの女装姿を見たいなんて」

「可愛いものが好きなんだよ。だから実は、衛《まもる》くんのことは結構好きだったりする」

桂花さんが冗談か本気かわからない調子で言った。反応に困る。

好き、というのが恋愛的な意味でないことは、もちろんわかるけど……

「そのわりに、桂花さんって全然可愛い系の恰好《かっこう》じゃないですよね」

深掘りして、万が一地雷に触れてはたまらないので、流してしまう。

桂花さんが苦笑した。

「似合わないだろ。私にそんな恰好」

「え、いや、そんなこと……」

「事実だよ。自分が可愛くないから、可愛いものに執着する。つまり無いものねだりだ」

はっきり断言されて、それ以上何も言えなくなる。

そんなぼくに、桂花さんが苦笑いを浮かべた。

「自分の顔を悪いとは言ってないからな。あくまで、系統が可愛い系じゃないだけだ」

卑下《ひげ》しているわけじゃなかったのか。それならよかった。

「あぁ。そうですよね。桂花さんは、かっこいい系で……美人ですもんね」

「ありがと」

桂花さんがグラスに入った烏龍茶《ウーロン》を口に含む。

ワンドリンクオーダー制ということで、受付で催促されて頼んだ飲み物だ。

「……女でも、彫りが深い顔や背の高さは、案外褒めてもらえるようなプラスの要素なんだよな。ただ、私自身はそこにコンプレックスを感じている。客観的には良いことでも、気に食わないものは気に食わない」

桂花《けいか》さんの何気ない語りが、ぼくの心に染みた。

それは、まさにぼくが悩まされてきたことだ。

「反動だな。自分には欠けている、可愛さに憧《あこが》れるのは。私がアイドルを目指したのも……他のアイドルを追いかけてるのも、大本の理由はそこにある気がするんだよな」

しみじみ語る桂花さんを、意外に思う。

案外内向的というか……自己分析をしっかりする人らしい。

「少し、わかります」

馴《な》れ馴れしいかな、と思ったけど、同調した。

ぼくも似た思いをしてきたから。

「……聞いたよ。そんなに綺麗《きれい》なのに、自分の顔が嫌いなんだって？」

「はい。この顔も、華奢《きゃしゃ》な身体《からだ》も、全部嫌いです。似てますね、ぼくたち」

桂花さんが小さく笑った。

「たしかに」

「でも、最近になって、自分を好きになりたいって思うようになったんですよ」

「へえ？　どうして？」

「ぼくを好きだと言ってくれる人がいるのに、卑下《ひげ》するのは、やっぱり良くないですから」

桂花さんが、面白そうに目を細めた。

「京子《きょうこ》と付き合って、考えが変わったわけだ」

「そうなるのかな」

「羨《うらや》ましい。私も恋人ができたら、自分を好きになれるのかね？」

「気になる人はいないんですか？」

「いない。残念だけど」

桂花さんが即答する。

残念、と言ったのに、桂花さんは少し楽しそうだった。

「元々恋愛にそんなに興味がないんだよ。あと……見た目がこれだから、男受けもよくなくて、あんまりアプローチされないし。良い人がいれば付き合いたいけど、難しいかも」

「それって口説《くど》かれていることに気付いてないだけじゃ……」

「いーや。恋愛対象になりにくいタイプなんだよ」

頑《かたく》なだな。そんなことないのに。

「ぼくは……桂花さんを良いなと思うので、ちょっと信じられないんですけど……」

一瞬悩んだけど、素直に伝えた。

桂花さんが「は？」と怪訝《けげん》そうにする。

「……でもきみ、小柄でふわふわした可愛い子が好みだろ？　私は真逆だ」

小柄でふわふわした可愛い子。明らかに瑞希《みずき》のことだな。

これも京子《きようこ》から聞いたのだろう。もう全部筒抜けだな。

「それを言ったら、京子もふわふわはしてないし……いや、そういうのが好みなことは否定しませんけど、でも桂花《けいか》さんも好みというか」

「ふうん。雑食ってことか」

「誰でもいいわけじゃ……桂花さん、顔も性格も、あと声も良いじゃないですか」

「……そう？」

「はい。というか、あのグループで一番好みだったのは桂花さんなんですよ」

「………へえ？」

「さっきの、自分に欠けたものへの憧《あこが》れ、という話に繋《つな》がるかもしれませんけど、ぼくにないものをたくさん持っている桂花さんが、本当に魅力的で」

「……ふーん？」

桂花さんが目を細めて、片手で口元を覆う。

まるで、何かを丁寧《ていねい》に確かめているような仕草だと思った。

今の発言をそんなに真剣に吟味《ぎんみ》されても困るんだけど……

「……衛《まもる》くんは、京子よりも私の方が好み、と」

桂花さんがニヤッと笑った。

……口を滑らせたかも。

「あの、あくまで京子と付き合う前の話ですよ？　今は京子が一番ですからね？」

「わかってるよ。でも……なるほど。意外と悪い男だな」

からかわれているだけなのはわかるのに、痛いところを突かれて返す言葉がない。

押し黙ったら、桂花さんが「ふふっ」と小さく笑った。

「京子から溺愛《できあい》される男に、京子よりも好みだと言ってもらえたのは、仮にそれが昔の話だったとしても、結構気持ち良いな」

実は京子に対抗心でもあるのか？

まあ……アイドルとして何年も切磋琢磨《せっさたくま》していたんだから、いくら親友とはいえ、多少は思うところがなければ逆に不自然か。特にあのグループは、運営方針が京子のワンマンなところがあって、待遇の差も常に感じていただろうし。

「なんだか自分を好きになれそうな気がしてきた。恋人を作れば自分を好きになれる、というのは、こういうことなのかも」

「それは少し違うと思いますけど……」

変な流れになってしまった。

だけどそれで桂花さんが自分を好きになれるなら、それはそれで、いいことかもしれない。

「……これ、京子《きようこ》には絶対に言わないでくださいよ」

「言わない。てかこんなことを馬鹿正直に伝えたら喧嘩《けんか》になる」

「ならいいですけど……じゃ、そろそろ話を……えーっと、何を話してたんだっけ……?」

とっとと話を戻そうとしたけど、そもそも何を話していたのかわからなくなった。

「お姉さんの話?」

「あぁ、そうだ。脱線しすぎて忘れてた。ひどいな……で、凛《りん》の何を話せば?」

「なんでお姉さんと仲が悪いんだ?」

「仲が悪いというか、一方的に虐《しいた》げられていたというか……行動を細かく管理されたり、無理矢理女装させられたり、その女装写真をぼくの手で拡散するよう強要されたり……」

「お姉さんはなんでそんなことをするんだ?」

「さあ?」

首を傾《かし》げた。本当にわからない。

凛には何度も理由を尋ねたが、そのたびに「あんたが男に生まれて可哀想《かわいそう》だから」とか「あんたには女装が一番似合うからよ」みたいな、論点をずらされた返事しかもらえなかった。

そこに凛の目的や意志は含まれていなかったように思う。

だからとしつこく食い下がったら、凛の機嫌を損ねて酷《ひど》い目にあわされるし……結局すぐに理由を尋ねるのをやめてしまった。

それに、凛の目的を知ったところで、何も良いことなさそうだし。

不条理な災いに真っ向から立ち向かっても無駄でしかなく、だったら理解も抵抗も諦《あきら》めて、心を無にして全てを受け入れた方が良い。そうすれば、ある程度は精神の安寧《あんねい》が保てる。

……少し前までは、それが最善だった。

桂花《けいか》さんが胡乱《うろん》な目を向けてきた。

「さあ、って……」

「いやあの、聞いても教えてくれないから、本当にわからないんです」

「なら衛《まもる》くんはよくわからないまま女装させられてたのか？」

「そう言われたら馬鹿みたいですけど、はい。そうです。苦痛でした」

「……抵抗しようとは考えなかった？」

信じられない。そんな思いが伝わってくる声音《こわね》だった。

けど第三者にはそう思われても仕方ない状況だったのは確かだ。

「考えましたよ。でも怖すぎて無理でした……親も凛を贔屓《ひいき》しているから、逆らっても誰も味方してくれないし、むしろ状況が悪化するだけで……だから、大学進学で家を出るまでの辛抱だと思って、耐えてました……あ。あと、自分が凛より劣っている自覚があるから、言い返しづらかったのもあるか」

「劣っている？　どこが？」

「え？　……容姿と、運動神経と、学歴と……えーっと、あと知性と身長と……まあ、色々」

自分が凛《りん》より劣っていると思う部分を指折り数えるけど、すぐに指が足りなくなった。

こうして列挙すると、なんといえばいいのか、自分が凛の搾《しぼ》りカスのように思えてくる。

実際何一つ勝てている部分がないしな。仮に、何か勝てている部分をひねり出すとすれば
……恋人の有無くらいか。

笑える。京子《きようこ》がいなきゃ、何も勝ててない。

「凛って能力は本当に高いんですよ。性格は終わってますけど」

「うーん……学歴と身長は事実かもしれないけど、他は苦手意識からくる思い込みだろ？」

「苦手意識はたしかに強いですね。ずっと昔に、凛には勝てないって自分で格付けしちゃって
……凛を前にすると、気持ちが完全に萎縮《いしゆく》するんですよ。これ、よくないな」

桂花《けいか》さんが「それはわかる」と深く頷《うなず》いた。

「一度『こいつには勝てない』と思ったら、相当長い間引きずるよな」

「ずるずる引きずりますね……もしかして、桂花さんにもそういう人がいるんですか？」

「いる。京子がそう」

あっさりした回答には納得しかない。同時に、ついさっき、桂花さんが京子を引き合いに出して、ぼくに好みだと言われて喜んでいた姿を思い出した。

「アイドルなんて人気商売をやっていると、ファンの数やグッズの仕入れ数、その完売率、あ

とは仕事量の差みたいな『可視化された需要の差』で殴られるからな。私に限らず、他のメンバーは全員悲惨だったよ。この五年で、あいつには何があっても勝てないと魂に刷り込まれた」

嫌な話だな。

まあでも、人気商売をやる以上は、避けられないことなのかもしれない。

「衛《まもる》くんがお姉さんに逆らえない気持ちが、少しわかったかも」

「……悲しいところばっかり似てますね、ぼくたち」

小さく呟《つぶや》いて、桂花さんが薄く笑った。

「ね。本当……気が合うな。一度、腰を据《す》えてきみと話したいくらいだ」

一瞬、傷の舐《な》め合いという言葉が頭に思い浮かんだ。すぐに追い払う。

向けられた好意に悪意をまぶしても、自分が苦しいだけだ。

「光栄ですね。悲惨な空気になりそうですけど」

「……衛くんが京子と付き合ってなければ、もっと仲良くなれたんだけど」

「はい？」

それは……どういう意味だ？

尋ねようと思ったら、部屋の壁に備え付けられていた電話がけたたましく鳴った。

スマホを手に取って時間を確認すれば、もう少しで六時になりそうだった。

ついでに京子からメッセージが届いている。全然気づかなかった。

「もう時間か」

桂花《けいか》さんが立ち上がって、受話器を取る。

部屋を一時間で取っていて、その終了が近づいていることを知らせる連絡だろう。

ラインを開くと、メッセージは『どこにいるの？』というものだった。

どうやら京子《きょうこ》は用事を終えて、もう家に帰ったらしい。案外早かったな。

なんて返そうか。素直に、桂花さんとカラオケに行ったと言うのが一番だろうけど……

「時間だけど、延長どうする？」

悩んでいたら、受話器を持ったまま、桂花さんがぼくに尋ねてきた……あ、そうだ。

どうせなら、京子にここまで来てもらうか。

「京子、用が済んだみたいですけど、呼びます？」

提案したら、桂花さんが「早いな」と唸《うな》った。そして「いや」と首を振る。

「二人でカラオケにいたことは、秘密にした方がいいと思う」

「……怒りますかね？」

「あぁ。相当不機嫌になると思う」

桂花さんが真顔で頷《うなず》き、受話器へ何かを伝える。延長しない旨だろう。

けど、そうか。不機嫌になるのか……そう思うと、京子に不義理を働いた気がしてきた。

逆の立場になって考えてみれば、京子が征矢《せいや》と二人でカラオケに行くような感じか。

それは……なんというか、普通に嫌だな。どうしようもない事情があれば、仕方ないとは思うし、笑顔で許しはするだろうけど……あぁ。

思い至るにつれて、自己嫌悪が濃くなる。

自己保身も十分にあるけど、京子に嫌な思いをさせたくはないし、だったらもう秘密にするしかない。ラインに『寄り道してた』『すぐ帰る』とメッセージを打ち込んだ。

やってしまったな。申し訳ないことをした。

凛《りん》と遭遇して、情緒が滅茶苦茶になっていたとはいえ、反省しなければ。

「あと十分あるけど、どうする？　最後に一曲なにか歌う？」

受話器を置いた桂花さんに聞かれた。

「いえ、大丈夫です。帰りましょう。これ以上遅くなると、京子に怪しまれるかも」

「そうだね。それがいい」

桂花さんがリモコンとマイクを充電器に戻した。ぼくも通学鞄《かばん》を背負い、帰る準備をする。

伝票が入った小さいカゴを手に取って、部屋を出た。

「今日はありがとうございました」

並んで受付に向かいながら、言った。京子には申し訳ないことをしたと思うけど、桂花さんが凛を止めてくれて、カラオケに誘ってくれたことで気分が救われたのは事実だ。

「お返ししたいので、何かあったら言ってください」

「気にしなくていいのに。大したことしてないし」

「でも、本当に助かったというか……何かしないと収まりが悪いんですけど」

「そう？　しっかりしてるねぇ。だったら、何か考えとくよ」

受付で伝票を返却して、割り勘で会計を済ませる。

外に出てすぐ、桂花《けいか》さんが立ち止まった。

「タクシー相乗りする？　お金出すけど」

「いいんですか？　なら、ばあちゃんの家から少し離れた場所で下ろしてもらえたら」

「あぁ。京子《きようこ》に見られたらまずいからか」

桂花さんがスマホでこの辺のタクシー会社の番号を調べて、電話をかけた。

「すぐに来るってさ」

その言葉の通り、五分もしないうちにタクシーがやってくる。

並んで後部座席に座り、目的地を告げる。

歩けばそれなりに時間がかかる距離だけど、車だとものの数分で着いてしまう。

「じゃあ、また明日か明後日《あさって》」

タクシーから降りようとしたら、桂花さんが言った。

「はい。また」

おつかれ様です、と最後に締めて、桂花さんと別れた。

降ろしてもらった場所から、ばあちゃんの家まで、まだ少し距離がある。急ごう。

あとは……帰ってから、桂花さんと会っていたことを顔に出さないよう気を付けないとな。

朝《あさ》山《やま》瑞《みず》希《き》

私は、他人をなかなか信用できないタイプだ。

当然、友達のことも全然信用していない。

だから、最近学校でハブられてるけど、それにはあんまりショックを受けなかった。

むしろ「ですよねぇ」って感じ？　まーちゃんからの愛情を確かめるために、人気のある先輩とばっかり付き合ってたんだもん。

いつかは、女子の嫉妬《しっと》を集めて、こうなるだろうなぁ、って思ってた。

いじめまではいってないから、どうでもいいけど。

友達がいなくても、あんまり不便しないしねぇ。

でも……どーして私は、こんなに他人を信用できないんだろう？

思い浮かぶのは、先月京子に言われた、私が人からの好意に臆病《おくびょう》だってあの一言。

……悔しいけど、あれ、ちょっと正しいかも。

だって、私が男をとっかえひっかえしてたのは、まーちゃんの愛を確かめるためだ。

まーちゃんは、私が彼氏を作るたびに落ち込んだ。本当に、すごく、落ち込むの。

それでも私を好きすぎて、諦《あきら》められなくて……そんなまーちゃんを見ることで、私はまーちゃんの愛を実感できた。まーちゃんは絶対に私を見捨てない。

他の人は、全然そんなことないのに。

まーちゃんだけなんだよ。信用できるのは。

それだって、何年も時間をかけて、色々試して、ちょっとずつ信じられるようになっていったのに……せっかく、ここまで育てたのに。

だから。まーちゃんに近づいて、その愛情を受けようとする奴《やつ》は、許せない。

たとえ、それが、私に協力してくれる人だとしても。

今夜も桂花《けいか》ちゃんは、うちに来るなり掃除を始めた。

昨日までと比べたら、見違えるほど綺麗《きれい》になったのに、まだ納得できないんだって。

他人の家にここまで労力を割ける神経が、私にはよくわからない。

「もう、じゅーぶん綺麗になったじゃないですかぁ……まだやるんですかぁ？」

最初の三十分くらいは、私も渋々掃除機をかけたり、拭き掃除をしていたけど……あんまりに無意味だから、我慢できなくなって桂花ちゃんに声をかけた。

台所に立って、シンクに謎の洗剤を吹きかけていた桂花ちゃんが、振り返って私を見た。

腕まくりをして、ゴム手袋をはめている。

「一度掃除を始めたら、徹底的に綺麗にしないと、気が済まない質《たち》なんだよ……疲れたなら、スマホでも弄《いじ》ってればいい」

「そーさせてもらいまーす……ふう」

手に持っていた布巾《ふきん》を床にぽいっと放って、ソファに座った。

「にしても……こんなに汚い台所で、よく料理ができるな」

台所に向き直った桂花ちゃんが、言った。

たしかにシンクは汚いけど、そういう言い方されたら、ちょっとムッとくる。

「まな板や調理器具が綺麗だったら、別に問題なくないですかぁ？」

「変な菌とか飛んでそうだろ。食材に汚れもつく」

「へぇ。桂花ちゃんは、菌が、目で見えるんですねぇ。すっごーい」

「見えねーよ。イメージの問題だ。つか汚部屋の住人が揚げ足取るな」

昨日一日で、桂花ちゃんの口調はだいぶ砕けた。

汚い部屋に平気で住む私に呆《あき》れて、取り繕《つくろ》うのをやめたのかもしれない。

別に、どーでもいいけど。

パズルのアプリを起動して、ログインボーナスをもらい、スタミナを消化する。

「……こんな部屋じゃ、衛《まもる》くんも呼べないだろ」

「中学の頃までは、たまーに呼んでましたよぉ？」

「えっ？」

桂花《けいか》さんが振り返って私を見た。

すっごい顔してる。

「……よく、こんな汚部屋に、好きな男子を呼んだな……」

「部屋が汚いくらいで、まーちゃんは私に幻滅しないもん。あと、私がまーちゃんを好きなんじゃなくて、まーちゃんが私を好きなんです。そこ、間違えないでくださぁい」

「はいはい……衛《まもる》くんの女の趣味だけは、理解できそうにないわ……」

普通に失礼なことを言われたんですけど。

じーっと抗議の目を向けると、桂花さんはしらーっと台所に向き直って、スポンジでシンクをやさしくこすりはじめた。

「……まーちゃんは、女の趣味、悪くないです」

「そうだな。最終的には京子《きようこ》を選んだから、悪くはないか」

「……やっぱり悪いです。あんな女を選ぶなんて」

「あいつ、元トップアイドルだけどな。そこらの女が束になっても勝てないぞ」

「見た目は良いかもですけど、性格ヤバすぎです。知ってます？　あの女、私を嵌《は》めるために、高校の前でうちの生徒捕まえたり、私の親の職場に突撃して、情報集めてたんですよぉ？」

「知ってる。本人から聞いた。まあ、執念深い奴《やつ》ではあるよ」

「同じアイドルなら、桂花ちゃんの方がよっぽどマシなのに」

「…………、どーも」

桂花ちゃんがほんの一瞬、固まった。

でもすぐ、何事もなくシンクの掃除を再開する。

なんだか違和感……あっ。

それより、他にもっと気になることがあるんだった。

うー……どうしようかな。聞こうかな？

うん。やっぱり、確かめておかないと、駄目だよね……

「……あのぉ。桂花ちゃんって、今日は、何をしてたんですかぁ？」

「え？　……昼過ぎまでは、京子と遊んでたけど」

桂花ちゃんが、シンクの掃除を続けながら、振り向かずに言った。

「お昼過ぎまで？　……じゃあ、夕方からは？」

「京子に用事があって、解散して……一人でこの辺を散歩したり、適当に買い物したりしてたな」

桂花ちゃんが、すらすら、よどみなく答えた。

へー。そーなんだぁ……

私は答えずに、スマホを操作してカメラロールを開いた。

そこには、数時間前に撮影した写真がある。

一枚は、高校のすぐ近くで、凛《りん》ちゃんと桂花《けいか》ちゃん、そしてまーちゃんが写ってる写真。

もう一枚は、桂花ちゃんが、まーちゃんと二人でカラオケボックスに入ってく写真。

合わせて二枚。桂花ちゃんが、今日、まーちゃんと遊んでいたことを証明する写真だ。

これ、私に、隠しちゃうんだぁ。

つまり、桂花ちゃんには、これに関して、私に言えない理由があるってことか。

……あーあ。

「暇だったなら、私に連絡くれたら、よかったのに」

「……それもそうだな。でも、久しぶりに一人でゆっくりする時間がほしくて」

「この三日間、ずっと京子《きょうこ》と一緒でしたもんねぇ。それって、すっごく疲れそう」

適当に話を合わせながら、今日の放課後のことを思い出す。

私はあの時、一人で帰るまーちゃんの後をつけていた。

タイミングをうかがっていた。もしも声をかけられそうだったら、かけるつもりだったから。

今はまだ、何のきっかけもなしに一緒に帰ろう、って声をかけるのは、厳しい。

でも、帰り道で偶然を装って合流すれば……もしかしたら。

そんな期待を抱いていた。

そしたら、まーちゃんが突然、凛ちゃんに捕まっちゃって。
あ、チャンスかも、って思ったら、桂花ちゃんが割り込んできた。
少し、様子を見すぎたんだ。もっと早く動けばよかった。
というか、桂花ちゃんが出てきた後でも、動けば良かったんだけど……
でも、昨晩の、桂花ちゃんの冷たい一言が、頭に引っかかってたから。
『……駄目かな。これは』
もしかすれば、桂花ちゃんは、何かするつもりかも。そう思ったんだ。
だから……桂花ちゃんとまーちゃんが一緒にいるところの、写真を撮った。
もしも、何かあれば、役に立つかもと思って。
それからも、後を付けて、カラオケに入るところも撮影した。
……別に、それだけなら、何も問題なかったのに。
たまたま知り合いと会ったから、ちょっと遊んだだけかな、って……思えたのに。
でも、隠されたら、勘ぐっちゃう。
ねえ、桂花ちゃん。
どーして、私に、隠したの？
シンクを掃除する、桂花ちゃんの後ろ姿を眺める。
私……桂花ちゃんのこと、ちょっとだけ、好きだったんだよぉ？

なのに、裏切るなんて。
だから、他人なんて、信用できないんだ。
ほんと……あーあ、だよ。

四話

喜《き》多《た》河《がわ》桂《けい》花《か》

Mamorukun to ai ga omotai syoujotachi

『宵《よい》ヶ《が》峰《みね》京子《きょうこ》』という女は、私の理想を体現していた。

見た目が好みだ、なんて小さい話じゃない。在り方まで含め、すべてが完璧《かんぺき》だったんだ。

京子は、自《みずか》らが信じる『最高のアイドル』を演じるために、持てる全てを投じていた。理想へ近づくための努力や犠牲を厭《いと》わず、しかもそれを表に出さない。そんな姿に、私は、あいつはアイドルになるためにこの世に生まれたような人間だな、と思っていた。

オーディションの時はお世辞にも上手《うま》いとは言えなかった歌やダンス、パフォーマンス全般が、グループの一周年記念公演を迎える頃には、メンバーの誰より上手くなっていた。

　トークだってそうだ。色々なタレントを参考に勉強し、めきめき上達していき、瞬く間にその時々に求められる受け答えをスムーズにやれるようになって、ライブでの場回しも断トツで上手くなった。

　自分が他者の目に魅力的に映るためにはどうすればいいかを真剣に分析し、血のにじむような努力の末にそれを得る。それでいて売れても天狗《てんぐ》にならずにスタッフへの腰は低い。

ファンサービスさえも、私たちの中では一番良かったと思う。

要するに、あいつは「個」を出さず、アイドルに徹していた。

馬鹿な他のメンバーたちが、嫉妬《しっと》から、行き過ぎたファンに京子《きょうこ》の個人情報を渡して、けしかけて……京子を傷つけようとした時でさえも……京子は、世間に求められる『宵ヶ峰《よいがみね》京子』を完全に演じきった。

類を見ない才能があり、さらにはそれにあぐらをかかず、不断の努力で磨き上げ、誰より完全なアイドルであろうとした京子には、理屈じゃ説明できない、引力みたいな魅力があった。

ステージで歌い、踊る彼女は、輝いていた。推しなんて言葉じゃ生温《なまぬる》い。もはや神だ。

奴《やつ》のステージを見ていたら、心がざわめく。知らず知らずのうちに、身体《からだ》に力が入る。

……宵ヶ峰京子は、十年以上アイドルを追い求め続けた末に、やっと出会えた、完璧《かんぺき》な偶像だった。

私みたいな凡庸《ぼんよう》な人間が、そんな神のような存在と肩を並べてアイドルとして活動できたことは、幸せ以外の何物でもない。断言できる。あの時期が、私の人生の絶頂、最高到達点だ。

この先の人生に、あの五年を上回る瞬間は絶対に訪れない。

後は、下っていくだけ。

だからこそ許せない。

あの偉大な宵ヶ峰京子というアイドルを、他ならぬ京子自身が現在進行で貶《おとし》めている現状が、どうしても許せない。

だってそうだろ？

私を含め、数えきれないほどの人間を熱狂させた、あのアイドルが……恋愛に脳みそを焼かれた馬鹿女が、片恋相手を振り向かせるための手段として生み落とした存在でしかなかったなんて……誰が、そんな救いようのない事実を、許せる？

間違っている。

たとえ本人の意志であっても、宵ヶ峰京子をこれ以上汚すことは許されない。

だから、私が正さないといけないんだ。


佐賀に訪れて四日経《た》った。

滞在は一週間の予定だから、今日でちょうど折り返し地点を過ぎたことになる。

時間の流れがすげー早い。

今日は、京子と正午に駅の近くのカフェで待ち合わせてランチをした。頼んだ日替わりセットは味こそ普通だったけど、量が多くて満足度が結構高い。

で、ランチ終わった後もカフェに居座って、そのままずっと雑談を続けている。

せっかく佐賀まで来たのにこんな過ごし方は冴《さ》えないが、四日目となるとやることもないしな。徒歩圏内の観光名所は昨日の午前に全部回って、ぶらぶら買い物するような店もない。

けど福岡に行くには、今日も京子《きょうこ》が夕方から自動車学校だから、時間が足りない。

真剣に考えればカフェでだらけるより有意義な過ごし方の一つや二つ、見つけられるだろうが……私たちには、そこまでの情熱がなかった。

ま、佐賀に来たのは観光目的じゃないから、無理に遊ぶ必要もないか。

「……晩飯どうする？　自動車学校あるなら、今日も別々にしとくか？」

ちょうど会話が途切れたところで、気になっていたことを聞いた。

昨日も京子とは夕方から別行動で、夕飯は別々だった。

私はコンビニ弁当で、京子は衛《まもる》くんと婆《ばあ》さんの手料理を食べたらしい。

京子が答えた。

「ちょっと遅くなってもいいなら、一緒に食べようよ。衛も誘ってさ」

自動車学校は五時かららしい。教習一コマと、卒試に向けた課題を学内でやるみたいだから、終わるのは七時頃になるんだと。ま、問題ないな。

「りょーかい。なら終わったら連絡くれ」

京子がぎちぎちに自動車学校のコマを取っているのは、盆休みまでに免許証が必要だからだ。

夏休みも学校がある衛くんだけど、お盆はしっかり休みらしく、そこで泊まりがけでドライブデートをする予定らしい。車に初心者マークつけて県外まで行くんだと。

彼氏と二人きりでお泊まり旅行ね。

少し前の私なら、京子がそんなことするとか言っても、絶対信じなかっただろうな。鼻で笑ったとさえ思う。プロ意識の塊《かたまり》の京子に限って、そんなわけあるかよって。

けど今は疑う余地すらない。

京子からその話を打ち明けられた時、私は一瞬視界が歪《ゆが》んだ。ショックすぎて。

「せっかくこっちまで遊びに来てくれたのに、毎日こんなでごめんね」

申し訳なさそうな京子に、心の声を押し殺して苦笑いする。

「いいよ。盆休みに衛くんと泊まりがけでドライブデートするんだろ？」

「まあね……あっ。復讐《ふくしゅう》のために、仕方なくだけどね？」

わかりやすすぎる言い訳を付け加えた京子の眉間《みけん》には、深い皺《しわ》が刻まれている。

公の場じゃ絶対に見せなかった、内心がありありと表れた素の表情。

わかる。私にはわかる。それは、衛くんを必死に憎もうとしているのに、彼を好きすぎて憎みきれず、でもやっぱり高いプライドのせいでそんな自分を認められない、そういう顔だ。

あくまで想像だけど、日頃の言動を考えれば、間違っているとは思えない。

「ほんと苦渋の選択よ。でもさ。復讐のためには、我慢が必要だから」

「よく言うよ」

思わず本音をこぼしてしまった。

今、私は、二人の京子を認識している。

未《いま》だに記憶の中で輝きを放つ『最高のアイドル・宵ヶ峰《よいがみね》京子』と、目の前に座る『好きな男に頭を完全にやられた幼稚なことしか言わないアホ女』だ。

当然、二人は同一人物だ。わかっている……わかっているのに、私は、そう認識できない。二人を重ねても、すぐ二重にぶれる。そのまま乖離《かいり》してしまう。磁石のN極とS極みたいに。アイドルの京子《きょうこ》は滅私《めっし》の人だった。己《おのれ》の理想に殉《じゅん》じる、底の見えない化け物だった。

私はそんな京子に憧《あこが》れ、尊敬し、崇拝して……ほんの少しだけ嫉妬《しっと》もしていた。

……マジで完璧《かんぺき》だったんだよ。男の影なんか一ミリも見えなかったし……いや、たまに「従弟《いとこ》」とかいう男が身近にいることは口にしてたから、私は密《ひそ》かにそいつを京子の彼氏じゃないかと疑っていたけど、結局最後まで尻尾《しっぽ》を掴《つか》ませなかったし、気にもならなかった。

だから京子の神秘性は十分に保たれていた。

でも目の前のアホ女。問題はこいつだ。

このアホときたら意中の男児にガキの頃フられたという過去を、成人するまで引きずって、つーか未《いま》だにその元男児に未練たらたらなくせして大きすぎるプライドからそれを認められず、どころか復讐《ふくしゅう》するとか息巻きながら彼氏彼女な関係になって、いちゃついていやがる。

これが、あの完全無欠な『宵ヶ峰《よいがみね》京子』の正体だと?

そんなわけねーよ。名誉棄損《きそん》も甚《はなは》だしい。それは『宵ヶ峰京子』への冒瀆《ぼうとく》だ。いや、たとえそれが事実だとしても、宵ヶ峰京子を崇拝していた私は、私だけは、認めちゃいけない。

「よく言う、って……どういう意味？」

私の突っ込みに、京子がジト目になった。

やっぱりこれも、アイドルをやっていた頃は見せなかった表情で……くっそ。くそ、くそ。

「べっつにぃ？　……けど、ついに京子も初体験か」

ヘドロみたいな不快感の中で、それでも私は京子の友人として、彼女をおちょくる。

感情が、段々、濁る。

「は？　いや、こないだも言ったと思うけど、そこまではさせないから。許すのはキスまで。それ以上はない。マジでない。身体《からだ》を許すくらいなら、私死ぬよ」

じゃあ近い将来にお前は死ぬな、と思った。

ただ、当人はあくまで本気のつもりなのか、マジな顔をしている。

どうせ守れやしないくせに。そう思ったら嗜虐《しぎゃく》心が顔を出す。

「へー。やらせないなら、なんのために泊まりがけでデートするんだよ」

「わかってないなぁ。やらせないことが重要なんじゃない」

京子がドヤ顔で得意気に語りだした。何言ってんだ？

「はあ？」

「恋人とのお泊まりってことは、衛《まもる》も絶対そういうことを期待するよね？　京子とついにやれるんだ、って。旅行までの間、そのことを毎日死ぬほど考えるはず。でも、私はお泊まりしてもキス以上のことを許さないわけよ。すると、どうなると思う？」

「嫌われるし、最悪捨てられるんじゃないか?」

「なんでだよ!?」

京子《きょうこ》がカッと目を見開いた。

いや普通そうなるだろ。逆に、京子がそんな反応をするのがわからない。

「彼氏とお泊まりしたのに頑《かたく》なにやらせない女って、これが他人事《ひとごと》ならお前、どう思う?」

「っ……まあ、たしかに、ありえない、けどっ……でも、衛《まもる》は誠実だから!」

京子の叫びに、あの小動物みたいな愛らしい年下の少年を……京子が執着する、被食者じみた可憐《かれん》な少年を思いだす。

「……誠実な彼ピにも、ヤバい女から逃げる権利くらいあるだろ」

「だからっ…………ふう」

京子は何かを叫ぼうとしたが、寸前で呑《の》み込んで、自分を律するように手を組んだ。

「……あのね? 衛は、ガードが堅いからって、女を簡単に捨てるような男じゃないの。でなきゃ瑞希《みずき》ちゃんはもっと早く見切りをつけられてたし、私もあんな苦労しなかったよ」

「それはそうかもな」

出会ってまだ四日だけど、衛くんの人となりは多少把握できたつもりだ。

彼は良く言えば誠実で、悪く言えば生真面目《きまじめ》だ。

生き方が不器用で、色々損をするタイプだけど、私的には悪くないなと感じた。

見た目もエグいくらい可愛いし。生で見て、マジで驚かされたな。

おかげで、京子がこんなにおかしくなっていることにも、多少納得できた。

「でしょ？　でも、性欲がないわけじゃないんだよね。キスすりゃ喜ぶし」

「……へー」

聞きたくねーな、それ。

「とにかく、ギリギリのとこでお預けしてやるわけよ。そしたらもう私の勝ちだよね」

「なんで」

「見え方が変わるから。なんていうかな……私を女としてがっつり意識するようになるし、あと欲求に具体性が出るっていうか……そういう意識が、頭に植え付けられるみたいな？」

「……そもそも衛くん、京子に手を出そうとするのか？」

「するから！　それは絶対！　お泊まりの前に海や夏祭りであいつの気分盛り上げとくし！　で、満を持してのお泊まり！　からの生殺し！　これで絶対私のことしか考えられなくなる！」

「……ま、やれそう感はあるか。でもさぁ。京子って、いざ衛くんに迫られたら、ほぼ無抵抗で受け入れそうだからなぁ」

「はあぁ!?」京子が声を裏返した。「いや、殺したいほど憎んでる奴《やつ》を受け入れるなんて、マジでないんだけど!?　そりゃあっ……最近は、キスとかはしてますけど、でもあれが限界！　ほんっとーに嫌々だから！　奥歯嚙《か》みしめながらしてるし！」

京子《きようこ》が顔を真っ赤にして、必死に反論してくる。

あー……くそ。楽しくなってきた。

困ったことに、この馬鹿な京子は馬鹿な京子で、一緒にいると案外楽しい。

認めたくないけど、私は今の京子のことも、友達として、少しは気に入っている。

だけど、その馬鹿な京子は、存在するだけで、アイドルの宵ケ峰《よいがみね》京子に泥を塗る。

「そうなんだ」

「返事、軽くない!?　ていうか桂花《けいか》、私のこと絶対に信じてないよね!?」

「信じてる信じてる。その作戦は完璧《かんぺき》だよ。じゃ、そろそろ話を戻そうぜ。夜は何食べる?」

「こっ、おっ……!」

京子が喉《のど》に餅《もち》を詰まらせたように呻《うめ》く。

楽しい。本当に楽しいんだ。

でも……それ以上に、憎たらしい。

京子の恋バナを聞いていると、感情がぐちゃぐちゃに濁っていく。

好きなのに、憎くてたまらない。頭がどうにかなりそう。

だから……だから、京子は二人いて、そして私にとってより大切なのは、アイドルの方。

それは比べるまでもないって、自分に言い聞かせる。

彼女は私の神だった。目の前の馬鹿女はそうじゃない。神じゃない。

私は、私の偶像を貶《おとし》める、目の前の馬鹿な京子が憎い。

なら、どうする？　私が京子のためにできることは、なんだ？

……決まってるよな。

◆

私は日頃、パンク系ばかり着ているけど、実はパンクはそんなに好きじゃなかったりする。

仕方なく……他に選択肢がないから、着ているだけだ。

自分を隠すためのモザイクになってくれるなら、なんでもいい。

彫りが深くてくっきりした、可愛くない顔を、派手なメイクで塗り潰《つぶ》したい。

枯れ木のような貧相な身体《からだ》を、過剰な服飾で覆い隠したい。

その条件を満たせて、私に最も似合っているのが、パンクってだけ。

パンク好きな人には申し訳ないけど、それ以上の意味はマジでない。

だから、もし自分の顔や身体を好きになれたら、パンクを着ることはなくなるだろうな。

実は、佐賀へ行く前に荷造りをした時、念のためトラベルバッグに一セットだけきれいめな私服を忍ばせておいた。何かあった時のために。

選んだのは、かっちりした白無地のブラウスに、ハイウエストのテーパードパンツ。フォーマルで遊びがない服飾は、私の顔、そしてスタイルを限界まで際立たせる。

メディアに出る時、私は必ずこういった恰好《かっこう》をする……というか、させられる。

この顔と身体《からだ》は、あの世界では「恰好良い女性」として一定の需要があって、まあまあな武器になる。そういった需要を見込まれて、私は起用される。

だから、それらを最大限に生かす恰好をするのは当然だ。アイドルだった時も、衣装が統一されていないイベントだと、私だけ落ち着いた感じのものをあてがわれていたくらいだ。

ま……不満は不満だけど、でも悪いのは、そういうのしか似合わない自分だ。事務所の判断は間違っていない……だからって、自分の欠点を強調する服を好きになれるわけじゃないが。

だから、オフはパンクで身を守ることにしているし、佐賀でも、よっぽどのことがなきゃ、パンクしか着る気はなかった……はず、なんだけど。

夕方になって京子《きょうこ》と別れた私は、急いでホテルに帰った。

部屋に入るなりベッドに服を脱ぎ捨てて、派手で病的なメイクをさっぱり落とす。

そのまま、大人っぽさを強調したメイクで顔を整え直し……きれいめコーデに身を包む。

姿見で確認すれば、そこにはタレントとしての喜多河桂花《きたがわけいか》がいた。

相変わらず欠片《かけら》も可愛くねーな、こいつは……と思うけど、昨日衛《まもる》くんが言ってくれた言葉を思い返す。

『ぼくは、桂花さんを良いなと思うので』

『桂花さん、顔も性格も、あと声も良いじゃないですか』

『自分に欠けたものへの憧《あこが》れ、という話に繋《つな》がるかもしれませんけど……あのグループの中だと、桂花さんが一番好みだったし』

社交辞令かもしれない。でも、彼の言葉は私の心に響いた。

長く続けてきた芸能活動の中で、容姿を褒められたことは数えきれないほどある。情熱的な言葉も、美しい言葉も、本心からの言葉も……色んな人から、たくさんもらってきた。

でも、彼がくれた言葉はそのどれよりも強かった。

言葉は、誰が言ったかも重要だ。

あの宵ヶ峰《よいがみね》京子を何年もの間、焦がれさせた美少年が、私を褒めた。

あの宵ヶ峰京子が、死に物ぐるいで摑《つか》み取った男が、私を宵ヶ峰京子より上だと褒めた。

それに勝る誉め言葉なんか、他にこの世にない。

だから。私は彼が褒めた容姿を、最も魅力的に演出する恰好で、彼と会うことにした。

衛くんの夏期講習は、夕方の四時頃に終わるらしい。

実際、昨日もその頃高校の近くで待ち伏せしていたら彼と会えたし、間違いないはずだ。

だから今日も同じ頃に校門前に向かった。で、日差しを避けるために、傍《そば》にあった木陰の下で待っていたら、ある時を境に門から学生たちがぽつぽつ姿を見せ始める。

夏期講習が終わって、部活動がない生徒たちが下校しだしたんだろう。

流れていく学生たちを、サングラスの奥から注意深く眺めた。夏服姿の子たちも、ちらちら私を見ながら、目の前を通り過ぎていく。声はかけられない。

私くらいの知名度でも普通に声かけられることはあるけど、今回はサングラスで変装しているから、大女って理由で目立っているだけだな。

変装は大事だ。人の目はどこにでもある。

京子《きょうこ》はそれを失念して、衛《まもる》くんとのキスを盗撮された挙げ句に、ネットで拡散された。

現役時代はあんなミス、絶対犯さなかったのに。

やっぱりアイドルの京子と、恋愛脳の京子は別人だ。そうとしか思えない。

とか考えていたら、やっと正門から小柄な男子が……衛くんが現れた。

……いや、線細いなー。色も白っ。顔良。マジで見た目が完璧《かんぺき》すぎる。

衛くんは門から出るなり、周りをきょろきょろ見回した。

平野で肉食獣を警戒する小動物みたいな動きだけど、何をそんなに恐れているんだ？

謎に思っていたら、衛くんが早足に歩き出す。

そのままこっちへ向かってきたけど……もちろん、私に気付いたわけじゃなさそうだ。

敢《あ》えて声をかけずに眺めていたら、案の定、そのまま目の前を素通りされた。

「衛くん」

呼び止めたら衛くんが体を震わせて、バッと振り返る。

「誰っ……あっ」

不審な顔が「桂花《けいか》さん」とすぐ安心の笑みに変わる。

笑顔も無垢《むく》で良い。

衛くんは小柄だけど、スタイルそのものは別に悪くない。頭と顔が小さくて、手足も全体の比率で見れば十分に長く、小さいのにちんちくりんに見えない、珍しいタイプだ。あとは……やっぱ顔。とにかく顔だな、顔が良い。可愛い系のその顔は、私的にポイントが高い。

京子は当然として、この子の姉も顔だけは良かったし、見た目が良すぎる一族だ。

「驚かせて悪かったね。でも、衛くん全然気づかなかったな」

ちょっと意地悪なことを言ったら、衛くんが気まずそうに「ごめんなさい」と頭を下げた。

「別に怒ってないよ。それより、何をそんなに警戒してた?」

「……昨日みたいに、凛《りん》に待ち伏せされてたら嫌だなと」

あー。

「なるほどね。実は、私もそう思って様子を見に来たんだよ」

ここぞとばかりに用意していた理由を言う。衛くんと二人きりになるために考えた口実だ。

ただ、あながち全部が嘘《うそ》でもないが。つーか半分は本心だ。まだ短い付き合いだけど、衛《まもる》くんはもう知らない仲じゃないし、姉から理不尽《りふじん》に虐《しいた》げられていることには同情してるし。

衛くんが過剰に庇護《ひご》欲を掻《か》き立ててくるのもあるけど、できれば助けてあげたい。

だから、口実半分、心配半分というわけだ。

「お節介かと思ったけど、衛くんが心配でさ」

「気を遣わせてしまってすみません。ありがとうございます」

衛くんが申し訳なさそうに、小さく顔を伏せた。やっぱり仕草が小動物っぽいな。

でもあざとさはなくて、むしろ似合っている。天性の才能といえば、そう。

「いやいや。全然。けど、杞憂《きゆう》だったかな?」

少なくとも近くには凛《りん》の姿はない。衛くんは昨晩も家に帰っていないはずだから、今日は昨日にも増して怒りくるって待ち伏せでもしているだろうと思っていたけど……ふん?

「だと、いいんですけど」

衛くんのか細い声は不安に揺れていて、姉への恐れがはっきり出ている。

可哀想《かわいそう》に。

「……帰り道のどこかにはいるかもな。家まで送ろうか?」

「え? …………あー、えと、お願いします」

微妙に間があって、頷《うなず》きも控えめ。

京子《きょうこ》に悪いな、とか思ってるのかもしれない。

「いいよ。大した手間じゃない。それに、京子が自動車学校行って暇だし……あ、ところで、京子には、昨日お姉さんに待ち伏せされたことは伝えた？」

多分伝えてないだろうけど、一応聞いてみた。もし京子が話を聞いていたなら、今頃呑気《のんき》に自動車学校になんか行かずに、ここまで迎えに来ただろうし。

「伝えてないです。心配をかけたくないので」

「そっか。えらいな」

「えらいですか？」

「えらいよ。じゃあ、帰ろうか」

微笑《ほほえ》んで、衛くんの祖母の家へ向けて歩きだす……さ、どうしようかね。

このまま素直に家へ送り届けたら、すぐに衛くんとはさよならだ。

ここまで来てそれじゃ意味がない。

「……明後日《あさって》、海に行くだろ。三人で」

だから、さっそく仕掛けることにした。

私はあと四日しかここに居られない。残されたその短い時間で……できたら京子と別れさせたい。それが無理だったとしても、せめて、私を強く意識させるくらいはしないとだ。

悠長にしている余裕はない。多少強引にでも攻めていかないと。

「あぁ、はい。京子《きようこ》から聞いてます……海水浴なんて何年ぶりだろう」

衛《まもる》くんが、過去の思い出を掘り起こすように、顔を軽く上に向ける。

「へー……こんな海に近いところに住んでるのに？」

「いや、花火をしには行ってましたけど。でも、泳ぎはしなくて」

花火。瑞希《みずき》ちゃんとか。

「近くにあると、ありがたみが薄いんですよ……潮風で自転車が錆《さ》びるし、冬は高校の行事で浜辺を走らされるし。むしろ迷惑の方が目立つかも」

「ふーん……でさ。私、今、水着がないんだよ。持ってきてなくて」

「そうなんですか？　あ、でも、ぼくも中学で使ってた学校の水着しかないな……」

お。

「学校指定の水着じゃ、ちょっと恥ずかしいかもね」

「ですよね。明後日《あさって》までに買っとかないと」

「だね……どうせだし、今から一緒に行く？」

すかさず提案すると、衛くんが「はい？」と私を見あげてくる。

あどけない顔が可愛い。

「……ぼくと、桂花《けいか》さんの二人だけで？」

明らかに気乗りしてない、困り眉で聞き返された。

予想通りの反応だ。生真面目《きまじめ》な衛くんらしい。

「仕方ないだろ。京子を待ってたら、店が閉まるかもしれないし」

「ん、ん。だったら明日、三人で行くのは？　二人きりは、京子が怒るかもしれないし」

「それでもいいけど、ほら……前日に慌てて買うのって、ちょっと嫌じゃない？　明日、もし良いのがなかったら、妥協した水着で海に行くことになるし。あとそもそも京子は明日、この時間暇なの？　また自動車学校行くかもしれないだろ」

「あー……いや、でもなあ」

反応が芳《かんば》しくない。少し、苦しいか？

でも、こんなところで躓《つまず》いているようじゃ二人を別れさせるなんて無理だし、ここはなんとしても説得しないとな。時間もないし、多少強引でもガンガン攻めるしかない。

二人を別れさせるリミットは、盆休みだ。

どんなに遅くとも、それまでに二人を引き離さなきゃまずい。

盆に、泊まりで旅行に行って……京子は、旅行中はエッチせずに衛くんを焦らすとか言ってたけど、賭《か》けてもいい、あいつは絶対に一発やって帰ってくる。つーか、あいつが衛くんに関して「絶対にやらない」と宣言して、本当にやらなかったことは、実は一つもない。

死んでも付き合わないと宣言した直後、衛くんと付き合いだした。

衛くんに改めて告白された時は必ずフると宣言した数日後、衛くんの告白を受け入れた。

衛《まもる》くんが絡んだ時のあいつは、猿以下の知能になる。

それでも、キスなら……キスまでなら、ギリギリ許せるんだよ。

本当にギリギリだけどな。ドラマに出演すれば、アイドルだってやることがあるし。

でも、さすがに……セックスは、駄目だろ……！

それをしたら、京子《きょうこ》の神秘性が不可逆に消え失せて俗物へ堕《お》ちてしまう。

嫌だ。そんなの嫌だ。それだけは許せない。京子が汚れるなんて、死んでも無理。絶対無理。

アイドルの京子は完璧《かんぺき》だ。男とセックスなんか絶対しないんだ。

もしかしたら、いつか京子がアイドルとして復帰する日が訪れるかもしれないのに、その時あいつが処女でなくなっていたら……あぁ……たとえ京子が全盛期と同じ純度のパフォーマンスを魅せてくれたとしても、それはもう、私の理想を体現する完璧なアイドルじゃない。

想像しただけで吐きそうだ……！

いや、わかっているんだ。私、相当きしょいこと言ってるよな？

自分でもわかるんだよ。やべーって。でも無理なものは無理なんだ。これが他のアイドルならここまで気にしていない。頼むから、世間にバレてくれるなよ、ってしか思わない。

でも……でも、京子だけは、無理……！

くそ。もっと早く瑞希《みずき》ちゃんに見切りをつけて、とっとと自分が動けば良かった。

まさか瑞希ちゃんが、あんな慎重派だとは……あれじゃ間に合わない。

瑞希ちゃんが衛くんを奪い返せるチャンスも、私と同じで、多分盆休みまでだ。京子と一度でもヤれば、生真面目《きまじめ》な衛くんは、もう彼女を絶対裏切れなくなる。なのに、瑞希ちゃんは日和《ひよ》ってしまった。

すぐにでも泣きつけば良かったんだよ。情に訴えて、使えるものは全部使って、お人好しな彼を押し倒せば、可能性は十分あったんだよ。向こうだって未練はまだあったはずなんだ。

でも、もうダメだ。瑞希ちゃんは勝手に自滅した。くそ。

「京子に悪いですよ」

衛くんが、困ったように私を見上げた。レスポンスが遅れる。

ぐだぐだ考えすぎて、上の空になっていた。しっかりしろ。

「桂花《けいか》さんと二人で水着を買いに行くのが、嫌なわけじゃないんです。ただ……」

……やっぱり渋るか。仕方ないな。

「そっか……けど、昨日、お礼に何かさせてください、って言ってたよね？」

カラオケボックスで、彼が言ったことを持ち出した。

「え？　あぁ、言いましたね」

「じゃ、それを今、使おうかな……今から、私の水着を一緒に選んでよ」

「……どうして？」

衛くんが、困惑するように眉尻《じり》を下げた。

くっ……さすがに必死過ぎて、怪しかったか。

どう言いくるめようか……そうだな。

「……実は、どんな水着を着れば、十代の男子に一番刺さるのか、知りたくて」

衛《まもる》くんが「はあ……？」と私の真意を探るような目を向けてきた。

「いや、恥ずかしい話だけど、解散してから、本当に仕事が減ったんだよ」

「あー……そう、ですか……」

「で、最近になって、慌てて自分の新しい売り出し方を模索してるんだけど」

衛くんが気まずそうに「なるほど」と唸《うな》るような返事をした。

「今の私に何が足りないかっていうと、結局、男人気だ。私は、男ファンが少なすぎる」

ちなみにこれは本音で、衛くんを騙《だま》すための嘘《うそ》じゃない。自分の新しい可能性を引き出せなければ、待ち受けるのは穏やかな死だ。私はもう少し……この業界に、しがみついていたい。

いつか、京子《きょうこ》が戻ってくることがあれば……並んで、立つために……

「……大変ですね」

「あぁ。それで、今度久しぶりにグラビアの仕事があってね」

「グラビア？」

「そう。青年誌の巻頭グラビア。事務所に頑張って取ってもらった。それで、水着だけじゃなくて、色々攻めたのも撮るらしいけど、その前に、私の水着姿が男子の目に魅力的に映るのか知っておきたくてさ。今までの売り方と全然違うから、怖いんだよ」

「あぁ……」

「けど男子高校生の意見を直で聞ける機会って、なかなかないだろ。だから、一緒に水着を買いに行けたら、自然な流れで色々聞けるかもとか期待しちゃって……強引に頼んだわけだ」

「なるほど」衛くんがこくこく頷《うなず》いた。「そういう理由だったんですね」

……簡単に信じたよ。純粋だな。

まあ、あながち嘘ってわけじゃないし、説得力があったのかもしれない。

「でも、それって京子が一緒の時じゃダメなんですか？　海に行った次の日でもいいような」

「んー……私、日曜の昼には東京に帰るから、それじゃ駄目だな」

「あ」

「だからって、海で遊んだ直後に、水着の試着はしたくないしな……つーか、衛くんは、京子の前で、私の水着姿の感想を言えるのか？　本音を、包み隠さずに」

「あっ、あー……」

「上辺の感想はいらない。どんなのが刺さるか、詳しく聞きたい。どんなに際どいのだって着るぞ。エロければエロいって、はっきり言ってほしいからな」

「た、たしかに、それは……京子がいたら無理かも……」

「だろ？　……君が、私のどういう水着姿に一番魅力を感じるのかを知りたいんだよ」

理由として筋は通せた、と思う。

あとは泣き落としだな。優しい彼の情に訴える。

「……駄目?」と微苦笑すると、衛《まもる》くんが小さく唸《うな》った。

まだ悩んでいるらしい。

でも、根気強くジッと見つめていたら……少しして、困ったように笑った。

「わかりました。昨日、助けてもらいましたし、協力、します」

……はあ。やっと折れたか。

どうにか最初の壁は乗り越えられたな……にしても、手強《てごわ》い。

これは早いうちに、どこかで一発大きく仕掛けないといけない。

どうしたもんか……そういえば、京子《きょうこ》の奴《やつ》は、どうやって衛くんに自分を意識させたんだっけ? 親戚《しんせき》って前提から、女とまで意識させたのは……んー……?

「あっ。でも、京子には内緒にしてくださいね」

「ん、あぁ。それはもちろん……ありがと。マジで助かる」

……まあいい。とにかく、ここからが勝負だ。

この機会を逃さずに、衛くんとの距離を一気に縮める。

つーか、できれば今日中に落とす。その覚悟で攻める。

衛くんが「ところで」と視線を下ろした。

「ん？　なに？」

「今日の、桂花《けいか》さんの恰好《かっこう》……その、すごく綺麗《きれい》だと思います」

「へっ？」

「……いや、その。メディアには、大体いつもそういう恰好で出てるから、今更参考にはならないと思いますけど、一応、ぼくの意見というか……男子高校生の意見です。やっぱり、男受けは良いと思うんですけどね……本当に、綺麗だし……」

恥ずかしいのか、最後の辺りは声を弱くして、衛くんがそっぽを向いて……ふうん？

これは、なかなか……うん。

……なるほど、ね。

森崎衛《もりさきまもる》

京子に内緒で、桂花さんと水着を買いに行くことになった。

昨日、カラオケに二人で行って後悔したばかりなのに、この意志の弱さにはほとほと呆《あき》れる。

ただ、同時に、これぱっかりは仕方ないよと思う自分もいた。

恩のある相手に、仕事関係の真剣なお願いをされたら、どうしても無下《むげ》にできないというか。

うん。京子には本当に申し訳ないけど、今回だけは見逃してもらおう。

罪悪感は忘れず、気持ちを切り替える……いや、それにしても。

隣を歩く、ぼくより一回り背の高い桂花《けいか》さんを横目に見上げて、思う。

……本当に、見違えたなぁ。

桂花さんは昨日までと違い、パンクな恰好《かっこう》はしていない。落ち着いた服を綺麗《きれい》に着こなし、派手すぎないメイクで真っ当に顔を彩って、オシャレなサングラスなんかをかけている。

雰囲気は完全にやり手の美人実業家だ。とにかく恰好良いし、綺麗。

ただ、親しみやすさはないかもしれない。というか、むしろ近寄り難さがある。

失礼な話だけど、こういったタイプの人は、アイドルにはあまり向いていない気がした。

それこそモデルや女優の方が、適性がありそう。

いや、ぼくは好みだけど。綺麗で、美人で、恰好良くて、ぼくとは正反対で…………っと。

危ない。思わず見惚《みと》れそうになって、ゆっくり視線を切った。

「衛《まもる》くん」

「え？　……あ、はい。なんです？」

自分を諫《いさ》めていたせいで、反応がワンテンポ遅れる。

……ぼくらは今、高校の近くにある、大型のイオンへ向かっている最中だ。

この辺りで水着を買える店を、ぼくはイオンしか知らない。

昼間よりマシとはいえ、外はまだまだ暑い。歩くうちに、背中や額に汗が滲《にじ》んだ。

タクシーとは言わずとも、バスくらいは使えばよかったかもしれない。

「せっかくだし、京子《きようこ》の話でもしない？」

桂花さんが言った。その額には、わずかに汗が浮かんでいる。

でも表情は涼しげだ。妙な余裕が感じられる。

「はい？」

意図が摑《つか》めずに聞き返したら、桂花さんが微笑《ほほえ》む。

「京子のことを教えてほしいんじゃないのか？」

「あ、そうだ」

「知りたいことがあるなら、今話すけど」

「えー、と………色々聞きたいことはあるはずなのに、パッと思いつかない……」

「そう？　なら、思いつくまで私が質問していい？」

「あ、はい。もちろん」

頷《うなず》くと、桂花さんがニコッと笑った。

サングラス越しでもはっきりわかる、満面の笑みだ。

「衛くんは京子のどこが好きなんだ？」

……うわ。

「ぶっこんできましたね」

「地味に気になってたんだよ。従姉弟《いとこ》で付き合うって、珍しいし」

それ、いつだったか、瑞希《みずき》にも言われたな。

あの時、ぼくはなんと答えたんだったっけ？

「……やっぱり従姉弟と付き合うのって、珍しいですか？」

「そうだな。私は初めて見た。ちなみに、昔から京子《きょうこ》を女として意識してた？」

「いえ。親戚《しんせき》のお姉さんとしてはずっと大好きでしたけど……ていうか、京子もそうだと思ってたから、付き合おうって提案された時は本当に驚きました」

あの時は状況がめちゃくちゃすぎて、正直、驚いたというより恐怖していたけど。

京子と付き合うか、死ぬかの二択を突きつけられていたわけだし。

……改めて思い返してみたら、とんでもない話だな。

京子もそれだけ必死だったんだろうけど。

「なるほど。でも、今はしっかり女として見ていると」

「それ、なんか答えづらいんですけど……でも、はい。ある程度は」

「ある程度」

桂花《けいか》さんがオウム返ししてきた。

やっぱり突っ込まれたか。

「つまり、まだ完全には意識を切り替えられてない？」

「はい。というか、長年積み上げ続けた思いや感情って、多分、何があっても完全には消せなくて、心のどこかに残り続けると思うんです。それこそ死ぬまで……」

「うん」

「でも、京子を異性として好きになってきたのも、間違いなくて」

「……ちなみに、きっかけはなんだった？」

「はい？」

「京子を女として意識するようになったきっかけ。……なにか、あるだろ？」

……微妙に、声に真剣さが増したような。

それって、そんなに気になることかな……いや、いいんだけど。

真っ先に思い浮かぶのは、やっぱり初デートだ。

不意打ちでキスされたあの瞬間、ぼくは金槌《かなづち》で頭を殴られたような衝撃を受けた。

あんなことをされたら、女として意識するようになっても仕方ない……とはいえ。

キスされて親戚を異性として意識するようになりました、って、なんか、生々しくて嫌だな。

でも、嘘《うそ》をつくのもな……仕方ないか。

「キス、ですかね……」

素直に告げた。

桂花さんが「ほう」と興味深そうにぼくを見る。

「ネットで拡散された、あれ？」

「……そうですね。あれです」

「キス、好きなんだ？」

なんて質問だよ。しかも桂花《けいか》さんは真顔だ。

真剣に聞くようなことなのか、これは。

「いや、その、キスみたいなインパクトがないと、人の見え方ってそう変わらないというか」

「じゃ、嫌いなの？」

「…………、嫌いじゃ、ないです」

韜晦《とうかい》するように答えた。

ふうん、と桂花さんが頷《うなず》く。

「衛《まもる》くんってさ」

「はい」

「案外、ムッツリだよね」

「っ……！」

ぐうの音も出なくて、微笑《ほほえ》んだ桂花さんに、苦い笑顔を返す。

恥ずかしすぎる。穴があったら飛び込みたい。

「……もう着きますね。あれですよ。ほら、あの建物」

目前までイオンが迫っていたので、無理矢理話題を変えた。

「あぁ。意外と大きいんだな」

「古くからあるから、最近の大型店舗とかと比べたら、中は微妙ですけどね」

「へー…………………けど、キスねぇ。はいはい……なるほどね」

上手《うま》く話題を逸《そ》らせたと安心していたのに、桂花さんが小声で蒸し返してきた。

もうやめてくれ、と見上げる。

だけど桂花さんは、少し難しい顔でまっすぐ前を見つめていて、ぼくを見ていなかった。

……独り言か？　だったら、あえて触れなくてもいいか。

ただ、言葉に見合わない真剣な表情は、妙にひっかかるけど……

まあ、いいや。


店内はなかなか賑《にぎ》わっていた。

夏休みだからだろう。普段と比べると中高生が多い気がする。さもありなん。イオンはこの辺りの学生が暇潰《つぶ》しに集うスポットの一つだ。遊べるテナントこそ少ないけど、冷房完備でフードコートもあることから、宿題や勉強をするための場所としての需要が高い。

「さあて、いいのはあるかな、っと」

桂花さんが入り口近くにある案内図の前で立ち止まった。

テナントは二階までで、それより上は駐車場だから、店舗数はそう多くはない。

「二階に女物のコーナーがあるな。まずはそこから回るか」

「はい」と頷《うなず》き、エスカレーターへ向かう。

ちらほらと、すれ違う人たちからの視線を感じた。

桂花《けいか》さんの正体がバレたというより、ただ単に目立っているんだろう。たとえ奇抜なパンクでなくとも、桂花さんのスタイルの良さや頭の小ささは人の目を強く惹《ひ》く。さらにそこに、こなれた服の着こなしや、抜群に似合うサングラスが加わるんだから、目立って当然だ。

そんな彼女の隣を歩くのは、少しだけ居心地が悪い。

恰好《かっこう》良い桂花さんと自分を比べてしまって、コンプレックスを強く刺激された。

情けないいな。

自分をもっと好きになれたら……いつかは、こういう劣等感も消えてなくなるのだろうか？

わからない。でも、そうなればいいな、とは思う。

なんともいえない気持ちでエスカレーターに乗ると、桂花さんが一段下に足をかけた。

ゆっくりと遠ざかっていく一階を眺めつつ、そういえば、と思う。

デート中にエスカレーターを使うなら、男は下に乗る方が良いらしい。こないだネットでそんな記事を見た。女性が落ちそうになった時、支えられるからだと書いてあった。

これはデートじゃないけど、理由が理由だから、そうするべきだったかもしれない。

しくじったな……まあ、チビなぼくが桂花さんを支えられるかはわからないけど。

「カップルの身長差は、十五センチが理想らしいね」

軽く凹《へこ》んでいたら、桂花さんがおもむろに口を開いた。

振り返る。一段下に立つ桂花さんの目線が、ぼくのそれと同じ高さにあった。

ぼくらの身長は、エスカレーター一段を使うことで、ようやく均《なら》される。

「あぁ。聞いたことが、あるような……」

「私たちの身長差も、ちょうどそれくらいかな?」

桂花さんが、無邪気に笑った。

いけない、とわかっているのに、わずかに胸がぎゅっとなる。

本人に他意はなくとも、男を勘違いさせかねない、危険な仕草だ。

「男女で高低が逆では?」あえて素っ気なく返した。「それにこの段差、多分十五センチ以上ありますよ。つまり、ぼくらの身長差は……」

「今はヒールが高い靴を履いているから、脱げば、多分ぴったりだよ」

「あぁ……へぇ」

「てか、身長の高い低いは男女どっちでもいいだろ。数値の根拠は、キスやハグをしやすいからだし、それならどっちでも大丈夫」

桂花さんがうっすら笑い、人差し指で自分の唇を指差した。

「それとも、衛《まもる》くんは女に覆いかぶさられるようにキスをされるのは……嫌？」

口紅の上に薄くグロスを重ねているのか、桂花《けいか》さんの唇には瑞々《みずみず》しい光沢がある。

それが妙に艶やかで、意識が吸い寄せられて………唇から、視線を引きはがした。

からかわれている。なんて意地が悪いんだ。

「嫌じゃないですよ」と返して、二階に着いたのでエスカレーターから降りる。「桂花さんほどじゃないけど、京子《きょうこ》も背が高いから、キスしたら覆いかぶさられる感じになるし」

「なるほどね」

隣に並んだ桂花さんの足下に視線を落とせば、黒いパンプスを履いていた。彼女が言うように、ヒールが少し高い。脱げば、身長差は十五センチくらいかもしれない。

……だからどうした、という話だけど。

「お。あれ、水着の特設コーナーじゃない？」

桂花さんの視線を追うと、婦人服コーナーの一角に、水着が陳列されていた。

意外と、品揃《ぞろ》えも結構豊富そうに見える。

「ありますね……けど、あそこで試着するの、きつくないですか？」

婦人服コーナーは、三角州のように通路に囲まれて、フロアの真ん中にある。

売り場がオープンで、だいぶ開放感があった。

もちろん、フィッティングルームは棚やラック、柱で囲われ隠れているけど、今、こうして少し離れた場所から存在を目視はできているわけで、わりと無防備というか……いや、実際は見えても頭くらいだろうけど、それでも心理的な抵抗がありそうだ。

「たしかに、少し気になるかも」

「どうします？　他のテナントも見てみます？」

「案内図だと、他に期待できそうなのはスポーツ用品店くらいだったな。んー……あっ」

「どうしました？」

「衛くんが試着室に頭を突っ込めばいい」

「はい？」

試着室に、頭を突っ込む……

つまり、水着に着替えた桂花さんを、覗《のぞ》き見るってこと？

「……絵面ヤバくないですか？」

「でもそれが一番安全だろ」

「それはそうですけど」

気乗りしないけど、他の選択肢があるわけでもない。

結局、桂花さんの案を採用することになった。

婦人服売り場はすいていた。

水着コーナーにいたっては、ぼくらしかいない。

「案外種類があって助かるな」

桂花《けいか》さんがハンガーにつるされた水着へ手を伸ばし、流れるように確認していく。

今から、そのうちのどれかを桂花さんが着るのだと思うと、変な気分になってくる。

「……そういえば、水着の試着ってどうやるんですか？」

ふと、疑問が浮かんだ。

桂花さんが不思議そうにぼくを見る。

「どう？」

「いや、直接着るわけじゃないですよね？」

「あーね……普通に下着の上から着るよ。ちゃんと試着しやすいのを着けてきてる」

「へー……」と、頷《うなず》きつつ、水着を試着しやすい下着ってなに？　と、心の中で首を傾《かし》げる。

えっと……面積が小さいとかだろうか。

いや、深く考えない方が良いな。

「それより、どの水着がいい？」

「ええ？」

「選んでよ。衛《まもる》くんが選んだものなら、どれでも、なんでも、着るから」

桂花さんが両腕を広げた。

なんでも受け入れる、と言わんばかりのポーズに……少し、くるものがあった。

思わず服越しに桂花さんの体のラインを想像しそうになり、慌てて自戒する。

あくまで桂花さんは意見を求めているだけだ。変な意味じゃない。

それに、ここで妙な気になるのは、京子《きょうこ》に対しても不誠実だ。

「どっ……どれが、似合うかな……」

どこからか湧《わ》き出る感情を誤魔化《ごまか》すように呟《つぶや》いて、水着を眺める。何が似合うかを考えると、どうしても桂花さんの水着姿を想像してしまって、また変な気持ちになってくる。

だから駄目だって。それは。

煩悩《ぼんのう》を必死に追い払っていたら、桂花さんがスッと真横にきた。

そして、身を寄せるように、耳元で「衛くん」とぼくを呼ぶ。

吐息が耳にかかり「ふぉっ!?」と変な声が出た。

「なっ、なんですか!?」

「やっぱり、シンプルに露出度が高いのがいいかな?」

そのまま耳元で囁《ささや》かれた。

少し低めな彼女の声が、直接脳に響くようで、背筋がぞくっと震える。

「私、結構運動や筋トレしてるから、お腹《なか》周りのラインなんかも、わりと自信あるんだけど」

「あのっ、ち、近くないですか!?」

いよいよ我慢できなくなって、一歩距離を取った。

心臓が、鼓動を速くしていく……なんでこの人、急に距離感バグったんだ？

「あぁ、ごめん。でも、こんな話、他の人には聞かれたくないからさ」

平然とそんなことを言うけども。

「き、気持ちはわかりますけど、限度がありますって……！」

「だからごめんって」

「もぉ……！」

「で、私は、どれを着ればいい？　……衛《まもる》くんは、私にどんな水着を着せたい？」

「っ……」

倒錯的な感情が芽生えそうになる。

容姿や、社会的地位が、ぼくより圧倒的に上であろう女性に、そんなことを言われたら……なにより言い方が、妙に、その……艶《なま》めかしいというか……ああもう。

しっかりしろ。惑わされるな。

「……け、桂花《けいか》さんは、やっぱりスタイルが良くて、恰好《かっこう》良いから……これ、とか……」

気持ちを抑えながら、水着を一着手に取った。

正面からはワンピースタイプに見えるけど、後ろからはビキニに見える、黒い水着だ。

ある程度露出を抑えつつも、体のラインがはっきりわかりそうで、桂花さんの魅力を十分に引き出せる気がした。色っぽいけど、下品になりすぎないのも良い。

桂花さんが「ふうん?」と楽しそうに呟《つぶや》いた。

「なるほど。衛くんは、こういう、少しエロいのが好きなのか」

「えっ?」

「了解。じゃ、まずはこれを着よう。サイズは……ん、よし」

同じデザインのサイズ違いを取って、桂花さんが試着室へ向かっていく。

その後ろをついていきながら、エロい……?　と、反芻《はんすう》する。

「少し待っててね」

靴を脱いで試着室に入り、カーテンを半分閉めてから、桂花さんが言った。

「あ、はい」と頷《うなず》いたら、桂花さんが微笑《ほほえ》んで、カーテンを閉め切る。

すぐに衣擦《きぬず》れやベルトを外す音が聞こえてきた。

カーテン一枚を隔てた向こうで、桂花さんが着替えている。まずい。いや落ち着け。

これは桂花さんに水着姿の感想を伝えるための、真面目《まじめ》な場なんだぞ。

だから、余計なことは考えるな……

「……ん、いいよ。もう着替えた……どうぞ」

頭の中で理性を総動員していたら、カーテンの向こうから桂花さんに呼ばれた。

気のせいかもしれないけど、声が少し硬い。

桂花さんも緊張しているのか、と思ったら、つられてぼくまで緊張してくる。

そうだよな。こんな特殊な状況だ。緊張しないわけがない。

意を決して、そっとカーテンの端を指で掴《つか》んだ。

口の中に、唾液《だえき》が滲《にじ》む。

「……まだ？」

促されて……ゆっくりカーテンを引き、わずかにできた隙間《すきま》に頭を差し込む。

狭い試着室の中には、サングラスを外した、水着姿の桂花《けいか》さんがいた。

息を呑《の》む。

綺麗《きれい》だ。身体《からだ》のラインが、はっきりとわかる。

トレーニングをしているから、自信があると言っていたけど……本当に、美しい。

水着は上下こそ繋《つな》がったワンピースタイプだけど、脇腹から腰にかけては肌が露出している。

胸元には大きな切れ込みが入っていた。間は紐《ひも》で編み上げられていて、胸のふくらみの始まりがはっきり見える。

背後の鏡には背中が映っているんだけど、背面は完全にビキニだった。際どすぎる。

これは……だめだろ。こんな至近距離で、これ以上、直視できない。

ほとんど逃げるように視線を桂花さんから外して、床を見た……あっ。

桂花さんの足下に、折りたたまれた服が置かれていた。それが……変な話だけど、生々しい何かを放っているようで……いけないものでも見てしまったかのような、罪悪感を覚えた。

「……目、逸《そ》らすなよ」

桂花《けいか》さんが不満そうに言った。

「い、いや、これはちょっと……ぼくには、刺激が……」

「いいから」

頬《ほお》を、両手で優しく挟まれた。

「えっ、ちょっ」

「ほら。こっち。見て?」

そのまま、顔を、桂花さんの方へと向けさせられる。

ぼくを見つめる二つの瞳には強い意志が宿っていて……顔を、逸らせない。

密室には、桂花さんの良い匂いがほのかに満ちている。

「きみが、私に着せたんだぞ……責任を取って、しっかり見てよ」

もう逃げないと判断されたのか、桂花さんの手が離れていく。

そして、小さく一歩、桂花さんが下がって……さっきみたいに、両手を広げた。

「すみずみまで、全部」

そう言って、ゆっくり後ろを向く。

露出された背中が眩《まぶ》しい。肌が本当に綺麗《きれい》で、できものも一つとしてない。

なめらかな曲線には、思わず指を這《は》わせたくなるような魔力じみた魅力がある。

お尻《しり》も……こう言ったら、変態っぽいけど……張りがあるというか。重力に逆らってる。

「……どう？」

桂花さんが、顔だけ振り向く。

鼻筋がすらりとしていて、横顔の輪郭《りんかく》まで美しい。

「え、と…………すごく、魅力的で……似合ってると、思います……」

なんとか、それだけ絞り出す。

本音だ。というか、お世辞を口にする余裕すらない。

桂花さんがぼくに向き直る。

かと思えば「どう魅力的で、どう似合ってるんだ？」と聞いてきた。

「衛《まもる》くんが、良いと思ったところを、詳しく教えて」

「い、言わなきゃダメですか……？」

及び腰で確認したら、間髪《かんはつ》容れずに「当たり前だろ」と返された。

もはや羞恥《しゅうち》プレイだ。

「それを聞かせてくれなきゃ、意味がない」

あぁ、もう。こうなればやけだ。

「……その水着、桂花さんのスタイルの良さがよくわかるんですよ。腰や、背中が直接見えるのも、グッとくるし……その、わりと攻めた水着が似合うのかな、とか……」

しどろもどろになりながら、必死に理由を言語化していく。

顔が熱い。今にも火を噴きそうだ。絶対に真っ赤になってる。

桂花《けいか》さんが嬉《うれ》しそうに「なるほど」と頷《うなず》いた。

「背中や腰にぐっときた、と」

「まあ……そう、ですね……背面が、本当に綺麗《きれい》なので……」

「胸の辺りは?」

「胸?」

桂花さんが自分の胸に片手を添えた。

「……どちらかと言えば、小さいだろ?　みすぼらしくない?」

胸元に視線が吸い寄せられる。はっきりいって全然小さくない。京子《きようこ》や瑞希《みずき》と比べたら控えめだけど、でも平均はあるような……いや、女子の胸の平均サイズなんか知らないけど。

「全体的なバランスを考えたら、ちょうどいいのでは……?」

混乱しすぎて変なコメントをしてしまった。

「……衛《まもる》くんは、これくらいが好き?」

「えっ!?　あ、お、大きさにこだわりは別に……あの、ごめんなさい、もう、そろそろ」

返事を待たずに顔を引き抜いて、カーテンをぴっちり閉めた。

これ以上は一秒たりとも耐えられそうにない。

胸に手を当てたら、心臓が破裂しそうなほど拍動している。

密室で、水着姿の綺麗なお姉さんを超至近距離で凝視《ぎょうし》すれば、こうもなろう。

「そんな、逃げるみたいにしなくてもいいだろ。傷つくんだけど」

カーテンの向こうから、拗《す》ねたみたいな声がした。

「いや、刺激が強すぎますって！　もう無理ですよ！」

「あ、ドキドキしてくれたんだ」

「そりゃ、しますよ……！　最初から言ってるじゃないですか。魅力的だって……！」

「そうだったな……ふふっ。そっか、そっか」

顔は見えないけど、桂花さんの笑い声は嬉しそうだ。

……まあ。少しでも役に立てたなら、いいけど。京子に内緒でこんなことをしているんだから、せめて何か少しでも、桂花さんの足しになるものがなければ甲斐《かい》もない。

なんて、安心していたら。

「じゃ、次の水着持ってきてよ」

「次？」

桂花さんがカーテンの隙間《すきま》からにゅっと顔を出した。

「最初に何着も着るつもりだって言っただろ」

「言いましたけど……でも、それ、すごく似合ってますよ？」

「色々な水着の感想が欲しいんだよ。これより似合うものもあるかもしれないし、似合わないなら似合わない理由も知りたい」

「ええ……」

「頼むよ。衛《まもる》くんが選んだものなら、なんでも着るからさ」

なんて、お願いされたら……どうにも断れない。頭の中では京子《きょうこ》への罪悪感が膨らんでいたけど「……わかりましたよ」なんて返事をしてしまう。

毒を食らわば皿までだ。ここまできたら、最後まで協力しないと収まりが悪い。

……あとは、ぼくがどれだけ平常心でいられるかの問題だな。


最終的に、桂花《けいか》さんは十着近く水着を試着した。

可愛い系から、際どいものまで、ジャンルを問わずに色々と。

素材が良いから基本は何を着ても似合っていたけど、どうしても一枚か二枚は合わないものがあって、特にふりふりした可愛い系は信じられないくらい微妙というか、コメントに困る感じだった。ただ、大人っぽい桂花さんがそういうのを着ることで生まれるアンバランスさが、妙な魅力となっていたように思わないでもない。

まあ……そういう可愛いのを選んだのはぼくなんだけど。ぼくが持っていけば、桂花さんはどんな水着でも絶対に拒否しなかったから、調子に乗ってしまった。

もちろん色々からかわれたし、選んだ責任と称してその全てを間近で見せつけられ、詳細な感想を求められたから、本当にヤバいものは避けたけど。

それにしても、生殺しのような三十分だったな。

桂花さんの水着姿はどれも刺激が強すぎた。何度も堪《こら》えられなくなって、目を逸《そ》らしてしまい、でもそのたびに顔や肩を摑《つか》まれ、強引に桂花さんを『摂取』させられる。

理性と本能の狭間《はざま》で揺れすぎて、おかしくなるかと思った。

何度、京子を思い浮かべ、己《おのれ》を律したことか……もう、頭も心もくたくただ。

ちなみに、結局桂花さんは最初に試着したモノキニタイプの水着を買っていた。

「次は衛くんのだね」と、会計を済ませた桂花さんに促され、隣接する紳士服売り場に向かう。

メンズは、レディスと比べたら種類が極端に少ない。そりゃそうか。

「これにしようかな」

これといって特徴のない、無難なものを手に取る。桂花さんも「いいんじゃない?」と言ってくれたので、サイズだけ確認して、試着せずに会計した。本当に二分くらいで済んでしまう。

「京子から連絡があるまで、適当に遊ぶ?」

桂花さんが言った。

京子の講習が終わるのは、諸々合わせると七時頃になるらしい。あと一時間弱か。荷物を置きに帰るには心許《こころもと》ないけど、ぼんやり過ごすには手に余る、中途半端な時間だ。

「ですね。どこに行きます？」

「ゲーセンは？」

「いいですね。ゲーム好きなんですか？」

先導しながら聞けば、桂花《けいか》さんが「あぁ」と頷《うなず》いた。

屋内だと悪目立ちするからか、桂花さんはサングラスではなく色付き眼鏡《めがね》をかけている。

「暇な時は、ゲームやるかアイドルの公式動画見てるかだし」

「へー……ゲームはスマホの？」

「いいや、がっつりしたやつ。鉄砲で人とかゾンビを撃つのが好きだな」

「意外ですね」

と言って、いや、パンクな恰好《かっこう》をしている時だったら似合うかも、と思った。いかにもサブカル好きなバンギャっぽかったし。やっぱり身なりで人の印象は大きく変わるな。

「衛《まもる》くんはゲームしないの？」

「中学までは結構やってましたけど、今は全然。高校受験の時に、勉強の邪魔だからって凛《りん》にゲーム機を全部取り上げられて、そのまま興味が薄れちゃって。スマホゲーもしてませんし」

「なんだ。残念。やってたらオンで一緒に遊びたかったのに」

なんて話しているうちに、ゲームセンターに到着した。

店全体の大きさからすれば破格の広さで、筐体《きょうたい》の数も多く、それなりに人で賑《にぎ》わっている。

客層は学生が一番多そうだけど、メダルゲームのコーナーだけは年配の人がやたら多い。

多分、定年退職して、暇を持て余した人たちだ。

「結構広いな。なにする？」

「なんでもいいですよ。音ゲーでも、鉄砲でゾンビ撃つやつでも……全部ヘタクソですけど」

「なら、適当にやってこうか」

そんな感じで、気になるものがあればその都度手を出した。クレーンゲームや楽器を模した音ゲー、レースゲーム、協力してゾンビを倒すガンシューティング等々を楽しむ。

桂花さんは趣味がゲームというだけのことはあり、どれをやってもぼくより上手《じょうず》で、協力系では幾度となく助けられたけど、対戦系ではぼこぼこに叩きのめされた。大人げない。

まあ、二つしか年は離れてないし、桂花さんのおかげでかなり楽しめたけど。

「あ。京子《きょうこ》からラインだ」

そんなこんなであっという間に時間が経《た》って、京子から連絡が入った。

二十分後に自動車学校の前で合流できないか、とのこと。

「お、私のところにもきた」

ぼくだけではなく、桂花さんにも同様のメッセージが届いていた。

そんなわけですぐにイオンから出る。

京子の通う自動車学校は、ここから近い。イオンの裏手にはちょっとした住宅の密集地と松原があって、その住宅の方を道なりに歩けば、十五分から二十分で到着する。

さっきよりは気温が下がったことや、時間がちょうどいいことから、今回も歩くことにした。

表の国道沿いとは違って、交通量が少ない閑静な住宅街をゆっくり進む。

どこからか、蝉《せみ》の鳴く音がした。

日は沈んでいないけど、日差しは随分やわらいでいる。

「今日はありがとう。楽しかったよ」

すぐ隣を歩く桂花《けいか》さんが言った。

「あ、いえ。ぼくも楽しかったです」

「それはよかった。一緒に水着を選んで、ゲーセンで遊んで……まるでデートみたいだったな」

「……ですね」

それは、ぼくも思っていたけど、でもあえて深くは考えないようにしていた。

これはあくまで必要なことだし、それに、桂花さんにそんなつもりはないはずだと。

「京子《きょうこ》にバレたら大変だ」

罪悪感を誤魔化《ごまか》すように、そうぼやく。

桂花さんが息を吐くような、小さな笑いをこぼす。

「……正直、京子が羨《うらや》ましいよ」

え？　と、隣を仰《あお》ぎ見る。

桂花さんが色付き眼鏡《めがね》越しにぼくを見ていた。

どういうことだろう。言葉をそのまま受け取れば、ぼくと付き合っている京子が羨ましい、となるけど……まさか、そんなことはありえないし。

だとすれば、何の気なしに口にした、ただのお世辞だろうか。

……本当に？

引っかかる。

昨日、ぼくを気に入っていると言ったこともそうだし、今日も仕事に必要とはいえ水着姿を見せつけてきて、さらに男を勘違いさせるような言動や振る舞いもあって。

大体、あれほど京子と仲が良く、気遣いもできる桂花さんが、京子の彼氏であるぼくと、何の考えもなしにこんなことをするだろうか？

もしかすれば、桂花さんは……いや待て。落ち着け。

……ただの妄想だ。距離感が近いからって、芸能人、しかもとんでもない美女に惚《ほ》れられたかもと心配するのは、いくらなんでも勘違いが過ぎる。というか、桂花さんにも失礼だ。

色々な巡り合わせで、元アイドルの京子と付き合いだして、自分の価値を見誤ったか。

あぁ。恥ずかしい……

「桂花さんなら、その気になったらすぐに彼氏ができると思いますけど」

少し間が空いたけど、当たり障りがない感じで返した。

「きみはそう言ってくれるけど、難しいよ。あと、出会いもないし」

「芸能界って男の人多そうですけど」

「じゃあ訂正。好きになれそうな男と出会えない」

「あー……なら、まずは好きな人を見つけないとですね」

桂花《けいか》さんがちらっとぼくを見て、苦笑する。

「違いない」

それからしばらく、無言のまま歩いた。

静かだ。時折車が通りすぎていくし、遠くには人の姿も見えるけど……辺りにはぼくと桂花さんしかいない。田舎《いなか》だな。

のどかと言えば聞こえはいいけど、どこか寂寥《せきりょう》感が漂っている。

「……衛《まもる》くんはさ」

桂花さんが口を開いた。

「幼馴染《おさななじみ》の子に、ずっと片恋してたんだよね」

急になんだろう、と思いながら「あぁ、はい」と相槌《あいづち》を打つ。

「その子に彼氏がいた時も、変わらずに好きでいられたの？」

質問の意図がよくわからないけど、「そうですね」と頷《うなず》いた。

当時の気持ちを思い出す。瑞希《みずき》に一人目の彼氏ができたのは、中学三年の頃だ。

その彼氏は、ぼくとは似ても似つかない、恰好《かっこう》良い人で……だから、瑞希から報告を受けた時、ぼくはまるで、自分の全てを否定された気分になった。絶望したと言ってもいい。

なのに、それでも瑞希を嫌いにはなれず、無関心にもなれなかった。

「そんなに好きなのに、彼氏から奪ってやろうと思わなかった？」

「瑞希が選ぶ男は、全員ぼくと正反対だったんです。まるで、言外に、ぼくは恋愛対象外だって言われているみたいで、行動なんてとても起こせなかったですよ」

「じゃ、少しでも見込みがあれば行動してた？」

はい。あの頃の鬱屈《うっくつ》とした日々を思い返して、半ば無意識に頷いていた。

「見込みがあれば、そうしてたと思います……本当に好きだったから」

あまりに希望がないから、幼馴染というぬるま湯のような関係に妥協して、何もしなかったけど……わずかでも可能性を感じていれば、きっとぼくは何かしら行動したはずだ。

……ま、結果論としては、そうしなくて良かったけども。

でなきゃ京子《きょうこ》と付き合えていないし。

「衛くんは、好きなら相手に恋人がいても、勝算があれば行動しちゃえと思うタイプか」

節操がないと揶揄《やゆ》されたようで複雑な気持ちになる。でも、実際その通りかもしれない。

好きな子に彼氏がいて、だけど可能性があるのなら……行動するべきだと思う。

何もせず、一生後悔を引きずる羽目になるくらいなら、絶対そっちの方が良い。

「後悔を抱えて生きるのは、つらいので」

「……そうか」

なぜか桂花《けいか》さんが立ち止まった。

つられて、ぼくも足を止める。

「参考になったよ」

「はあ？　……いや、役に立てたなら、よかったですけど」

桂花さんが「うん」と言って、辺りを見渡す。

追うように、ぼくも視線を巡らせた。別に、変わったところは何もない。

相変わらず、ただの閑静な住宅街だ。

強いて言えば、あと少しで待ち合わせ場所の自動車学校に辿《たど》り着くか。

「これ、ちょっと持っててくれない？」

きょろきょろしてたら、桂花さんが買い物袋と肩掛けのハンドバッグを差し出してきた。

「どうしたんですか？」と受け取りながら聞く。桂花さんが自分の足に視線を落とした。

「さっきからチクチクする。靴に小石が入ったみたいだ」

そういうことか。

桂花さんが片足立ちになり、靴に手を伸ばした。

「……っと」

かと思えば、ふらっとよろめいて、そのまま倒れるように……ぼくに抱き着いてくる。

反射的に桂花さんを受け止めた。覆いかぶさられ、背中に腕を回される。

「だ、大丈夫ですか？」

「……あぁ。ありがとう」

耳元で囁《ささや》かれた。

熱を帯びた呼気が耳朶《じだ》を湿らせ、ビクッとしてしまう。

そんなぼくに、桂花さんが小さく笑い……背中に回された腕に、力がこめられた。

身体《からだ》が完全に密着し、薄いカッターシャツ越しに、身体の柔らかさと熱を感じた。

……にしても、なかなか離れないな。それに、上手《うま》く言えないけど、様子も少し変なような。

「あのー……桂花さん……？」

不審に思って尋ねるも、返事はなかった。

呼吸の音だけ聞こえる。

……脇腹が少し痛んだ。長い腕に背中を締め付けられ、指を突き立てるように脇腹を摑《つか》まれているからだ。鎖骨《さこつ》の辺りには、胸の柔らかな感触。耳元のかすかな息遣いに、背筋がぞくっと震えた。服越しに、じんわり熱を感じた。暑い。このまま溶けて混ざってしまいそうな……

桂花さんに抱き着かれている実感が増していく。

羞恥《しゅうち》や充足、そしてなにより京子《きょうこ》への罪悪感、そういったものが頭の中でぐるぐる巡る。

これはよくない……というか、まずい……

「桂花《けいか》さん」

今度は無視されないよう、はっきり声を張った。

すると、何事もなく「ちゃんと聞こえてるよ」と返ってきた。

でもやっぱり離れる気配はない。わけがわからなかった。

「ね」

もう一度、離れるよう促そうとした瞬間、耳に息を吹きかけるように囁《ささや》かれた。

背筋からうなじにかけてぞわっと震えて、「ひっ」と短い声が漏れる。

「どきどきしてる？」

内心を読まれたようで、顔が熱くなった。

一体何のつもりだ？　いや、とにかくまずは、離れてもらわないと。

両肩をぐっと押しのけると、桂花さんが諦《あきら》めるようにゆっくり離れていった。

「……酷《ひど》いな。衛《まもる》くんが、言ったのに」

「はい？」

「後悔を抱えて生きるくらいなら、行動した方が良いって」

「それが、なん………えっ？」

「好きになっちゃったんだよ。衛くんを。きみが欲しくなっちゃった」

推察と、桂花さんの告白はほぼ同時だった。

言葉を失う。信じられない。

正気を問うように桂花さんをジッと見つめるけど、ふざけた様子ではない。

「じ、冗談ですよね……？」

すがるように問う。

「ごめんね」

謝罪は、つまり肯定だ。

ということは……あれ？　頭が追い付かない。

断らなくちゃいけないことははっきりしているのに、言葉が何一つ思い浮かばない。

そうして固まっていたら、桂花さんが一歩、ぼくに迫ってくる。

近い。そう思った時には、もう抱きしめられていた。

「衛くん」

それどころか、そのまま、唇に唇を重ねられ……え？

柔らかさと、熱がある。

チカチカするほど近距離に迫る桂花さんは、目を閉じていた。

唇の裏側と裏側が触れあい、粘膜のぬるっとした感触があって……キスだ、と理解した。

桂花さんを全力で突き飛ばす。

「なにするんですか⁉」

叫ぶと、桂花《けいか》さんが手の甲で自分の口元を拭った。

「……信じないから、手っ取り早く証明した。好きなんだよ。本当に」

もはや疑う余地なんてない。

未《いま》だに桂花さんの告白を信じきれない気持ちはあるけど、もう状況がそれを許さない。

「なんで……」

「なにが」

「だ、だから……どうして、桂花さんが、ぼくなんかを……」

「あぁ。好きになった理由？　……一番は、私たちが、似てるから」

即答された。

困ったことに、それだけで、すとんと腑《ふ》に落ちてしまった。

傷の舐《な》めあい、という言葉が思い浮かぶ。

たしかにぼくも、桂花さんといたら、心地よさを感じる。

だから、好きか嫌いかで言えば、間違いなく好きなんだろう。

でも、頷《うなず》けるわけがない。だって京子《きょうこ》がいる。

「京子と付き合ってるんですよ……というか、桂花さんは親友を裏切るんですか……？」

「……悪いと思ってる。でも仕方ないだろ……好きになっちゃったんだから」

あまりに堂々と開き直られて、喉元《のど》までせり上がっていた非難の言葉が引っ込んだ。

「衛《まもる》くんなら、この気持ちをわかってくれると思うけど」

脳裏に瑞希《みずき》の姿がよぎった。

「わかりますよ。わかりますけど……でも、京子《きょうこ》を裏切れない」

「だろうね」

桂花《けいか》さんが笑った。

やけにものわかりがいいな、と思ったら。

「じゃあ、京子に内緒で、私とも付き合おうよ」

さらっとそんなことを言われて、耳を疑う。

つまり……二股？

「だ、駄目に決まってる……」

「なんで？　付き合ってみて、合わなきゃ私を捨てなよ。そしたら元通りだ。逆に、私を良いなと思ったら、その時は京子とは別れてほしいけど……でも無理強いはしない。内緒で付き合い続けてもいいし……ね？　衛くんは、何も損しないだろ？」

なるほど、なんてなるわけない。

ただ、彼女の気持ちがわかってしまうだけに、断るのが辛くなってくる。

もちろん断るけど……

桂花さんがぼくに詰め寄る。

「初めてなんだよ。男を好きになったのは……お願い。付き合ってみて、それでも駄目なら、すっぱり諦《あきら》めるから……」

過去、瑞希に片思いしていた自分と、桂花さんを重ねてしまう。

できることなら応えてあげたい。

でも、京子を裏切れない。本当に大切なんだ。だから……

「衛くん」

桂花さんが、さらに一歩、迫ってくる。

そして、ぼくに手を伸ばしてきて……

「……なに、してるの？」

その声に、バッと振り向く。

すると、そこには息を切らし、髪を乱した女が……京子が、立っていた。

宵《よい》ケ《が》峰《みね》京《きょう》子《こ》

地元に帰ったら、曜日感覚が即刻バグった。

無職の生活って、読みたい漫画の更新やゴミ出し以外で曜日を気にする必要があんまりない。

だからふとした拍子に曜日を思い出せなくなるなんてしょっちゅうで、そのたび地味に危機感を覚えたりする。世間から隔絶されてる私、やば……みたいに。

まあ、無職やめたらすぐに戻るだろって思うけど。

「ん？」

凛《りん》と軽く喧嘩《けんか》をしたその日の夜……まあ、だから、えーっと、水曜？

衛《まもる》がお風呂に入って、一人で自分の部屋でごろごろスマホを弄《いじ》ってたら、ラインが届いた。

ポップアップに送り主とメッセージを表示しない設定にしてるから、誰からかわからない。

桂花《けいか》かな？　って思いながらアプリを開くと、まさかの瑞希《みずき》ちゃんからだった。

私に何の用……？　え、怖。

地面の石をひっくり返すみたいな気分でトーク画面を開くと『こんばんは』『まーちゃんとの件ありがとうございます』って当たり障りのないメッセージが並んでた。

衛と話していいよって許してあげたから、お礼の連絡？　やば。礼儀正しすぎて違和感半端ない。アカウントを乗っ取られてないなら、頭を打っておかしくなった心配をするレベルだ。

返信しようか悩んでたら『話したいです』『電話いいですか』って連投された。

えー……どうしよ。

瑞希ちゃんって微妙に言葉が通じないから、あんま話したくないなぁ……

既読無視するか……？　でもこの子が電話してまで何を伝えたいのかはちょっと気になる。

まさか、直接お礼を言いたいとか、そんな可愛い理由じゃないだろうし……

てな具合で悩んでたら、返事を催促するみたいに一枚画像が送られてきた。

……ん？　これって……タップして拡大して…………は？

画像は、衛と桂花が近所のカラオケ店に入ろうとしている写真だった。隠し撮りっぽいアングルだけど、なにこれ。こないだ三人でカラオケに行った時のものじゃない、よね……？

だってこれ、外明るいし。

私、心当たりない。嫌な予感……え？

もし、かして……こいつら、私に内緒で、二人きりで遊んでるのか……？

裏切りって言葉が浮かんで、心がざわざわしだす…………いや。待て。冷静になろ。

これ、何かの間違いだ。絶対そう。間違いない……ん？

『まーちゃん浮気してるかも』『電話いいです？』

追い打ちみたいに送られてきた言葉に、ギュッてなった。

ほとんど反射で電話マークをタップ。胸がバクバクする。

スマホを耳にあてたらすぐ回線がつながって「もしもーし？」と瑞希ちゃんの間延びした声が聞こえてくる。嫌いな声だ。でも今は、そんなの気にしてらんない。

「瑞希ちゃん？　えっと、これってどういうこと？」

仲良く雑談する間柄でもないし、前置きせずに本題に入った。

「えー？　見たまんまですよぉ？」

焦らすみたいな返事が、イラッとくる。やばい。気持ちに全然余裕ないかも。

「それじゃわかんないかな。説明してくれない？」

「んー……その写真、私が、今日の放課後に撮影したんですよぉ」

「そうなんだ」

「学校から、家に帰る途中で、まーちゃんを偶然見かけてぇ……私も詳しいことはわかんないですよ？　でも、すーっごく派手な女の人と一緒に歩いてたから、不思議だなー、って後を付けたんです。そしたら、そのままカラオケボックスに入っちゃって」

衛《まもる》と桂花《けいか》が、放課後に二人きりで、カラオケ？

……へぇ。私が凛《りん》と喧嘩《けんか》してた時に、そんなことしてたんだ……

「一時間くらい待ってたら、出てきたんですけど、やっぱりその時も二人きりで……きょーこさんいないし。だから浮気かなぁ？　って、連絡したんですけど」

浮気。

なにか？

「まーちゃんから、なにか聞いてますかぁ？」

おばあちゃん家に帰ってからのことを振り返る。

衛は……たしかに、いつもと比べたら遅めに帰ってきた。

で、今日は桂花と晩ご飯の約束をしてなかったから、おばあちゃんと三人でご飯を食べて
……その時に、土曜に三人で海に行こうとか話したけど……

あいつ、桂花と二人きりでカラオケに行ったって話は一瞬もしなかったな。

今日はどうだった？　って話を振ったのに…………なんで？

やましいことをしたから、秘密にしたの？

それこそ、ほんとに浮気とか…………いや。

焦りすぎて頭が変になってるかも。ちょっと落ち着け。

えっと、ほら……もしかしたら、私に内緒で、私のことを相談したかっただけかも。

ていうか衛はともかく桂花が私を裏切るなんて絶対ないし。

だって……他のメンバーが私に酷《ひど》いことした時でさえ、桂花だけは最後まで私の味方だった。

だから、ありえないとは思うけど、桂花がもし衛を好きになったとしても、私を押しのけてまで、衛を取ったりはしないはず。つまりこれって何か事情がある。

「何も聞いてないよ」

「あらぁ……それって、やばくないですかぁ？」

「そりゃ良い気はしないけど、でも写真の女って私の友達だし。浮気とかじゃないと思うな」

「あ、この派手な人、お友達なんですねぇ。ふーん……そっかぁ……」

「良い子だよ。私を裏切ったりはないと思う」

「んー……でも、友情より恋愛を取る人って、結構多いと思いますよぉ？　だってまーちゃん可愛いもん。だから、そーいうのが好きな人には、すっごく刺さると思うんですよぉ」

衛《まもる》が可愛いのは、そう。

桂花《けいか》が可愛いモノ好きっていうのも……そう。

でもそれがそのまま恋愛対象になるかって言えば、そんな単純な話でもない。

「……だーね。ま、気を付けるよ。わざわざ連絡ありがとね」

「いえいえ。少しでも、お役に立てたなら、いいんですけどぉ」

明るく殊勝《しゅしょう》なことを言われて、やっぱり違和感がエグい。

なにが目的で媚《こび》売ってんだろ。衛が浮気したなら、放置して事態を悪化させた方が、よっぽど溜飲《りゅういん》下がりそうなのに。謎すぎて不気味。

てかまず平気で電話してくるのが、面《つら》の皮厚すぎる。無敵か。

「……ね。どうして親切に報告してくれたの？」

「まーちゃんとお話しすること、許してくれたからです。色々ありましたけど、今回は本当に感謝してますし、これから仲良くできたら、嬉《うれ》しいです」

瑞希《みずき》ちゃんがすぱっと言い切った……ほう。ほうほう。なるほどなるほど。

私の機嫌を取って、衛に近づきやすい環境を作ろうとしてる、ってとこか。

ほんと強《したた》かな子だ。けどま、それならそれで、わかりやすくていい。

形だけでも仲良くしとけば、こっちも瑞希ちゃんが余計なことした時に察知しやすいし。

それに……一応、有益な情報くれたからね。

「……いいよ。実は私も、こないだのことは結構気にしてたんだよ」

嘘《うそ》を吐きつつ、快諾してあげた。

私ってばほんと優しい。勝者の余裕だよね。ふふん。

瑞希ちゃんが「わあ」と嬉しそうな声を上げる。

「きょーこさん、優しい」

「んーん、全然そんなことないよ。瑞希ちゃんも、親切にありがとね」

最高に薄ら寒いやり取りだな。

でも、そんな上っ面だけの会話で、私たちはあっけなく和解してしまった。

「じゃあ、まーちゃんに何かあれば、また報告しまぁす」

「ありがと。ほんと助かるよ」


さて。

瑞希ちゃんとの電話はそんな感じでさっと終わらせたけど、衛と桂花が二人きりで会ってたことに関しては、実は別に何も解決してない。や、そりゃ浮気を疑ってるとかはないけど、さすがに二人きりで、しかも彼女に内緒で遊ぶのはマジでない。常識なさ過ぎ。

けどま、桂花《けいか》とは明日も会うし、そこで事情は教えてくれるはず。

そんな確信めいた期待をしつつ、いざ翌日。

お昼頃に喫茶店で桂花と待ち合わせて、ランチして、私が自動車学校に向かう直前までだらだら過ごして……でも、桂花は最後まで何も話してくれなかった。

私から切り出してもよかったけど、でもこういうのって当事者に進んで話してほしい。

そしたらやっぱりやましいことはなかったんだ、って安心できるから。

でもいくら待っても桂花は何も言わなくて、普通に時間切れ。

いやもう、えっ？　て感じだよね。

衛《まもる》だけじゃなくてお前も私に何も言わないのかよ、みたいな。

私は桂花を信じてる。でもそれはそれとして、不審に思っちゃっても仕方ない。

一応、桂花が東京に帰るまでは、話してくれるのを待つけど……それでも駄目だったら、画像を使って問い詰めるしかない。もう。なんで私がこんなに悩まなきゃいけないんだ。

どこか煮え切らないまま桂花と別れて、自動車学校に向かう。

私が入学した自動車学校は松原のすぐそばにあって、衛が通う東高校《ひがしこうこう》にわりと近い。

通い始めてから大体三週間かな。こないだ仮免も取って、教習もそろそろ終盤。

今は路上がメインだから、到着してすぐ教習車へ向かった。私を担当してくれる教官は四十代のおばさんなんだけど、お子さんが私のファンだったらしくて、やたら親切。

車の運転は意外と楽しい。もちろん路上はそれなりに怖いけど、苦ってほどじゃない。

クラッチをバコバコ踏んで、シフトレバーをガコガコ動かしながら市内を運転。

何事もなく教習終了。ミッション車って、慣れたら運転してる感が強いから面白いな。

「はい、おつかれさまでした。対策問題解いてるなら、もう今日は帰っていいからね」

別れ際、教習車の前で教官が言った。学内には受講生用のパソコンが数台あって、学科試験の対策問題が入ってる。生徒はそれを全部解かなきゃ卒業試験が受けられない。

で、私はもうあと数コマで教習が全部終わるんだけど、対策問題がまだそこそこ残ってた。ペース的に、今週中には全部終わらせなきゃマズいかも。はあ。桂花たちを待たせてるから、気は進まないけど、今日も少しはやってくか。

空いてるパソコンを確保してから、衛と桂花にそれぞれメッセージを送って……ありゃ？

瑞希《みずき》ちゃんからライン爆撃されてる……？　え、未読数20？

なにそれ。嫌な予感しかしない。

『まーちゃんが例の女とまたデートしてます』『追いかけます』

トーク画面を開いて、まずその二つのメッセージが目に入った。

続けて、内容を証明する画像が。衛と桂花が、近場のイオンっぽい場所で、買い物してる、隠し撮りが……何枚も、送られてて……

「えっ、あっ……あれっ？」

衛《まもる》が、女物の水着を選んでる画像。衛が、更衣室に頭だけ突っ込んで、桂花《けいか》の水着姿を見てるような、画像。隙間《すきま》から、水着の桂花が見える。衛は耳まで赤い。他にも、更衣室の隙間から、水着姿の桂花が顔だけ出してる画像がある。二人は楽しそうに笑ってる。

場所が変わってゲーセンで二人仲良くゲームをしてる画像。色々なゲームをする、それぞれの画像。楽しそうな画像。嬉《うれ》しそうな画像、恥ずかしそうな画像……

盗撮だから画像は全部遠景だけど、誰が何してるかは大体わかった。

なんなの、これ。

これも何かの間違いだろって、何度も何度も見返したけど、解釈は一向に変わらない。

どこからどう見てもデートしてるだけ。

仲睦《むつ》まじくいちゃいちゃデートしてるだけ……い……

いや。いや、いや……いやいやいや……

これにも、何か事情がある、はず…………事情が……事情？

友達に内緒で、その友達の彼氏と、二人きりでカラオケに行く事情？

友達に内緒で、その友達の彼氏と、仲良くいろんなゲームで遊ぶ事情？

友達に内緒で、その友達の彼氏に水着を選ばせて、試着した姿を見せびらかす事情？

てか。ついさっきまで、奇抜なパンクファッションしてたくせして、私と別れた途端に綺麗《きれい》めな服に着替えて、メイクまで整えて……衛と一緒に遊ばなきゃいけない、事情？

桂花は、私が衛への復讐《ふくしゅう》に、どれだけ人生懸けてきたか、知ってるはずで……

なのに、そんなことする事情って、あるか？

衛にちょっかいかける事情………ないだろ。ない。あるわけない。

あぁ。

そっか、そっかー……裏切られてるな。なるほど、これは桂花に裏切られてる。

あぁー……あー、そっかぁ……あぁ、あぁ、あー……あーあーあー……

やば。めちゃくちゃになってきた。ショックすぎて、全ッ然、整理つかない。無理。

自分の気持ちが意味不明で、もう迷子。

怒ればいいのか悲しめばいいのか苛立《いらだ》てばいいのか笑えばいいのか、謎。

私は、今は、どんな気持ちになったら正解……？

『二人がイオンから出ました』『歩きでどこかに向かってます』『追いかけます』

気持ちが追いつかなくて、呆然《ぼうぜん》としてたら、瑞希《みずき》ちゃんからぽこぽこメッセージが届く。

……歩き？　さっき私が連絡したから、こっちに向かってるってこと……？

イオンから、ここへ……歩きなら……ルートは一つしか考えられない。

いてもたってもいられなかった。鞄《かばん》をひっ摑《つか》んで、大股で建物から出る。

そのまま門を抜けて、外を走った。

心の片隅で、何かの間違いであってって祈りながら。

桂花《けいか》はたった一人の親友だから。何も壊さないでって。

思ったのに。

息を切らして、髪を乱して、走って、走って、桂花と衛《まもる》が見えてきて。

足が、止まった。

桂花が衛に抱き着いていた。衛が、それを正面から受け止めていた。

「あっ……」

枯れた声が漏れる。その場に崩れ落ちそうだ。

けど、二人がすぐに離れたから……私は、また、二人の元へ向かって……でも。

桂花が衛に。キス。

して。

衛が。桂花を突き飛ばして。

その光景に、少しだけ、力が戻る。走る。

「なに、してるの?」

やっと二人の元に辿《たど》り着いて。喘《あえ》ぐみたいに声をかけた。

桂花と衛がそろって私を見る。

衛は目を見開いて、驚愕《きようがく》の顔。

桂花は……一瞬だけ顔を引きつらせて、でもすぐにバツの悪さを誤魔化《ごまか》すみたいに笑った。

「……どこから見てた？」

桂花の口から最初に出てきた言葉が、説明でも謝罪でもなくて。

たったそれだけのことで、怒りが爆発した。

数秒前の、絶望感からの脱力感なんか、根こそぎ吹っ飛ぶ。

「質問してるのはこっちだけど。私は、なにしてんの、って聞いてるんだよ」

「あ、あの、京子《きようこ》……」

「黙ってて」

怯《おび》えたみたいに声をかけてきた衛を睨《にら》みつけて黙らせた。

「今は桂花と話してるから、話しかけないで」

キスされて、桂花を突き飛ばしてたから、状況はまだ全然わかってないけど、少なくとも衛にそういう気がないことは間違いない。でも、それが衛に怒りを向けない理由にはならない。

私に内緒で他の女と遊んだのは事実だし、その結果こんなことになったんだから。

許せない。本当に苛立《いらだ》つ。殴りたい。

ただでさえ恨んでるのに、今は、もっと、もっと……！

縮こまった衛から視線を外して、桂花に穴をあけんばかりに強く睨みつける。

くそが。胸の奥で黒い炎が燃え上がる。

怒りだ。瑞希《みずき》ちゃんに向けたのと同じ、憎しみだ。

「説明して」

唸《うな》るように、脅《おど》すように、問い詰める。

「……説明も何も、説明して京子《きょうこ》が見たまんまだけど」

「私は、説明してって、って、言ってるんだよ。何回言わすの？」

桂花《けいか》が視線をさ迷わせた。

そして諦《あきら》めたように息を吐き出す。

「衛《まもる》くんを好きになったんだよ。悪いと思ったけど、自分を止められなかった」

……そう。あぁ、そう。

そうか。あぁ、あぁ、そういう。

あー……あ。あれだけ相談したのに。私の気持ち、わかってるはずなのに。

「信ッじらんない……！」

頭の中が真っ赤に染まった。衝動。強い感情に身体《からだ》が突き動かされる。

桂花の前に立ち、右手を全力で振りかぶった。

桂花が、ビクッと震えて……振り上げられた私の手を、見つめる。

抵抗せず、受容しようとする桂花に、一緒に過ごした五年の月日が、頭の中ではじけた。

走馬灯ってものがほんとにあるなら、きっとこんな感じ。

たちまち目頭が熱くなった。染みて、歯を噛《か》みしめた。

振り上げた手が震える。

許せない、本当に許せない、けど……！

「さいってい……！」

……手を、下ろす。

殴れなかった。憎いし悔しいのに、どうしても殴れない。

積み重ねた時間が、最後の防波堤になった。

けど……それは、許せるかどうかとは、別の問題。

「二度とその顔、見せないで……！」

精一杯の力をお腹《なか》に込めて、声が震えないよう、吐き捨てた。

振り下ろした手で、衛の腕を掴《つか》む。

「……帰るよ」

ぐいっと引っ張って、桂花に背を向けて、大股で歩き出す。

衛は「あっ……」と呻《うめ》くだけで抵抗しなかった。素直に引っ張られる。

振り返らない。知らない。もう、見たくない。

「っ、う……」

嗚咽《おえつ》が漏れそうになって、頬《ほお》の肉を奥歯で噛んだ。

目元から熱い何かがぼろっと零《こぼ》れ落ちて、鼻の奥から透明な液体が垂れそうになる。

洟《はな》をすすったら、みじめさが一気に増した。

言葉にできない感情を発散したくて、衛《まもる》の腕を強く握ると、衛が「ごめん」と呟《つぶや》いた。

無視する。

口を開けば、何かが崩れそうで何も言えない。言いたくもない。

もう。なにも。今は。

受け入れられない。

朝《あさ》山《やま》瑞《みず》希《き》

少し前までと比べたら見違えるほど綺麗《きれい》になった自分の家で、夕ご飯に作り置きのカレーをレンジで解凍していたら、桂花《けいか》ちゃんから電話がかかってきた。

解凍が終わるまでソシャゲのスタミナでも消費してようかな、と思った矢先のことで、うえってなる。タイミング悪いなぁ。でも無視は可哀想《かわいそう》だし、出てあげるしかない。

「はいはーい、なんですかぁ？」

ソファに倒れるみたいに寝そべりながら電話に出た。

返事がない。

「……もしもーし？　桂花ちゃーん？」

「……あぁ、瑞希《みずき》ちゃん？　私、桂花だけど」

少し遅れて聞こえてきた声は、びっくりするほど憔悴《しょうすい》してた。ふむふむ。取り返しのつかないミスをした人ってこんな声になるんだぁ、ってちょっと感心する。

「わかってますよぉ？　名前、表示されますし」

スピーカーモードにして、スマホを顔の横に置いた。

「そうか……そうだよな。はあ……」

声に生気が全然なくて陰気くさい。

「あのぉ……どーしたんですかぁ？　なんか、声、死んでますけど」

私は桂花ちゃんが参っている理由を知ってる。

てゆーか、原因私だし。

でも、桂花ちゃんはそのことを知らないはずだから、何も知らないふりをした。

「あぁ、いや……」

と桂花ちゃんが言い淀《よど》む。言いづらそうだなぁ。まあ、だよねぇ。

言えるわけ、ないよねぇ。

抜け駆けして、まーちゃんにちょっかいかけて、京子《きょうこ》にバレて怒らせた、なんて。

馬鹿な人だよ。本当に。余計なことしなきゃ、こんなことにはならなかったのに。

「……はあ」桂花ちゃんがため息を吐《つ》いた。「……色々あって、京子に絶交された」

結果だけ言って、大切なことを誤魔化《ごまか》そうとしてるなぁ？

駄目だよ。そんなずるいことしちゃ。

「へー……絶交。もしかして、まーちゃんに、手でも出したんですかぁ？」

突っ込んで聞いたら、桂花《けいか》ちゃんが黙った。

いやーな沈黙がスマホから聞こえてくる。

「……なあ。瑞希《みずき》ちゃんじゃないだろうな？」

あ。京子《きょうこ》にチクったって疑われてるかも。

まあ、あんなどんぴしゃで、狙ったみたいに京子が駆けつけたら、誰かが告げ口したんじゃないかって疑っちゃうよね。わかるよ。でも、やめてほしいなぁ。

証拠もないのに、それは失礼だよ。人間性疑うよ。

「は？　……何がですかぁ？」

とぼけたら、桂花ちゃんがまた黙った。

私も一緒に黙ると、すぐに「……なんでもない」って返ってくる。

「ふう……」桂花ちゃんが疲れたみたいに息を吐いた。「ま……絶交の理由は、そうだよ。衛《まもる》くんにちょっかいをかけたら京子にバレて、縁を切られた。以上。もう、京子とは話もできなさそうだ。二度と顔を見せるなとまで言われたしな……はあ……」

知ってまーす。

一部始終、隠れて見てたもん。

「……絶交とかは、正直、どうでもいいですけど。私、まーちゃんには、手を出さないでって、お願いしましたよねぇ？」

「悪かった」桂花ちゃんが即座に謝った。「魔が差したんだよ……くそ。やっちまった」

んー。桂花ちゃんは、一体何を悔やんでいるんだろう？

私との約束を破って、まーちゃんに手を出したこと？　それが京子にバレて絶交されたこと？　結果的に、京子への復讐《ふくしゅう》が果たせなくなったこと？

そういうの、全部含めて？

「悪いことすれば、報いを受けるんですよぉ。でも、まあ、私も鬼じゃないし、桂花ちゃんもすっごく凹《へこ》んでるから、これ以上はとやかく言いません」

「報い、ねぇ……」

なんだか含みのある言い方だ。多分だけど、まだ私を疑っているんだろうなぁ。

でも証拠なんかないだろうし、知らないふりを続ければ問題ない。

「それより、京子に絶交されたなら、これからどうするんですかぁ？」

「……どうしようもないだろ。私の復讐はここで終わりだ。京子や衛くんと話せなくなった以上、瑞希ちゃんのサポートすらできないしな。ここに居ても仕方ないし、明日にでも東京に帰る。もう、ここに来ることもない」

「そーなりますよねぇ。ざーんねん」

残念なのは本当だ。桂花《けいか》ちゃんのこと、嫌いじゃなかったし。

ほんと、裏切りさえなければなぁ。

「今日の会う約束もナシだ。もう、ホテルでふて寝する」

「りょーかいです。まーちゃんに手を出したのは、すっごいムカついてますけど、部屋を綺麗《きれい》にしてくれたことは、感謝してます」

「……悪かったよ」

「いいですよ。許してあげます。ちゃんと天誅《てんちゅう》食らいましたもん」

「あ、そ……」

「ちなみに、明日は何時の便で帰るんですかぁ?」

「夜八時の便。そこしか席が取れなかった。見送りにでも来てくれるのか?」

「行きませんよ。なんとなく聞いただけです」

「だろうな。こっちも来られたら困る」

「じゃあ、お元気で。テレビで見かけたら応援しまーす」

「はいはい。ありがと。君も頑張ってくれよ。じゃあね」

電話が切られた。

あっけないなぁ……ま、仕方ないよね。桂花ちゃんが全部悪いんだから。

……それにしても、こんなに上手《うま》くいくなんて。

パズルゲームのアプリを開いて、手癖でパズルを解きながら、思う。

桂花ちゃんの抜け駆けを知った時、私はある岐路《きろ》に立たされた。

それは、桂花ちゃんとの協力関係を続けるか、やめるか。

協力関係を続けるのなら、必然的に、まーちゃんと桂花ちゃんをくっつける方に動くことになったと思う。とりあえず京子《きょうこ》からまーちゃんを引き剝《は》がす、っていうのは、まあアリっていえば、アリだったかもしれない。目的を達成した桂花ちゃんが、まーちゃんと別れてくれる可能性もあったし、仮に桂花ちゃんがまーちゃんに本気になったとしても、京子からまーちゃんを奪うよりは、桂花ちゃんから奪う方が、きっと簡単だろうし。

問題は、そもそも桂花ちゃんが京子に勝てる気がしなかったってことだ。

私は、まーちゃんとの関係が元通りになるなら、それ以上は望まない。もちろん、その過程で京子へ仕返しできれば、最高だけど……でもまーちゃんが最優先だ。

それを踏まえた上で、どう動くのが一番賢いか、よーく考えたら、桂花ちゃんとの関係を続けるより、桂花ちゃんの情報を手土産《みやげ》に、京子に取り入った方が良さそうなことに気付けた。

今はとにかく、まーちゃんともっと自由に話せるようにならなきゃ駄目だ。

そのためには京子からの覚えを良くしなくちゃならない。

だから、桂花ちゃんを売った。ついでに、友達に裏切られたことを知って、京子が傷つけばいいなぁ、って思ったりもしたけど……うん。まさかこんなに上手《うま》くいくなんて。
しかも、今回の件で、まーちゃんと京子《きょうこ》は少しぎくしゃくするはず。
もしかすれば、そこに、私が付け込める隙《すき》ができるかもしれない。
一石二鳥だね。本当に……桂花《けいか》ちゃんを売る方を選んで、よかったなぁ。
佐賀まで来て、こんなに助けてくれて……ありがとう、桂花ちゃん。
「せめて、芸能界で、再起できたらいいね」
本心からそう呟《つぶや》いて、私はパズルに意識を集中した。

五話

森《もり》崎《さき》衛《まもる》

Mamorukun to ai ga omotai syoujotachi

京子を泣かせてしまった。

よりによって、ぼくが泣かせた。

彼氏のぼくが……京子を……

彼女に相応《ふさわ》しい自分になろうと決めたのに。

彼女をたくさん知ろうと思っていたのに。

ぼくが、京子を……


桂花さんとのキスを京子に目撃されたぼくは、京子の手によって、半ば引きずられるようにばあちゃんの家へと連れていかれた。それはもはや、連行に近かった。

だけど文句などあろうはずもない。

「……そこ、座って」

帰宅するなり京子の部屋へ押し込まれ、床のクッションに座るよう促される。

足を崩す勇気はない。
黙って正座すると、京子《きょうこ》がぼくの正面のベッドに腰を落ち着ける。
不安が、恐怖が、頭と心を占拠していた。
フラれたくない。ただそれだけを願う。
どうしても顔を見られずに俯《うつむ》いていたら、京子がため息を吐《つ》いた。
魂が抜けたようなため息だ。思わず身がすくみ、おそるおそる顔を上げる。
京子の目が充血していた。当然だ。家に辿《たど》り着くまで、京子はずっと泣いた。
瞼《まぶた》も腫《は》れぼったい。それに化粧も完全に崩れて、目の下に涙の痕《あと》があった。
口を引き結び、嗚咽《おえつ》を堪《こら》えながら涙をこぼしていた、京子の姿が思い返される。
ぼくが泣かした。最悪だ。いっそ煙のように存在ごと消えてしまいたかった。
どうすればいい？　ぼくは、京子に、どうしてあげたら……
「ねえ……」
京子の呟《つぶや》きにハッとなる。
「な、なに？」
「説明、してくれるよね？」
その声には、怒りと疲労が色濃くにじみ出ていて……ただただ申し訳ない。
はい、と頷《うなず》き、余計な弁明はせず、説明を始める。

昨日、凛《りん》に待ち伏せされたところを桂花《けいか》さんに助けてもらったところから、今日、桂花さんに頼まれて彼女の水着を選び、その帰りに告白とキスをされたことまで……全部話した。しどろもどろになりながら、必死に。

京子はそれを真顔で聞いていた。

頷きも、口を挟みもせず。歯を剝《む》くわけでもなければ、眉を顰《ひそ》めるでもない。

ただ、お面のような無表情で、ぼくの声に耳を傾け続けた。

一通り話し終えて「ごめんなさい」と頭を下げる。

「あの、謝って、許されることじゃないけど……浮気をする気は、なくて……信じてもらえるか、わからないけど……本当に、ごめん」

返事はなかった。

代わりに、乾いていたはずの涙が片目の目尻《じり》に浮かんで、つっ、と頰《ほお》を伝い落ちる。

京子がそれを乱暴に腕で拭い、「くそ」と吐き捨てた。

「……少し、気持ちを整理したいかも。ほんと、感情が、滅茶苦茶なんだよ」

予想より冷静だ。きっと、ぼくに無様な姿を見せたくなくて、頑張っているんだろう。

あぁ。やってしまった……

「う、うん……ごめん」

「謝りすぎ。鬱陶《うっとう》しいよ……反省してるのはわかったし、桂花を拒絶したとこも実際見たから、浮気する気がなかったことは、信じてるし……」

「あ、ありがとう……」

「でも、黙って桂花《けいか》と会ってたことは、すごく怒ってる。わかってると思うけど」

……もちろん、わかってる。もう、申し訳なさすぎて泣きそうだ……いや、どうしてぼくが泣きそうになっているんだ。泣きたいのは間違いなく京子《きようこ》だ。

「桂花に助けられたから、頼みを断れなかったのは、わかる。衛《まもる》って律儀《りちぎ》だしさ。でも、だよ。たった一言連絡してくれてたら、こうはならなかったかもしれない……ねえ、他の女と遊ぶのに、彼女に報告しようって発想にならなかったのは、なんで?」

淡々と責められて、胃の辺りがキリキリする。

京子にここまで詰められたのは初めてかもしれない。焦燥感《しようそう》で、考えがまとまらない。

優しい人に、本気で失望されることが、こんなに恐ろしいなんて……

「え、と……ぼくの、判断ミスです……」

焦った頭じゃ具体的な答えを出せなくて、そんな曖昧《あいまい》なことしか言えない。

京子が大きなため息を吐《つ》いた。恐ろしさに、肩が細かく震える。

「なんで。瑞希《みずき》ちゃんと話すことについては、ちゃんと許可を取ってきたのに……」

「……返す言葉もないです。でも、浮気とか、そんなつもりは本当になくて……」

「だから、それは信じたってば。ほんと……次からは、ちゃんと全部報告してよ」

「はい……」

「……あーあ。たった一人の、親友だって、思ってたのになぁ……はあぁ……」

京子が顔をぐしゃっと歪《ゆが》めた。

かと思えば、その目が一気に潤みだす。

「………ごめん。出てって」

京子が腕で目元を隠した。顔を逸《そ》らされる。

「しばらく一人にして」

声が、わずかに震えている。

「え、でも……」

「お願いだから。早く」

……そうか。今の京子にとって、ぼくは、ただ邪魔でしかないのか……

泣きそうだ。全部自分のせいなのに。

これ以上京子を苦しめたくなくて、おとなしく部屋から出た。

扉を閉める直前、わずかに嗚咽《おえつ》が聞こえて、後ろ髪を引かれる。

だけど、ぼくに何ができるわけでもない。

「………たった一人の、親友」

閉めた扉の前に立って、口の中で呟《つぶや》く。

桂花《けいか》さんといる時の京子《きょうこ》は、本当に楽しそうだった。ぼくには見せたことのない表情をたくさん浮かべていた。だから、京子にとって、桂花さんはかけがえのない存在だったはずだ。

その大切なものが、ぼくのせいで失われたんだと考えたら……罪悪感が、波のように押し寄せる。取り返しがつかないことをしてしまった。何も考えられない。考えがまとめられない。

誰かに話を……征矢《せいや》に、話を聞いてもらいたい。

電話だ。電話をかけよう。

とりあえず外に出て……階段を降りて、居間を通って玄関に行こうとしたら、ばあちゃんが座布団に座ってテレビを見ていた。

「……あら？　もう帰ってきてたの？　夕飯、何か簡単に作る？」

立ち上がろうとしたばあちゃんを「あ、いや……」と止めた。

「あんまり食欲ないから……あと、京子も、何も食べないと思う」

「そう？　どうして？」

「……さっき、京子を怒らせちゃって。京子、部屋で泣いてるから」

「あらあら。泣くほど怒らせるって、大概じゃないの」

「……ね。自分が嫌になる」

「家の中でギスギスされたら面倒だから、早く仲直りしちゃいなさい」ばあちゃんが声のトーンを落とした。「こういうのは時間がたつほど拗《こじ》れるんだから。でも、落ち着く時間も必要だから、すぐにかまったら駄目よ。少しだけ間をあけるの。いい？」

「うん……うん、ごめん。ちょっと出てくるね」

「どこ行くの？」

「玄関の先で電話するだけ」

「あらそう。一応気をつけなさいよ。明るいけど、もう夜なんだし」

うん、と答えて、ばあちゃんとの会話を切り上げて、玄関でつっかけを履いて家から出た。

空はまだ明るい。

なんとなく京子《きょうこ》の部屋を見上げたら、カーテンが閉まっていた。

あそこで、あの奥で、京子は泣いているんだろう。

そう思ったら、どうしようもない気持ちになってくる。

瞼《まぶた》を一瞬固く閉じて、スマホを取り出した。そのまま征矢《せいや》に電話をかける。

とにかく、色々なものを吐き出してしまいたい。それだけしか考えられない。

呼び出し音を聞きながら、スマホを強く握り込む。

「……おう。どうした？」

やがて、聞こえてきた幼馴染《おさななじみ》の声に、張りつめた気持ちが少しだけ緩む。

「あ、ごめん……今、何してる？」

「部活が終わって家に帰ってんだけど」

言われてみれば、征矢の声の後ろから、車が通りすぎるような雑音が聞こえる。

「そっか……ごめん。しばらくして、かけ直した方がいい？」

「いや、別に問題ねぇよ。歩きだしな。それより、なんかお前、様子がおかしくねぇか？」

電話越しでもわかるくらい、様子が変なのだろうか。

……まあ、そうか。変だよな、そりゃ。自分でも、精神の不安定さがわかるくらいだ。

「ちょっと、その…………京子を、泣かせちゃって」

「あぁ？」征矢が怪訝《けげん》な声を上げた。「泣かせた、って……」

「桂花《けいか》さんに突然キスされて、それを京子に見られたんだよ」

「は？」

「どうしよう……」

「……何があった？」

征矢に促されたことを皮切りに、言葉が溢《あふ》れた。今回の出来事の一部始終を……最初から最後まで、まるで自白するかのような気持ちで、全部吐き出していく。

強すぎる不安が、半ば自動的にぼくの口を突き動かした。

全て話し終えるのに、どれだけかかっただろうか。

いつの間にか、明るかった空が、薄暗くなりだしていた。

「大体事情はわかった」

とりとめのない話を、最後まで根気強く聞いてくれた征矢《せいや》が、開口一番に言った。

「それで、結局お前はどうしたいんだ？」

「ぼくが、どうしたい……？」

「話を聞いた感じ、反省も後悔もしてるみてぇだし、だったらこれ以上お前のミスをとやかく言っても仕方ねぇだろ。色々吐き出して気持ちの整理もついてきたんじゃねぇの？　だったら、もう、先のこと考えろよ。ぐちぐち悩んでも仕方ねぇ」

突き放すような言い方だけど、もっともだと思った。

というか、ぼくに前を向かせるために、あえて憎まれ口を叩いたのかもしれない。

征矢にはそういうところがある。

勝手に話を進められる強引さも、今に限ってはありがたい。

「先のこと……」

「つーか、京子《きょうこ》さんも一応納得してくれたんだし、なら話はもう終わったようなもんだろ」

いつの間にか、征矢の後ろの雑音がなくなっていた。

多分家に着いたんだろう。長いこと付き合わせてしまっている。

……そうだな。征矢の言い分には、説得力がある。

色々吐き出して、ぼくもそれなりに気持ちが落ち着いたのか、納得がいく……そうか。

先のことか。

京子との、この先のこと。

ただ一人の親友を失《な》くした、京子との、この先……

「征矢」

「んだよ」

「できれば、悲しんでる京子の助けになりたいんだけど……」

思ったことを言うと、スマホの向こうで征矢が黙った。

それがどういった意図を持つ沈黙なのかわからなくて、ぼくも黙る。

「前向きなのはいいけどよ」しばらく待ったら、征矢が呆《あき》れ声で言った。「今はほっといてやれって。余計なことして怒らせんな。あの人なら、勝手に一人で復活するだろ」

まあ……そうかもしれない。

今は、放っておくのが一番なんだろう。でも……

「違うんだよ。京子が、自分で立ち直るだろうってことは、わかってるんだよ。だから、そうじゃなくて……京子と桂花《けいか》さんを、仲直りさせられないかな、って……」

さらに呆れられるだろうな、と思いつつ、言った。

「さすがにそれは無理だろ」

即答された。

「厳しいのはわかってる。でも、桂花さんは、京子の親友だから……」

「あぁそう。でもお前、彼氏寝取ろうとする親友と仲直りしてぇか?」

征矢《せいや》が流れるように正論をぶつけてきた。

「う」

そうだ。ぼくは今、間違いなく筋が通らないことを言っている。

本当に、それはよくわかっている。わかっているんだけど……

「で、でも、それでも、京子《きようこ》には、桂花《けいか》さんが必要……だと、思うんだよ」

征矢が間髪《かんはつ》容れずに「理由は?」と懐疑の声をあげた。

「京子にとっての桂花さんは、ぼくにとっての征矢なんだ」

恥ずかしいことを言っている、と思ったけど、はっきり告げた。

征矢は何も言わない。

「ぼくは、こうして、征矢にたくさん支えてもらってて……ぼくは、絶対に征矢が必要だ。京子も、多分そうで……その、京子はほとんど友達の話をしないけど、桂花さんのことだけは結構話題に出すんだ。なによりこの数日、ずっと楽しそうだった。桂花さんといる時は、彼氏のぼくといる時よりよっぽど自然体で……」

あの京子が、ぼくの前で、ぼろぼろ泣いていた。

それだけで、京子が桂花さんをどれだけ大切に思っていたかがわかる。

……どうにかしたい。だって、ぼくのせいで、こうなったんだ。

全部元通りだなんて、都合の良いことはいわない。

ただ、大切なものを、少しだけでも取り戻してあげたい。

「……なんか、そう言われたら、やっぱ不自然だな」

征矢が言った。

「なにが？」

「いや……喜多河《きたがわ》が、京子さんを裏切るくらい、お前に惚《ほ》れこんだのが、不自然だって」

「あぁ。それはたしかに。桂花さんも、色々理由は言ってたけど……」

「ま、顔は良いから、刺さる人間には深く刺さんだろぉけど……出会って数日で、何年来だかの親友を裏切ってもいいと思えるくらい好かれるってのは、さすがに……つーか、オーディションの頃からあの二人、すげぇ仲がいいしな。なのに、そんな簡単に裏切るもんか……？」

オーディション。京子や桂花さんがかつて所属していたアイドルグループは、大々的な公募によって結成された。全国津々浦々から数千人もの少女を募り、激しい審査を課し、それを勝ち抜いた精鋭によって作られた。

その様子は番組として編集され、ネットで配信もされた。当時流行《はや》っていた、審査を長期にし、候補生を共同生活させ、その過程を公開しつつ進めていくものだった。

つまりオーディションそのものをエンタメにしたわけだ。

で、類似する番組がいくつもある中で、京子たちのそれは頭一つ抜けて好評だった。

だからデビュー前から京子《きょうこ》たちの知名度は高く、デビュー後にとんとん拍子に売れたところがある。

その番組において、京子と桂花《けいか》さんのからみは一番といっていいほど人気のあるコンテンツだった。二人が仲を深めていく過程は丁寧《ていねい》で心地よく、とても評判が良かったのだ。

もちろん、番組として恣《し》意《い》的に編集された部分はあっただろう。

それでも、彼女たちの関係は、その頃からずっと変わらずに、今へと繫《つな》がってきたはずで。

なるほど。京子たちを箱推ししていた征矢《せいや》らしい考えだ。

「なんか……横恋慕以外に、別な理由があんの……？」

征矢が呻《うめ》くように呟《つぶや》いた。

真剣な征矢に、ぼくまでそんな気がしてくる……いやこれ、確かに不自然すぎるぞ。

だって、京子を裏切るくらい、ぼくに惚《ほ》れこむって、普通におかしい。

冷静になってきた今、自然とそう思った。

「たしかに。他によっぽど自然な理由がありそうだよね」

同意すると、何かを考えるように、征矢が黙った。

「…………それがわかれば、もしかすりゃ、仲直りできるんじゃね？」

その一言が、ぼくの心に力をくれた。

「ありえる。桂花さんが何の捻《ひね》りもなく、本当にただの横恋慕で京子を裏切ったなら、ぼくだって、仲直りはほぼ無理だと思うけど、他に理由があるなら……」

希望的観測だけど、ありえない話じゃないはずだ。

可能性がゼロでないなら、やれるだけやりたい。

わずかでもいいんだ。ぼくに、罪滅ぼしをさせてほしい。

「……けど、仮に別な目的があったって、喜多河《きたがわ》が京子さんの彼氏に手ぇ出したのは変わんねぇし、あんま期待しすぎんなよ」

「わかってる。可能性があるって、教えてくれただけでも……本当に、ありがたい」

「……じゃ、どうする？」

「できれば桂花さんに直接会って、話を聞きたいかも」

「そうだな。てか、とっとと動かねぇと、喜多河、予定繰り上げて東京に帰るんじゃね？」

「あっ」

征矢の指摘に、ハッとなった。

桂花さんがこっちにいる理由はもうなくなったわけで……まずいかも。

「ごめん。ちょっと桂花さんに電話してみるね」

「それがいいな」

「また後で連絡するから」

「りょーかい」という征矢の返事を聞いて、電話を切った。

桂花《けいか》さんとのトーク画面を開き、通話アイコンに指を伸ばし……

つい先ほどの、衝撃的だった出来事……キスが脳裏をよぎる。寸前で指が止まった。

「……いや」

葛藤《かっとう》は数秒。腹を括《くく》って、アイコンをタップする。

コールを聞きながら、「ふうぅ……」と深呼吸をして気持ちを落ち着かせる。

やがて……プッ、とコールが途切れて、電話がつながった。

「……衛《まもる》くん？」

聞こえてきた声は、少し戸惑っているようだった。

「……はい。今、電話大丈夫ですか？」

冷静に。落ち着いて。自分にそう言い聞かせながら、返した。

変に意識せずに、できるだけ自然体でいけ……

「私は大丈夫だけど、そっちこそ、いいのか？」

曖昧《あいまい》な聞かれ方だけど、言わんとするところはわかる。

「一応、はい」

「ふうん……京子《きょうこ》は？」

「……えと。しばらく一人になりたいって、部屋にこもってます」

「あぁ、そう……で？　私に、何か用？」

「はい、あの……」緊張をほぐすために大きな呼吸を挟んだ。「……一度、二人きりで会って話せませんか？」

「……京子に内緒で？」

「できれば」

　短く答えると、短い沈黙があった。

「……私の告白を受けてくれる、ってわけじゃないよな？」

　ややあって、どこか諦《あきら》めが混じった調子で確認される。

　やっぱり……胸が痛むな。

「……はい。ごめんなさい。さっきも言いましたけど、告白は……受けられません」

「……っそ。残念だ」

　やけにあっさりしている。

　状況が状況だし、もう期待はしていなかったのかもしれない。

「はあ……あーあ。最悪なタイミングで、京子に邪魔されたからなぁ……」

　別に、京子の妨害がなくとも、結果に変わりはなかった……はずだ。

　ただ、嫌味のように否定するほどでもないから、余計な口は挟まない。

「なーんで、自動車学校前で待ち合わせていたはずの京子が、あそこにきたかねぇ」

　桂花さんがぼやいた。たしかに、と思う。

あの時は気にする余裕もなかったけど、考えてみれば、かなり不自然だ。

けど……今はそれより、他にもっと気にすることがある。

「SNSとか目撃情報でも拡散されたんですかね？　……あの、それで、会ってもらえますか……？」

「……あのさ。振った女と二人きりで会いたいって、一体何を考えてるんだ？」

「それは、その、ぼくも、まずいなと思うんですけど……でも、聞きたいことがあって」

「今じゃ駄目なのか？」

「駄目じゃ、ありませんけど。でも、できれば……」

「今聞いてくれ」

強い口調で言われて、ぐっ、と言葉に詰まる。

真意を問いただすのに、電話はどうにもやりにくい。

でも、仕方ないな。

「……桂花《けいか》さんは、本当にぼくが好きで、あんなことをしたんですか？」

回りくどく聞いても仕方がないから、直球を投げた。

「は？　…………そりゃそうだろ」

妙な間があった。

「それ以外に、どんな理由があって、あんなことをすると思うんだよ」

「でも、どうしても納得できなくて」

「……何のつもりか知らないけど、それ以外に理由なんかない。それより、もう連絡は取らない方がいいんじゃないのか？　これ、京子《きょうこ》に知られたらまずいだろ。それとも……やっぱり、私に乗り換えてくれる？」

「それは……」

「冗談だよ」

桂花さんが苦笑した。

それに、どう答えたらいいかわからない。

「……明日には佐賀から出ていくよ」

え？

「あ、明日⁉　早くないですか⁉」

征矢《せいや》の危惧《きぐ》が的中してしまった。まずい。

桂花さんがいなくなったら、京子と仲直りさせられなくなる。

「京子と喧嘩《けんか》別れして、きみも告白を受けてくれないなら、ここに留まる理由はないし、明日の便の座席も取れたし」

「いやっ……！　あっ、ならせめて見送りだけでも……！」

「チェックアウトは衛《まもる》くんが学校の時間だよ」

「っ……！」

「…………巻き込んで、ごめんね」

「は？」

巻き込んで、って……なんだ、そのぼくが当事者じゃないような言い方は……

「桂花《けいか》さん、それってどういう、あっ！」

言い切る前に電話が切られた。

慌ててかけ直すけど…………くそ。出ない。

だったら、とメッセージを送るけど……一向に既読が付かない。

完全に無視だ……どうする？

桂花さんの言葉をそのまま信じるなら、彼女に裏はなかったことになる。

でも、気のせいかもしれないけど、少しだけ違和感を覚えた。

もしかすれば、何かを隠しているかもしれない。

だったら……いっそ、今からホテルに直接出向くか？　……いや、駄目だ。

部屋番号がわからないし、それに今は、ここから……京子《きょうこ》の傍《そば》から、あまり離れたくない。

でも、このままじゃ、桂花さんは明日には帰ってしまう。くそっ。

……こうなったら、仕方ない。

明日……学校をさぼってホテルで待ち伏せするしかない。チェックアウトはぼくが学校にいる間だと言っていたけど、具体的な時刻はわからないから、朝から持久戦だ。

こうなると、手段なんて選んでいられない。

◆

翌朝。空がすっかり白んだ頃に、こっそりばあちゃんの家を出た。

まだ朝の六時だけど、京子に動きを悟られたくなくて、彼女が起きる前に家を出た。

桂花さんに会いに行こうとしていることを京子に知られたら、さすがにまずい。

ちなみに、京子はあれから一度も顔を見せてくれていない。けどこればかりは仕方ないか。

当面は、征矢《せいや》が言うように、そっとしておくよりないだろう。まずは桂花さんからだ。

家を出て、そのままマックに寄って、時間を潰《つぶ》した。

そして、七時を過ぎた頃に、桂花さんが宿泊するホテルへと向かう。

朝なのに、外はすでにそれなりに暑い。

ずっと外にいたら、熱中症になりかねないので、少し迷った末にホテルに入った。

ロビーにはチェックアウトのためか宿泊客がちらほらいる。あまり目立たずに済みそうだ。

見渡すと、フロアの隅に喫茶コーナーがあった。

……よし。あそこで飲み物の一つでも頼めば、自然に時間を潰せそうだ。

フロントを素通りして、喫茶コーナーに入り、レジの店員にカフェオレを注文する。用意ができたら持ってきてくれると言うので、フロントがよく見える位置にあるテーブル席に座る。客はいない。この時間帯は、まだ大半がレストランで朝食を食べているのだろう。

追い出されない限り、この席で待ち伏せを続けよう。

「衛《まもる》」

運ばれてきたカフェオレにシロップを入れて、ストローでかき混ぜていたら、名前を呼ばれた。ギョッと顔をあげると、制服姿の征矢《せいや》がいた。

「……征矢？　なんでいるの？」

疑問がそのまま口から出た。

「様子を見に来たんだよ」

昨日、征矢には改めて連絡をして、再度相談に乗ってもらっていた。その時に、桂花《けいか》さんを待ち伏せして、話を聞かせてもらうつもりだと伝えていたけど、まさか様子を見に来てくれるとは。

「そっか。ありがと。でも、時間は大丈夫なの？」

「おう。今日は俺もさぼるわ」

「は？」

征矢はぼくの疑問を無視して「飲み物買ってくる」とレジへ向かった。

そしてそこで何かを注文して、戻ってきて……ぼくの向かいの席に腰をおろす。

「い、いや、ちょっと。学校を休ませるのは、いくらなんでも申し訳ないんだけど……」

征矢が「夏休みだぞ。学校休んで何が悪ぃんだよ」とどうでも良さそうに言った。

「つーか、一人で待ち伏せは馬鹿すぎるだろ。便所どうすんだよ。漏らす気か？」

ごもっともすぎる指摘だ。

トイレに行っている間に見逃せば、目も当てられない。

「うっ………じゃあ、お言葉に甘えて」

申し訳ないと思いつつ、助かるのは事実なので、素直に好意に甘えることにした。

やはり持つべきものは友達だ。

「おう。今度なんか奢《おご》れよ」

「了解」

そんなわけで、征矢と一緒に桂花さんが現れるのを待つ。

軽く雑談をしつつ、しっかり監視を続けて……大体、二時間ほど経《た》った頃だろうか。

フロントのそばのエレベーターから、巨大なキャリーケースをひいた女性が出てきた。

スプレーで染められたと思《おぼ》しき赤い髪に、病んだメイク、そして派手なシャツとクラッシュデニムを纏《まと》ったパンクな彼女は……間違いなく桂花さんだ。

「来た」と呟《つぶや》いたら、征矢が振り返ってぼくの視線を追った。

「……あれが喜多河《きたがわ》？」

怪訝《けげん》そうだ。まあ、あの姿は、初見だと驚くよな。

メディアのそれとは、あまりにも違う。

「そうだね。じゃ、ちょっと行ってくる。もし説得できたら、ここで桂花《けいか》さんと話すから」

「おーう……頑張れよ」

激励に頷《うなず》きを返して、受付で手続きを始めた桂花さんの元へ向かう。

少し離れて、後ろに立った。みるみる、心臓の拍動が強くなっていく……嫌な緊張感だ。

深呼吸で気持ちをわずかなりとも落ち着かせようとするけど、効果は薄い。

少しして、手続きを終えた桂花さんが振り返った。

目が合う。

「……衛《まもる》くん」

桂花さんの表情が歪《ゆが》んだ。

「おはようございます」

ぺこりと頭を下げたら、ため息を吐《つ》かれた。

「……待ち伏せしてたのか？」

「はい。えっと、二時間くらい前から」

誤魔化《ごまか》しても仕方ないので、素直に認める。

「二時間……いつ出てくるかもわからないのに、学校をさぼってまで、よくもまあ……」

呆《あき》れたような、感心したような、なんとも表現しにくい口ぶりだった。

「その執念深さは、間違いなく京子《きょうこ》の親戚《しんせき》だな」

「どうしても桂花さんと話したかったんです。お時間、少しいいですか?」

桂桂花さんが逡巡《しゅんじゅん》するように「あー」と視線を泳がせた。

でも、すぐに苦笑する。

「……ま、いっか。ここまでされたら、さすがに断れないわ」

胸を撫《な》で下ろす。

「ありがとうございます。じゃ……わざわざ移動するのもあれなんで、そこの喫茶コーナーで」

フロアの隅を目線で示すと、桂花さんが「ん」と頷いた。

……よし。


レジで飲み物を注文して、今度は奥まった場所のテーブル席を確保した。

巨大な観葉植物や柱に遮られ、ロビーからは微妙に見えづらく、内緒話をするのにうってつけな席だ。別にホテルの利用客に見られたって問題はないかもしれないけど……昨日、京子がぼくらの情報をどこから得たかわかっていない以上、用心をするに越したことはない。

そういえば征矢《せいや》の姿が見当たらないな、と思いつつ、桂花さんと向かい合って座った。

するとどこからともなく征矢《せいや》が現れて、桂花《けいか》さんの背後の席にしれっと座る。

近いな。他に客もいないし、離れた席でもよさそうなのに……いや、いいんだけど。

少し待つと、飲み物が運ばれてくる。

ぼくはアイスココアで、桂花さんはブラックコーヒー。

なんとなく桂花さんを眺めていたら、何も入れずにコーヒーをすする。

「苦くないんですか?」

「苦いよ。でも、もう慣れた」

わかるようでわからない返事だ。

苦いなら、飲まなければいいのに。

「で、話って?」

「告白について……昨日、電話で軽く触れた……」

「……私が衛《まもる》くんを本当に好きか、ってあの話?」

「そうです」

「私の好意を疑ってる、ってことだよね?」

「はい……どうしても、信じられないんです。桂花さんが京子《きょうこ》を裏切るくらい、ぼくを好きになったなんて……」

似たコンプレックスを抱く者同士、互いに理解し合い、支え合える関係になれるそうだ、という言葉そのものは、別に不自然じゃないし、否定もしない。

だけど、五年来の親友を……芸能界を共に戦い抜いた戦友と天秤《てんびん》にかけて、ぼくに傾いたというなら、それはやっぱり、おかしいと思う。

「……親友の彼氏に一目ぼれすることがそんなに変か？　てか、きみだってたった数日の間で、何年も片思いをしていた瑞希《みずき》ちゃんから恋愛感情皆無だった京子に乗り換えただろ」

「それは、話が違いますよ……ぼくと京子には、積み上げてきた時間がありました」

「積み上げてきた時間？」

「親戚《しんせき》として過ごした時間です。たしかに、京子を恋愛対象としては見てなかったですけど、かけがえのない大切な人ではありました。すぐに付き合う決断を下せた理由は、それです」

「……ふうん」

「桂花さんも、京子とは長い時間を過ごしたでしょ？　大切な思い出だってあるはずです。それを、出会って数日のぼくのために壊すって判断が、どうしても理解できない」

桂花さんを見据《みす》える。

「……本当に、京子よりも、ぼくが好きなんですか？」

桂花さんがコーヒーをすする。

「……仮に、違ったとして……どうするんだ？　それを聞く目的は？」

「仲直りしてほしいんです」

この一言は、口にするのに勇気が必要だった。

でも、言わなきゃいけないから、端的に告げた。

「は？」

「何か他に理由があって、あんなことをしたなら……それを諦《あきら》めて、京子《きょうこ》とやりなおしてくれませんか？　……お願いします」

「まったく意味がわからない」

声から困惑が伝わってくる。

「一体なにを考えてるんだ？」

「……京子には、桂花《けいか》さんが必要だと思うんです」

「なんで？」

「それは……京子が、桂花さんを大切に思っているからです」

桂花さんは答えなかった。

ただ、疑うようにぼくを見つめている。

続けろ、ということか。

「……桂花さんといる時の京子は、ぼくといる時より、ずっと楽しそうなんです。この数日だけでも、京子が心を許していることが、よくわかりました……多分ですけど、桂花さんが思っているよりも、京子は桂花さんが好きなんだと思います」

「だからって、仲直りしろはないだろ」

声は、どこか苦々しい。

まるで、痛みを堪《こら》えているようだ。

「……じゃあ、桂花さんは、仲直りしたくないんですか？」

桂花さんがため息を吐《つ》いた。

「私がどうとかじゃなくて。ただ、無理だろ」

恣《し》意《い》的に捉《とら》えすぎているかもしれないけど、言葉の端々に悔恨が含まれているように感じた。

「……何が無理なんですか？　もし、やりなおしたいなら、ぼくも全力で……」

「京子が憎いんだ」

桂花さんが言った。

その瞬間……大げさでなく、思考がまっさらになった。

「もう、隠す必要もないし……衛《まもる》くんには恐ろしく迷惑をかけたから、洗いざらい白状してしまうけど……今回、私がこんなことをした理由は、京子への復讐《ふくしゅう》だ」

「復讐……」

「厳密には復讐とも違うけど、まあでも、復讐みたいなものだな……あ、でも、衛くんを気に入ったのは、それはそれで本当のことだから」

桂花さんの言葉が、耳を素通りする。復讐。それは、予想外だったな……

いや。冷静に考えたら、横恋慕以外だと、それが一番ありえる答えではある。恨みを向ける相手から、大切なものを奪う。仕返しとしては、むしろ王道というか……

でも、なぜか思いつかなかった。

多分、考えたくなくて、無意識に目を逸《そ》らしていたんだろう。

「説明、いる?」

固まったぼくに、桂花《けいか》さんが呟《つぶや》くように言った。

「……お願いします」

「ん……少し前置きさせてもらうけど、私、アイドルが好きでさ」

「知ってますけど……」

「あぁ。憧《あこが》れが強すぎて、一時期は自分なんかがアイドルを目指すなんて畏《おそ》れ多いと本気で思ってたくらいで……ま、結局諦《あきら》めきれなくて、ダメもとで、例のオーディションに応募したんだよ。自己PR動画を数えきれないくらい撮り直して、履歴書も何枚も書き直して、写真も出来が良いものを必死に選んで……その甲斐《かい》あってか書類選考に受かって……二次審査の会場で京子《きようこ》と出会ったんだよ。ちなみに、オーディションの配信は見た?」

「はい」

「二次審査のとこも?」

「番組で流れた範囲は、全部見てます」

「そっか。あれさ、二次は候補者が数人ずつ部屋に呼ばれて、審査員の前で一人ずつ歌って踊って自己アピールする、みたいな内容だったけど、衛《まもる》くんは京子の審査をどう思った？」

「え？　……単純に、すごいなと……京子、カメラの前でも全然緊張してなかったし……」

「ふーん……私は、正直、技術的に微妙だと思ったよ」

「はぁ……？」

「だってさぁ……歌声は安定してなかったし、ダンスも音ハメできてなかっただろ。技術面で言えば、マジで落ちなきゃおかしい出来だったんだよ。多分……京子以外の候補生は、みんなそう判断したと思う。でも、ご存じの通り結果は合格だ。それ、どうしてだかわかる？」

「え、ええ、と……見た目が、綺麗《きれい》だから？」

「惜しい。あいつは、歌もダンスもゴミだったけど、表情が抜群に良かった。すっげー綺麗な笑顔で、心底楽しそうで……それだけで、あの場の誰よりも、魅力的に見えて……審査員たちも、技術は未熟だけど可能性を感じる、って講評してただろ？」

「……でしたね」

「卑怯《ひきょう》だよな。歌やダンスなんてレッスンでいくらでも鍛えられるけど、人間的な魅力は、どうしたって生まれ持った才能に依存する。天性のものだ」

言葉とは裏腹に、桂花さんが大切なものを慈しむかのように、優しく微笑《ほほえ》む。

その表情からは、たしかに、京子への親愛のようなものが感じられた。

思い偲《しの》ぶようなその様子から、恨みのようなネガティブな感情は見いだせない。

「あいつは、自分を良く見せることに長《た》けてるんだよ。細かな仕草一つとっても、自分の魅力を最大に演出していた。それが意識的なことか、無意識の産物かはわからない。とにかく、個を殺して、自分が信じる『最高の自分』を演じ続ける才能がすごかった……つまり、京子《きょうこ》は誰より『アイドル』として正しくて、強かったんだ」

桂花《けいか》さんが両手の指を絡めて、手のひらを合わせて……まるで祈るように、両手を組んだ。

そして、そっと目を閉じる。

「……私は、そんな京子が大好きだった」

その静かな呟《つぶや》きには、言いようのない力が込められていて、ぼくの耳に、深く強く響く。

大好き。恨みとは真逆の感情。

「芯を通し、ブレることなくアイドルとして輝き続ける『宵ケ峰《よいがみね》京子』に憧《あこが》れていた。尊敬していた。あいつは嫉妬《しっと》さえさせてくれないくらい完璧《かんぺき》で、理想的で、最高のアイドルで……」

抑揚が抑えられた声で、滔々《とうとう》と語っていた桂花さんが、ゆっくり目を開く。

「だから、小さい頃からアイドルに夢中だった私は、当然みたいにあいつに惚《ほ》れ込んだ。信仰ってレベルだったよ。京子は、大げさに言えば、私の神さまだった」

その目は……据《す》わっていた。

「馬鹿だよな。今ならわかるけど、あいつは自分を魅力的に見せたい『誰か』を明確に定めていて、それが、たまたま『アイドル』としての魅力とマッチしただけなのに」

声が、段々重たいものへと変わっていく。

「あいつは、最初から最後まで、ただ一人の男の目だけを意識していた。それ以外は眼中になかった。だから、余計なことに惑わされずに、あれほどまで『宵ケ峰京子』を貫けた」

桂花さんが、組んでいた手を解いた。

「わかるか？　京子が、誰のためにアイドルになったか」

先月、京子が瑞希《みずき》にかけた言葉を思い出す。

京子はあの時、さらりと一言で流したけど、たしかに口にしていた。

彼女がアイドルになった理由は……

「きみだよ、衛《まもる》くん。きみなんだ」

「です、ね……」

「京子は、有名になって、魅力的な自分をきみに見せつけたかったんだ。きみを振り向かせるためにに。ただそれだけのために、人生を賭《か》けてまで、アイドルになった。目標が具体的だったからこそ……あいつは、成功したんだ……したよ。だけど、おかげで私は、あいつを……」

声から力が抜けていき、最後は、目の前にいるのに聞き取れないほどにしぼむ。

これは……一体どういうことなのだろうか。

桂花さんは、ぼくが考えていたよりもずっと、京子に入れ込んでいる。

執念や執着というのが一番近いだろうか。

なのに、どうしてそれが、恨みに繋《つな》がる？

「……私は、アイドルをしていた京子《きようこ》が好きだ」

ぼくの疑問に答えるように、桂花《けいか》さんが言った。

「同じステージで……熱を帯びる、白いスポットライトに照らされて、踊り、歌い、誰より強く輝く彼女を傍《そば》で見るのが、何よりも好きだった。断言できる。あれが私の人生の絶頂だ」

桂花さんが訥々《とつとつ》と語る。

「ライブで……滴り落ちる汗の一粒までが京子の魅力を演出していたんだよ。私を含めた全てのメンバーですら、スタッフも観客も、会場の全てが、京子をアイドルたらしめるために存在していたんだ。最高だったよ。尊い京子が放つ、目には見えない粒子を、特等席で浴びるあの瞬間こそが、私にとってかけがえのない一瞬で……きっとあの時間を超えるほどの幸せは、私の人生には二度と訪れない」

ほう、と、熱を帯びた吐息を漏らす。

「……私は、宵ケ峰《よいがみね》京子を愛していたんだ」

重い。

京子への愛が、ただ重たい。

「……だからこそ、今は、あいつが憎い」

「それは……」

「ただ一人の男に振り回されて、完璧《かんぺき》なはずの自分を貶《おとし》めるあいつが、憎い」

何も言えない。

「わかるか？　あいつが情けない姿を見せるたびに、完璧だった宵ケ峰京子が汚されていくんだぞ。私は、それがどうしても許せない。耐えられないんだ。あいつは唯一無二の存在なんだよ。尊いんだ。なにより尊重されなきゃいけない。たとえあいつ自身であっても、あいつを汚すなんて許されない」

ようやく、ぼくは、桂花さんがあんなことをした理由を、察することができた。

そうか。

「ぼくが、邪魔なのか」

はっきりと口にした。

「桂花さんは、ぼくと付き合う京子が嫌いなんだ。むしろぼくはどうでもよくて……ただ、京子が重要で……」

「……さっきも言ったけど、衛《まもる》くんを悪くは思ってないよ。これは本当」

「でも……邪魔なんですよね？」

桂花さんが頷《うなず》いた。

「あぁ、邪魔だ」

「だから、京子《きょうこ》からぼくを引き離そうとした」

「でも、それも、もう叶わない。だから……無理なんだよ。やりなおせない。もしも、万が一、京子が私を許してくるような奇跡が起きたって、仲直りできない。だってこれ以上は耐えられないんだ。絶対的な存在だったはずの京子が、汚されていく様を見ていられない」

「ぼくと付き合うことが、アイドルとしての京子を害することになるんですか？」

「なる。だって、アイドルの京子は、男なんかと付き合わない」

もはや妄信だ。勝手な理想像を頭の中に作り出して、それを絶対視している。

でも、それだけに、京子への愛情は疑いようがない。

桂花《けいか》さんは、京子を強く想っている。だったら。

「……それでも、どうか受け入れてもらえませんか。全部、京子でしょう。アイドルとして輝く京子も、恋愛を頑張る京子も、全部ひっくるめて、京子なんです」

希《こいねが》う。

ぼくにはもう、これしか手がない。

「それとも、桂花さんは、アイドルの京子しか好きじゃないんですか？」

桂花さんが吐息を漏らして……コーヒーを一口すすった。

「……まあ。友人として、今の京子も好きだよ」

「じゃあ……」

「でも、アイドルの京子が絶対で、それは譲れない。きみと付き合うことが、アイドルとしての京子の価値を毀損《きそん》し続ける以上、もう、どうしようもないだろ」

あぁ……これは……駄目だ。

ここまではっきり言われたら……ぼくじゃ、説得できない。

「他に、話すことはある？」

脱力するぼくの様子に、桂花さんは話の終わりを悟ったらしい。

首を左右に振ると、桂花さんが「そうか」と立ち上がった。

「じゃ、帰ろうかな……期待に沿えなくて、ごめんね」

「いえ…………どうやって帰るんですか？」

キャリーバッグの持ち手を伸ばす桂花さんに聞いた。

「ん？　バスで空港まで行って、飛行機で帰るよ。便が夜だから、福岡で時間を潰《つぶ》すけどね」

「……そうですか。じゃあ、バスセンターまで送ります」

「気を遣わなくていいのに」

「別に、そんな……それとも、これも邪魔ですか？」

「……じゃ、ありがたく話し相手にでもなってもらおうかな」

そんなわけで、桂花さんと喫茶コーナーを出た。

その際、征矢《せいや》と目が合う。

征矢《せいや》が無言で出口を指差した。行け、という意味だろう。

いずれにしても、それ以上のコンタクトは取れないので、そのままホテルから出た。

「遠いし、タクシーを使おう」

桂花《けいか》さんが、入り口付近に待機していたタクシーを呼ぶ。

トランクにバッグを入れてもらう彼女を見ながら、どうしようもなかったな、と独り言《ご》ちる。

ぼくは失敗した。

タクシーに乗り込み、二言、三言、どうでもいいような言葉を交わして……

ものの数分で、バスセンターに着く。最後に、ダメもとでもう一度説得しようと思っていたけど、どうしても上手《うま》くいくビジョンが浮かばず、結局動くことすらできない。

「じゃ、この辺で……」

建物の入り口で、桂花さんが手を上げる。

「あ……バスが来るまで、ぼくも待ちます」

未練がましくそう言うと、桂花さんが「そうか」と困ったように笑った。

なんとも言えない雰囲気のまま、二人でバスセンターに入る。

すると。

「二人揃《そろ》って、随分楽しそうだね」

なぜか、待合室に京子《きようこ》がいた。

宵《よい》ヶ《が》峰《みね》京《きょう》子《こ》

あんなことをしでかしたばっかなのに、衛《まもる》がさっそく余計なことをやりだした。

それに気づけたのはほとんど偶然だ。

桂花と衛のアレを目撃した、少しあと。

衛を部屋から追い出して、桂花に裏切られたことを嚙《か》みしめながらベッドでうずくまってグズグズ泣いてたら、ノックもなく部屋のドアが開いた。

入ってきたのはおばあちゃんだった。

「あら、本当に泣いてるわ」

おばあちゃんは私を見るなり驚いたって顔をした。いや、なにそれ？

泣いてる孫娘にそれは無神経すぎて引く。ない。マジでない。ありえない。

でもおばあちゃんって昔からこういうとこがあって、平常運転といえば平常運転。

「……なに？」

おばあちゃんに背を向けて、泣き顔を隠した。

「夕飯よ、夕飯。いるの？　いらないの？」

「いらない。今は、なにも入らない……」

「あっそう。もし何か必要なら、すぐに言いなさいよ。ねえ京子《きょうこ》。お腹《なか》が満たされたら、気持ちもそれなりに満たされるんだから」

「うん……」

「それと、悲しい時は他のことで気を紛《まぎ》らわせるのが一番よ。私もお爺《じい》さんが死んだ時は、死亡届や銀行の手続きで本当に忙しくて、しばらく悲しむ暇すらありゃしなかったけど、逆に助かったのよね。そりゃ最初は、こっちは旦那が死んだのに、なんでこんなどうでもいい雑務を山ほどさせるんだ！　ってぷりぷり怒りながら手続きしましたけども」

「あ、そうなんだ……」

雑な励ましだなぁって少し呆《あき》れる。

けど、おじいちゃんの死まで持ち出されたら、さすがにちょっと言い返せない。

「……ところで、衛《まもる》は？」

なんとなく聞いた。

「外で電話してるわよ。窓から見えるんじゃない？」

「は？」

びっくりして、おばあちゃんを振り返る。

「電話？」

え、あいつ……

他の女とキスして私を泣かせたくせして、呑気《のんき》に電話してるわけ……？

あ、いや、別にいいんだよ。電話なんて好きなだけすればいい。

でも、なんだろな。自分でもびっくりするほど謎にイラッとくるのは。私に気遣って大人しくしてろとか一緒に苦しめとか、そんなことは思わないけど、でも、電話ねぇ……

………今、する？

私が、深い悲しみに暮れてる今この瞬間に、部外者と、電話、するんだ。

「それ、誰と？」

「私が知るもんですか。気になるなら本人に直接聞きなさいよ」

おばあちゃんはそれだけ言って、部屋から出てった。

私も怒りか何かでぱったり涙が引っ込んじゃって、ベッドから立ち上がって窓に向かった。

で、カーテンの隙間《すきま》からそっと外を覗《のぞ》いてみる……と。

玄関の近くに、こっちに背を向けて、耳にスマホをあてる衛がいた。

……ほーう。呑気なもんだなぁ……

相手は……鵜野《うの》くんかな。多分そうだ。

あいつ、何かあればすーぐ鵜野くんに頼るから。

いや、別にいいよ。ほんとに、好きにすればいい。けどさ。こっちはついさっき、相談相手をなくしたばっかりなんだよね。それ思ったら、やっぱなんかすっごくモヤるっていうか。

自分じゃ制御できないとこから、怒りがわいてくるっていうか。

そりゃこの件で悪いのは桂花《けいか》だ。

でもさ。衛《まもる》に非が全然ないなんて、そんなわけないじゃんか。

あいつの不用心さと警戒心の無さが事態を悪化させたのは事実。

そのうえで、衛に浮気する気がなかったのもわかってるから、許せるとか許せないとか、責任があるとかないとかは別にして、今は必要以上に衛を責めても仕方ないって理解なんだけど
……ていうか、衛に復讐《ふくしゅう》しようとしてるから、責めたくても責められないんだけど。

ただやっぱ、そんな理屈じゃ感情は納得しないよねって。

私は、衛が絡んだらいっつもこうだ。

冷静さや理性がさっぱり溶けてなくなって、感情に支配される。だからこれもきっとただの八つ当たりで、行き場のない良くない感情が衛の電話って些細《ささい》な瑕疵《かし》に過剰反応してるだけだ。

わかる。ほんとにわかってる。

でも……でも！

アホほど、むかつくっ……！

呑気《のんき》に電話する衛をジッと眺めてたら頭がどうにかなりそうで、カーテンを閉めた。

で、ベッドにうずくまって、唸《うな》って、理不尽《りふじん》な怒りを呑《の》み込もうと四苦八苦。

涙はもう出ない。枯れた。

あぁ、あぁ、もう！　感情的な自分は嫌いだ。私はいつだって理性的でいたい。

でも、くそ、冷静になりたいのに怒りが無限にわく。さっきまでの悲しみが根こそぎ怒りに転化されてるかも。メンタル滅茶苦茶だろ。

枯れたと思った涙が、悔しいやらなんやらで、またすぐ出てきたし……

いや、やっぱこれ無理だ。

「……あ、もしもし、鵜野《うの》くん？　私、宵ケ峰《よいがみね》だけど」

完全にわけわかんなくなって、気付いた時には、鵜野くんに電話をかけてた。

我ながらなんで？　って謎ムーブ。いやま、浮気して私を泣かせた衛が、鵜野くんとどんな話をしたか気になって、聞き出そうとしてるだけだけども。ここで直に衛じゃなくて鵜野くんにいく辺り、妙に打算的っていうか、タチが悪いなあと自分でもちょっとだけ思う。

「あっ、あー……京子《きょうこ》さん……急に、どうしたんすか？」

「今、衛と何を話してた？」

剛速球で聞いた。

確証はないけど、どーせ衛の電話相手は鵜野くんで間違いない。余計な前置きはただの無駄。

「えっ？　……あっ、いや……そんな大層なことは話してないすよ……」

ほらやっぱり。鵜野くんの反応で、予想が確定した。

てか、声が微妙に落ち着かないな。なんだろ。何かを隠してるような……？

……これ、もしかして、衛《まもる》のやつ、実は鵜野《うの》くんと変なこと話してたんじゃ……？

「へえ。大層なことは話してないんだ」

「そっ、すね」

鵜野くん、案外嘘吐《うそつ》くの下手《へた》だな。

「なるほどなるほど……なら、別に内緒にする必要もないよね？　全部、教えてくれる？」

「……あっ、あー……」

鵜野くんには悪いけど、全力で聞き出してやる。


義理堅い鵜野くんを説き伏せるのはかなり大変だったけど、粘り強く押し問答を続けて、なんとか口を割らせることに成功した。

ほんと私頑張った。よくやった。あと鵜野くんは手強《てごわ》すぎ。

まあでも、その苦労に見合うだけの証言は手に入ったけど。

なんと衛は私と桂花《けいか》を仲直りさせたいらしい。

そしてそのために、明日、桂花に会いに行くんだとか。

「……いや……いや、いや……いやいやいやいや……なんで、そうなる……？」

正直、眩暈《めまい》がした。

だってこんなのマジで馬鹿。意味不明すぎて普通に引く。

「待って。あんなことがあって、私が桂花と仲直りするわけなくない……？」

なによりあいつ、懲《こ》りてない。

私に内緒で桂花とまた会おうとしてるのが、最低で最悪だし、もう怒りを通り越して呆《あき》れるレベルなんだけど。頭大丈夫か？

また涙引っ込んだわ。

「いや、それは、まあ……衛なりに、責任取ろうとしてるんですよ」

「責任の取り方間違ってるから。あーもー……ほんっと頭痛い。てか、学校さぼって桂花と会うって、わりと真面目《まじめ》にイカれてない？　なんなの？　信ッじらんない……」

「……ま、俺も隠れて同席する予定なんで、喜多河《きたがわ》が何かしようとすりゃ、止めますし……」

「え、そうなの？」

「……っす。衛から、二人きりはまずいからついて来てくれって、頼まれて」

「あぁ……一応、その辺の危機感はあるのか……なんか逆にムカつくな。それがわかるなら、そもそも桂花に会うなよ。てか、そんなことで友達学校休ませるって、何考えてんの？」

「ま、まあまあ……とにかく、衛も京子《きょうこ》さんのために必死ってことで、あんま怒ってやらないでもらえますか……？」

どこか一歩引いた感じでなだめられた。年下の男子にそんなことを言われたら、さすがにこれ以上は、みっともない姿を見せられなくなる。

「……別に、怒ってないから。呆《あき》れてるだけだよ」

「そんならよかった」

……この子ってば、ほんと友達思いだな。

桂花《けいか》のクソバカとは大違いだ……それにしても、そのクソバカと、私が、仲直りねぇ。

絶対無理なんだけど。

桂花は、私が衛《まもる》にどんな思いを向けてるか、誰よりもわかってたはずだ。

それなのにあんなことをした。もう許すなんて無理。不可能。

……そりゃ、桂花と縁が切れることは、悲しいけど。これはマジで。

私……あいつのこと、本当に好きだったから。親友だって思ってたもん。

でも、今はそれ以上に反吐《へど》が出るほど嫌い。

顔も見たくないくらいだ。

「衛め。無駄なことを」

「……あの――……実際、喜多河《きたがわ》とは、もうやり直せないんすか？」

「無理。百回死んでも無理。逆に、鵜《う》野《の》くんが私の立場だとして、許せる？」

「無理すね……や、衛もまず無理なのはわかってるっぽかったけど……」

「なんだっけ。桂花には、他に理由があるかも、とか馬鹿なこと言ってるの？」

「……っすね。あの、でも、もしもマジで他の理由があったら、その時は……許せます……？」

「んー……？」

少しだけ考える。他の理由か。万が一……いや、億が一、衛の妄想が的中して、桂花に何かのっぴきならない事情があれば……いや。それでもやっぱないな。

私の気持ちを知りながら、衛に手を出すことを正当化できる事情なんかあるわけない。

衛に手を出す奴《やつ》は、それが誰であっても私の敵だ。例外なんかない。

「いや、許さないかな。死んで詫《わ》びても許さないよ」

「あー………はは…………こっわ」

「今なんて？」

「あ、なんでもないす。すんません」

「そ……ところで、鵜野くん。ちょっとお願いしたいことがあるんだけど、いいかな？」

尋ねたら、鵜野くんが一瞬黙った。

「……なんすか？」

「大したことじゃないよ。明日、衛に同席するなら、スマホに集音アプリをダウンロードして、衛と桂花の会話を私に送ってくれない？」

「はっ？」

◆

鵜野《うの》くんは私のお願いを快く引き受けてくれた。

嘘《うそ》じゃないぞ。

衛《まもる》と桂花《けいか》がどんな会話をしても、絶対衛を責めないって約束したら、あっさり頷《うなず》いてくれたから。鵜野くんって、基本、衛に害が及ばなかったら、大体のお願いを聞いてくれる。

ほんと良い子だわ。

ま、彼が私のお願いを聞いてくれるのは……なんだろな。多分だけど、私のためとかじゃなくて衛のためなんだよな。たとえば今回なら、鵜野くんは私が衛の行動を止めてしまうのを警戒してる節があって、それをさせないためにあえて盗聴を受け入れてくれた感があるし。

つまり、衛が悔いなく動くために、私のお願いを聞き入れた……みたいな?

考えすぎかな……ま、どうでもいっか。

とにかく、翌日。

一睡もできないまま朝を迎えて……大体、九時くらいか。

鵜野くんからメッセージが届いた。

『喜多河《きたがわ》が出てきました』

衛と鵜野くんは、桂花がいつ出発するかわからなくて、早朝からホテルで張り込んでたらしい。で、その甲斐《かい》あって桂花がようやく出てきたと。いやま、ホテルのチェックアウトって大体午前に済ませなきゃいけないから、適当っちゃ適当な時間だけど。

『衛と喜多河が話しだしたらアプリ起動します』

集音アプリは、その名の通り音を集めるアプリだ。

スマホを補聴器代わりにするために使うのが用途としては一番多いらしいけど、調整によっちゃ盗聴器としても使える、素敵なアプリだ。昔、私も、私を嵌《は》めようとした連中の情報を集めるために、何度もお世話になったから、その性能は折り紙付きだ。

文字起こしの機能を使えば、音声と文字が同時に飛んでくるのがマジで神。

で。

部屋のベッドに座って、手を組んで、なんとなく祈るような気持ちで待つ。

実は……少しだけ、悩んだんだ。

衛が桂花と会うことを止めるか、鵜野くんに手伝ってもらって、会話を盗み聞きするか。

はっきり言うけど、衛と桂花が私に内緒で会うのは……やっぱり嫌だ。

何考えてるんだ、って怒鳴りつけたいくらい、やめてほしい。

でも。

衛が、私と桂花を仲直りさせたいって思ったことが、桂花に会う理由な以上……

もしも。もしも、だよ？

もしも、本当に、桂花に何か事情があって……桂花が、あんなことをしたんなら……

ありえないって思うけど。でも、そういうことが、万が一あれば。

やっぱり、知りたい。

組んだ手を、強く握りしめると……鵜野《うの》くんと共有したアプリから、音声が飛んできた。

集音性が高すぎるのか、雑音もかなり拾っちゃってるけど、声がはっきり聞こえる。

同時に、画面に文字が起こされていく。

『で、話って?』

『告白について……昨日、電話で軽く触れた……』

そして私は。

桂花《けいか》が何を考えてあんなことをしたのか、ようやく、知った。

森崎衛《もりさきまもる》

バスセンターの広い待合室。

「二人揃《そろ》って、随分楽しそうだね」

規則正しく並ぶたくさんの椅子《いす》に背を向けて、ぼくらと対峙《たいじ》するように仁王立ちした京子《きょうこ》が、どこか冷たい声で、言った。

表情からは、感情が読み取れない。まっさらな真顔だから。

「あっ……」

京子の姿を確認したその瞬間から、心臓が暴れていた。

血の気が引く。なんなら膝《ひざ》もわずかに笑っている。

なんでだ。なんで京子が、ここにいるんだ。

しかも、あまりに堂々と、驚いた様子もなく、まるでぼくらを待ち伏せていたかのように。

いずれにせよ、終わった。

舌の根の乾かぬうちに、こんな、京子を裏切るような真似《まね》をして……

なんならこのままここで別れ話を切り出されてもおかしくない……

「……なんだよ。もしかして、見送りにでも来てくれたのか？」

ぼくが呆然《ぼうぜん》とする一方で、桂花さんがなんてことなさそうに言った。

とんでもない度胸だ。もしかして、心臓が鋼《はがね》でできているのだろうか？

「まさか。人の彼氏を寝取ろうとしたクソ女なんかを見送りにくるわけ、なくない？」

京子がさらっと返す。

「……なら、なんでここにいるんだよ」

「桂花が、私に言い忘れたことがあるから、わざわざ出向いてあげたんだよ」

「は？」

短く疑問を発した桂花さんに、京子が待合室の空席を指差した。

「まずは座れば？　次のバスが来るまで、ずっと立ってるつもり？」

「……座らねー。それより、今のどういう意味だ？　私が、何を言い忘れてるって？」

「自分で考えれば？　……私は座るから」

京子《きょうこ》が一番近くの席に腰を下ろした。

そして足と腕を組んで、ぼくらを……桂花《けいか》さんをジッと見つめる。

すごく、怖い。でも一刻も早く弁明しなきゃ……

「あの、京子……？」

意を決して、声をかける。

京子はぼくを一瞥《いちべつ》すると、すぐ桂花さんに視線を戻した。

「……悪いけど、少し黙っててくれる？　衛《まもる》は、あとでちゃんと怒るから」

「あ……はい……」

ぎゅっ、と心臓を摑《つか》まれたような気持ちになった。

今は桂花さんとだけ、話したいらしい。

「マジで意味わかんねー……」

桂花さんが苦虫を嚙《か》み潰《つぶ》したような顔で呟《つぶや》いた。

そんな彼女に、京子が「ふうん」と目を細める。

「……ちなみに私、二人がホテルでした会話、全部聞いてるから」

なんだって？

隣の桂花さんを見れば、桂花さんも呆《ほう》けた顔でぼくを見ていた。

お互い、心当たりはない。

あの場に京子がいた……とも考えにくいし、なら一体、どうやって……あ。

「その上で、もっかい聞くけど。桂花。私に何か言うことあるよね？」

「別に」

「へー……」

二人が無言で見つめ合う……雰囲気が重い。

コンクリートが気化して、辺りに充満しているようかのような重たさだ。

胃が……下腹部の辺りが、ぎゅうぎゅう、痛くなってくる。

「……えーっと、なんだっけ。私が衛と付き合うと、アイドルの私が汚されるんだっけ？」

京子のわざとらしい発言に、桂花さんが額を手で押さえた。

「……あぁ、そうだよ。それが？　……私のために、衛くんと、別れてくれるのか？」

「別れるわけないじゃん」

「あっそ。最悪」

「は？　どう考えても最悪なのはこっちなんだけど。言葉をこねくり回して誤魔化《ごまか》してるけど、結局桂花って衛に嫉妬《しっと》してるだけでしょ？　そんなのに振り回されたこっちの身になってよ」

「……は？」

桂花《けいか》さんが半笑いを浮かべた。

「なん……おい、今、なんて？」

「だから。大・大・大好きな親友が彼氏に夢中になって、急にかまってもらえなくなって、それで拗《す》ねちゃったんだろ？　……って言ったんですけど」

「おまっ……！」

桂花さんがキャリーバッグから手を放して、大股で京子《きょうこ》まで詰めた。

京子は微動だにしない。座ったまま、腕と足を組んで、冷めた顔で桂花さんを見上げている。

対する桂花さんは般若《はんにゃ》のような形相で、顔が赤く染まっている。

「なぁに？　……図星を突かれて、恥ずかしくなっちゃった？」

「私の想いを馬鹿にするな。私は、本当に、アイドルとしての京子を……！」

「あのさ。アイドルやってた時も、今も、全部私だけど。勝手に人を分割しないでほしい」

「いいや、違うね。あの頃の京子と、今の京子は、まったくの別物だ」

「そう？　でも、桂花が言ったんじゃん」

「何を」

「私がアイドルとして成功したのは、私が衛《まもる》だけを気にして、他には目もくれず頑張ったからだって。それに関しては、私も同意。桂花って、ほんと私のことよく見てるよね。キモ。けどそれって今も全然変わってなくない？　私はずっと衛を気にして、色々頑張ってるの。つまり今も昔も根っこは変わってない……この意味、桂花ならわかるよね？」

まるで子供にでも言い聞かせるような、一言一言に力が込められた語りだ。

桂花さんが反論しようと口を開く。

だけど声が出てこない。ただ、悔しそうに京子を見下ろすだけ。

反論がないということは、認めたと同義だ。

京子がため息を吐《つ》いた。

「……桂花が、私とアイドルを続けたかったのは、知ってる。でも、それは……私がアイドル辞めた直後に、二人でたくさん話して、解決したことだと思ってたよ」

以前、ちらっと聞いた、大喧嘩《おおげんか》のことだろうか。

「解決なんか……京子が、あの最高のアイドルが、たった一人の男のためだけに生まれたなんて、そんなこと認められるわけがないだろ……!?　裏切りだ、それはっ……！」

桂花さんが、半ば京子の言葉を無視して訴えかける。

京子が小さく「ほら」と言った。

「……やっぱ、嫉妬《しっと》だ。私を取った衛に嫉妬してるだけだ」

「全ッ然違う！」

桂花さんの叫びが待合室に響いた。

ぽつぽついた利用客の視線が、一気に集まる。

だけど二人には、それが見えていない。

お互いにお互いしか意識になさそうだった。

「他人の気持ちを勝手に歪《ゆが》めるな……！」

「歪めてないけど。事実じゃん」

「だからっ……！」

「うるさい。桂花《けいか》が認めるまで何度でも言ってやる。小難しい言葉で誤魔化《ごまか》したって、動機が嫉妬《しっと》なのは揺るがないよ。私が衛《まもる》に、その、あー……夢中、あぁ、まあ、夢中なのが気に入らなくて、むしゃくしゃして、私から衛を取り上げようとしてるだけ。でもそんなの恥ずかしすぎて、自分でも認めたくないから、わけわかんない理屈をこねて、誤魔化してるんだ」

「しつこいな！」桂花さんが声を裏返した。「違う、違うって言ってんだろ……⁉ なんだよ、そんな妄想を語りたくて、わざわざここに来たのか⁉」

「ここに来た理由は、もう言った」

「あぁ⁉」

「桂花が、私に言い忘れたことがあるはずだから、足を運んであげたって。最初に言ったよ」

「だからっ……私に何を言わせたいんだ⁉ まさか、ごめんなさいって謝らせたいのか⁉」

「おっ。なんだ、わかってるじゃん」

　京子《きょうこ》があっさり頷《うなず》いた。

　桂花さんが「えっ」と呆《ほう》けた声を上げた。

「マジで、私を謝らせたくて、ここにきたのか……？」

「ん、ん。まあ、ね。あとは……もう二度と、こんなことはしません、って誓ってほしいかな」

……あれっ？

　二度と、こんなことをしないと誓え……って。

　それはまるで、この先も関係が続くことを前提としたような……

「どっ……どういうこと？」

　桂花さんが、途端に気勢を削《そ》がれたように、勢いのない調子で京子に聞く。

　京子が「察しが悪いな」と呟《つぶや》いた。

「つまり……京子を独り占めする衛に嫉妬して、こんな馬鹿なことをしてしまいました、心の底から反省をしています、もう二度と衛にちょっかいかけません、許してください、お願いします……って謝れば、今回だけは許してあげるって言ってんの」

　京子が真顔で言った。

　信じられなかった。

　もう……ぼくは、完全に諦《あきら》めていたから。

　桂花さんが「はっ」と噴きだすように笑う。

「……どういう風の吹き回し？」

「どうだっていいでしょ。謝るの？　謝らないの？　まず、答えて」

「彼氏に手を出されてムカついてないのかよ」

「死ぬほどムカついてるけど。あの、あれ……キス……キスね、私、あれ思い出すと、マジで吐きそうになるし、怒りすぎて頭が割れそうになるのよ。ほんっとムカついてるよ。現在進行形でムカついてるに決まってる。今、私の手の中に拳銃があったら、衝動的に桂花《けいか》を撃つかもってくらいムカついてる。当然でしょ。あとね、私に隠れてデート紛《まが》いなことしてたのもマジで最悪だし、はらわた煮えくりかえる……ありえないよ。ほんと」

「……なら、なんで許すんだよ。京子《きようこ》は、こういうの……絶対許さないタイプだろ」

「私も、許せないと思ってた。でも、さあ……」

「なんだよ」

「……まさか、桂花が衛《まもる》に手を出した理由が、私を好きすぎるって理由だったなんて……そんなの知ったら、一度だけなら、やり直してあげてもいいかなって、なっちゃうじゃん……」

京子が……気のせいかと見紛《みまが》うほどに小さく、口元を緩めた。

対照的に、桂花さんは無表情になる。

一体どういった感情の表れなのだろうか。

「……お優しいことで」

「そうだよ。私は、好きな子には優しいの」

「っ……」

「で、どうする？　謝る？　謝らない？　……どっち？」

京子の問いかけに、桂花さんは無言を返す。

硬い表情で、京子をまっすぐに見下ろしている。

ぼくには、それが……迷っているように見えた。

「……謝らないなら、私は帰る」

京子が立ち上がった。

そして、桂花さんと真正面から睨《にら》み合う。

「そうしたら、桂花とはもう二度と会わないし、連絡があっても全部拒否するからね」

「……私は……どうしても、京子が、衛くんと付き合っ」

「うるさいなぁ！　そんなのどうでもいいんだって！　早く選んでよ！」

京子が苛立《いらだ》ったように叫んだその瞬間、タイミングを見計らったかのようにバスが到着した。

待合室に、アナウンスが流れる。福岡方面行きのバスだった。

「……あぁ。ちょうどいいじゃん」

「え？」

「謝らないなら、あれに乗ってそのまま帰って。そんで、二度と顔を見せないで」

　京子《きょうこ》が視線でバスを指し示した。

「でも、今謝ったら……今回だけは、歯を食いしばって、許してあげる」

「っ……わ、私、は……！」

「あぁ。言っとくけど、バスが出ていくまでしか待たないから」

　有無を言わせぬ強制に、桂花《けいか》さんの顔がぐしゃっと歪《ゆが》む。

　短い沈黙があった。

　そして。

　桂花さんが。

「ごめんなさい」

　糸が切れたように、その場に膝《ひざ》をつき。

　歪んだ顔で京子を見上げた。

「衛《まもる》くんに、嫉妬《しっと》して……私は、京子に、酷《ひど》いことをしてしまいました……許してください……二度と、こんなこと、しません」

　か細い声で、言った。

　それは、紛うことなき、全面降伏だった。

　桂花さんは、事実がどうであれ、信念を曲げて全てを受け入れた。

　やり直すことを選んだのだ。

桂花《けいか》さんを見下ろしていた京子《きようこ》が「……そ」と呟《つぶや》く。

「二度目はないから。次、衛《まもる》に手を出したら死ぬまで許さない。忘れないで」

吐き捨てるように言って、京子が顔をあげる。

そのまま、射貫《いぬ》くような鋭い目つきでぼくを見てきた。

「よし。お待たせ。次は、衛の番だね」

その宣告に、ぼくは。

はい、と大人しく頷《うなず》くよりなかった。

エピローグ

宵《よい》ヶ《が》峰《みね》京《きょう》子《こ》

Epilogue

要は、どうすればお互いが妥協できるのか、って話だったんだ。

盗聴した二人の会話を聞いて、私は、できれば、桂花と縁を切りたくない、って思った。

だけど衛に手を出したことは、どうしても許せない。これは絶対。

そうなると、妥協と大義名分《たいぎめいぶん》が必要になってくる。

桂花が衛に手を出した理由は……ま、実際のとこ、色々な要素が絡んでたんだと思う。

私が桂花に突き付けた「嫉妬《しっと》」っていうのはもちろんあるとして、桂花が主張した「憧《あこが》れのため」って理由も、あれはあれで事実だったんじゃないかなって思う。あとそれと、衛を気に入ったってのも……まあ、結構本気だったんじゃないかなーって私は睨《にら》んでる。

つまり今回の桂花の行動には色々な理由が絡んでて、絶対的な正しい理由があったわけじゃない。だから私は、色んな理由の中から、私たちの関係をやり直すのに都合が良さそうな「嫉妬」を拾い上げ、それだけが理由なんだと、二人の間の共通認識として定着させたわけだ。

桂花もそれに乗っかって、謝って……だからこの話は、これでおしまい。

桂花《けいか》は私が大好きすぎるゆえに、動転して、衛《まもる》に手を出した。

それなら私も、まだどうにか、ギリギリ……我慢できないことも、ない。

そんな意味不明なことしちゃうくらい私が好きなら、そのキモい好意に免じて、一回だけ挽《ばん》回《かい》のチャンスをあげてもいい。だからもう、二度とバカなことすんなよ？

……ってこと。

それでいい。今は、それで。


桂花はあと一日だけ佐賀に留まることにしたみたい。

今このまま別れたら、妙な空気をずるずる引きずって、結局疎遠《そえん》になりそうだったから、一日ずっと一緒に過ごして、ある程度距離を測り直すことにしたっていうか。

で、ホテルはもうチェックアウトしちゃったから、おばあちゃんに交渉して、うちで一泊することにして……あっという間に、夕方。

「なんかさぁ」私の部屋の床に寝転がった桂花が、天井をぼけーっと見上げて言った。「あんなことがあったのに、今こうして、京子《きょうこ》と一緒にいるってのが、未《いま》だに信じられねーなー」

衛はいない。さっきまではこの部屋いたけど、しばらく説教食らわせてから、追い出した。

ま、私は桂花と二人きりになりたかったし、衛も衛で、鵜《う》野《の》くんと話したいことがあるだろうしさ。

「ほんとね。桂花が衛にキスしてるの見た時、ぶっちゃけもう絶対殺すって思ったもん」

私はベッドに座って、寝そべる桂花を見下ろしながら言った。

桂花が情けない顔で私を見上げてくる。

「……悪かったって。許してくれよー」

「だからもう許してる。でもそれはそれとして、この話は一生擦り続けてやるから」

「……一生、ね。そりゃ怖い。一生だもんな」

怖いと言いつつ口元を緩ませる桂花に、ちょっとだけ呆《あき》れる。

「……あのね。マジで次はないから。今回は、ほんとに私、相当譲歩してるんだから」

「わかってるわかってる。私も悔い改めたよ。今ここで誓う。もう絶対に変なことは……お前の彼ピには、ちょっかいかけない。本当にごめんなさい」

「わかってるなら、いいけど」

桂花がごろんと横を向いた。

「……にしても、衛くんに感謝だな。彼がいなきゃ、絶対仲直りできなかっただろ」

「まあ……それはそう。でも、私に内緒で勝手なことしたのはマジで許せん」

いくら私のためといっても、昨日の今日でこれは、正気を疑う。

「んー……許してやれば？　私は、感謝してるよ。そりゃ彼がやったのは、京子からすりゃ余計なお世話だろうけど、結果はこれだしな。それに衛くんも殊勝《しゅしょう》なことを言ってたろ」

殊勝《しゅしょう》なこと、っていうのは、さっきここで説教した時に、衛《まもる》が口にしたことだろう。

なんで私に黙ってこんなことをしたのか、って聞いたら、その返事が。

『ぼくは、今までずっと、京子《きょうこ》に貰《もら》ってばっかりだった。小さい頃から面倒も見てもらって……それは本当に感謝してるんだけど、でも、思い返せばぼくは何も返せてないんだよ。ぼくは従姉弟《いとこ》って関係なら、それでも良かったけど……でも、今は、彼氏と彼女だから。ぼくは……京子と、対等になりたかった。貰ってばっかりは、嫌だったんだ。だから……ぼくのせいで、親友を失《な》くしたなら、ぼくが取り戻さなきゃって。勝手なことをしたのは、本当にごめんなさい。今回はたまたま上手《うま》くいっただけで……うん。わかってる。今度こそ、約束します。もう二度と勝手なことはしません』

大体こんな感じだった。

それを聞いて、悔しいけど……私は、衛を許してやりたい、って思っちゃったんだ。

私も、衛を対等な存在として見てなかったかもしれないって思ったし……

あと、なんか、う、嬉《うれ》し……いやまあとにかく、許した。

だから……今回は、もう仕方ない。

「……言われなくても、許してるよ。ムカつくけど、まあ、言い分もギリわかるし」

「ならいいけど」

桂花《けいか》が安心したように目を細めた。

で……会話が、途切れる。

お互い見つめ合うけど、何も言わない。

なんか……話題、あるっけ？　いつも、こういう時、どうしてたかなー……

やっぱまだ、完全には普段の空気に戻れてない。

「なあ」

まあ別に無理して話す必要もないか、って思ったら、桂花が言った。

なに？　って返す。

「京子は、衛くんに復讐《ふくしゅう》するんだよな？」

「そうだね」

「じゃ、いつかは振るんだよな？」

「振るね」

頷《うなず》くと、桂花が黙った。

どうしたんだ、って見つめると。

「なら……二人が別れた後は……私が、手、出しても良いか？　衛くんに……」

……は？

いや……はあぁ？

「別れた、後？」

「そう。絶対に復讐《ふくしゅう》の邪魔はしない。お前の彼ピには、誓って手を出さない。それは約束する。でも……衛《まもる》くんのことは、別に好きじゃないんだろ？」

「あっ……あぁ、まあ……いつも、そう言ってるよね……うん」

「じゃ、復讐を終えて、衛くんがお前の彼ピじゃなくなったら……私が、貰《もら》っていい？」

桂花《けいか》は……真顔。

ってことは、これ、本気か？

……え？　い、いや、いや……

「マジで言ってる？」

桂花が、ゆっくり身体《からだ》を起こして、顎《あご》を引いた。

「あぁ。本音を言ってくれ。私はもう、京子《きょうこ》と喧嘩《けんか》別れはしたくない。だから……京子が、嫌だっていえば、諦《あきら》める。約束する」

なんで。

なんで、そんなことを……

森《もり》崎《さき》衛《まもる》

待ち合わせ場所のファミレスに向かったら、すでに征矢《せいや》がいて、四人掛けのテーブル席でフライドポテトを摘《つま》んでいた。

店内の客入りはまばらだ。夕方で、混雑する時間から外れているから、当然か。

「お待たせ」

言いながら、征矢の正面に座る。

征矢が口の中身を呑《の》み込んだ。

「よう。丸く収まったか？」

「うん。京子と桂花さんは仲直りできたし、ぼくも説教されただけでお咎《とが》めなしっぽい」

「マジかよ。奇跡だな」

「本当にね。征矢のおかげだよ」

「……俺は何もしてねぇよ」

征矢が鬱陶《うっとう》しそうに言って、ポテトに手を伸ばす。

「ううん。学校休んでまで、ぼくにつきあってくれたじゃん」

「たまにはサボりたかったからな。良い口実だったわ」

「あと、ぼくと桂花さんの会話を、京子に流してくれたでしょ？」

指摘したら、征矢の動きがピタッと止まる。

そして、ゆっくり、ぼくを見上げた。

「……なんのことだ？」

「隠さなくていいよ。京子《きょうこ》に情報流せたのって、どう考えても征矢《せいや》以外にいないし」

思い返せば、桂花《けいか》さんの真後ろに座ったのも、ぼくらの声を拾うためだったんだろう。

裏切られた、とは思わない。

だって、結果的に、征矢のおかげでここまで上手《うま》くいったんだから。

「……悪かったな。京子さんに脅《おど》されて、断れなかった」

「いいよ。ていうか、むしろ感謝してるし」

「そりゃどーも」

「お礼させてよ」

「あー？　……じゃ、このポテト奢《おご》ってくれや」

「それだけでいいの？」

「十分。つか、俺に何かありゃ、お前も手助けしてくれんだろ？」

「当然。なんでもするよ」

「じゃ、いい。お互い様だ」

征矢がポテトにケチャップを付けて、口に放り込んだ。

見てたら、なんだかぼくも食べたくなってきたな。

「一口貰《もら》っていい？」

「お前が金出すんだから、好きに食えよ」

「じゃ、遠慮なく」

ポテトを摘《つま》んで、口に入れる。

すでに冷めていて、しなしなだけど、塩味が効いていてそれなりに美味《おい》しい。

「……にしても、京子さんと喜多河《きたがわ》が仲直りするとはな」

「びっくりだよ。ホテル出た時は、ぼくもう、ほとんど諦《あきら》めてたもん」

「それな。いや、彼氏取られかけたのに許せる京子さんも、どうかしてると思うけど」

「優しいんだよ。京子は」

「そりゃお前はそう言うだろうよ」

「散々甘やかされてきたしね」

そう言うと、征矢が意外そうにぼくを見た。

嫌な目だな、と思った。正しさでもって、人の弱さを抉《えぐ》る視線だ。

まあでも、そういう目を向けられるのは、仕方ない。

「……一応、このままじゃ駄目だなって思ってるんだけど……」

「ほーん……」

征矢がポテトを食べる。

残りは、もう半分もない。

「……ねえ。ぼくさ……いつか、京子にふさわしい彼氏になれるかな？」

「知らねぇよ」

「冷たいな」

「そんなもんお前の頑張り次第だろ」

冷静に突っ込まれた。

でも、ごもっとも。

「ですよね」と頷《うなず》く。

少しずつでいい。確実に、変わっていかないとな……

道のりは、まだまだ、長そうだけど。

喜《き》多《た》河《がわ》桂《けい》花《か》

私は一体、何を考えてあんなことをしたんだろう?

今回の私のやらかしは、アイドルとしての京子《きょうこ》への執着が始点だったことは間違いない。

だけど……京子に「嫉妬《しっと》だろ」って言葉を投げつけられたあの瞬間に、私は何が何だかわからなくなってしまった。

京子の指摘は正しい。たしかに、私は……衛《まもる》くんに嫉妬していたんだろう。

心のどこかで、京子の思いを独り占めする彼を、羨《うらや》ましいと、思っていた。

でも、アイドルの京子を汚したくないって気持ちも絶対にあった。

つーか、それだけじゃない。衛くんに強めのアプローチをかけた時、そこには、京子への想い以外にも、彼への好意が……下心が、少なからず混じっていた気がする。

そうなんだよ。私、わりとマジに衛くんを気に入っちゃったんだよ。

水着を買いに行った時には、もう普通に好きになっていた……でなきゃ、いくら京子のためとはいえ、あんな過激なことできない。

私、案外、惚《ほ》れっぽかったんだな。これじゃ京子のことをとやかく言えねー……

そうと自覚した上で、意味深に衛くんを誘惑したことを思い返したら、なんかめちゃくちゃ恥ずかしくなってくる。くっそ。この年で黒歴史を増やすことになるとはな……

ま、いい。とにかくだ。今回の一連の出来事は、京子への執着が始点だった。そこは間違いない。だけど……最終的には色んな感情が混ざって、よくわからないことになっていたんだ。

京子を好いていたし、憎んでいた。

衛くんを好いていたし、邪魔だと思っていた。

行動一つとっても、そこに色々な感情が詰まっている。

だから。

ようやく、私は、京子の気持ちをわかってやれた気がする。

「なら……二人が別れた後は……私が、手、出しても良いか？　衛くんに……」

私がそう言ったら、京子《きょうこ》は、半笑いって言葉がぴったりな表情を浮かべた。

そこにはきっと、色んな感情が込められているんだろうな。

正直な話、私は京子がしつこく口にする「衛《まもる》くんへの復讐《ふくしゅう》」をまったく信じてなかった。

けど、今なら信じられる。あいつは多分、マジで衛くんに復讐するつもりなんだ。

私の目には、衛くんへの強すぎる愛情に脳を焼かれて、復讐するつもりがないようにしか見えなかったけど……本人は、本気なんだ。本気で復讐しようとしている。

あんなに好意が駄々洩れでも。自分でも取り繕《つくろ》えなくなっているけど。

それでも京子は、本気で衛くんを恨んでいる。

「本音を言ってくれ。私はもう、京子と喧嘩《けんか》別れはしたくない。だから……京子が、嫌だっていえば、諦《あきら》める。約束する」

衛くんへの正反対な感情が共存しているから、京子は、私にこう言われても、困ったように笑うしかない。

しばらく見つめ合って……京子が何も言わないから、私も笑った。

「……冗談だよ。だから、そんな顔するなって」

「……別に変な顔はしてないんですけど」

憮然《ぶぜん》と、だけどちょっとだけ安心したように、京子が言った。

自分でも、衛くんへの感情に整理がついていないのかもな。

苦笑をこぼしてしまった。

「……してたよ。大好きな衛くんを取られそうになって、泣きそうな顔してた。そんな親友から、男は取れねーわ」

「してないってば……え、なに？　また喧嘩したいの？」

いよいよ京子から苛立《いらだ》った雰囲気が出てきて、私は「だから冗談だって」と言葉を重ねた。

人のことは言えないけど、本当、難儀な奴《やつ》だな。

……この先、京子がどっちに転ぶかは、まだわからない。

私は……なんだかんだで、京子はこのまま衛くんと行き着くところまで行くと思うけど。

だって、彼氏を奪おうとした私のことさえ、好きだからって許すような奴だ。京子が抱く衛くんへの愛情は、重たすぎる愛は、悔しいけど、私に向けられるそれの比じゃないだろう。

とてもじゃないけど、復讐なんか果たせるとは思えない。

けどま……何が起きるかなんて、誰にもわからないしな。

もし、京子が、衛くんへの復讐を本当に果たしたら。

その時、私は……京子の親友として動くのか。

それとも、気になる男の子の方へ行ってしまうのか。

……どうなんだろうな？

あとがき

ご無沙汰《ぶさた》しております。鶴城です。

『衛《まもる》くんと愛が重たい少女たち』二巻、少しでも楽しんでいただけたのであれば幸いです。

それにしても今回はなかなかに大変でした。

実生活で様々な変化があり、可処分時間の確保等の問題があったというのもありますが、なにより一巻を経ての二巻というのが、どうにも難易度が高いのです。

前作『クラ魔』も二巻の作成時にとんでもなく苦戦したんですよね。思い返してみるに、物語の土台を作った後、選択肢が膨大に増えた中で挑む二巻というのは、どうしても苦慮するといいますか。感覚としては、オープンワールドのゲームでチュートリアルが終了し、広大なフィールドに投げ出された直後の気分というか。

もちろん作業は楽しいですが、先々の展開などを考えていると、ふと、暗闇の中で懐中電灯一本携えおそるおそる進むような恐ろしさを覚えることもあり。創作って難しいですね。

死ぬまで頭を悩ませ続けることになりそうです。

さて。ぼくが人生で初めて読んだ小説はおそらく『帝都物語』なのですが、その小説には辰《たつ》宮由佳里《みやゆかり》という女性キャラが出てきます。当時小学生だったぼくは、その辰宮さんが兄へ向ける重たすぎる歪《ゆが》んだ愛を目の当《ま》たりにし、完全に趣味嗜好《しこう》を破壊されました。

『帝都物語』は一般的に、日本に初めて「風水」の概念を持ち込んだ小説だと言われていますが、ぼくはそれ以上に「ブラコンすぎるやべぇキャラ」を知らしめた小説だとも思っています。

あの小説を読んだことでぼくは愛が重たいキャラが好きになりましたので、ある意味でこの作品のご先祖様ともいえるかもしれません……いやさすがに畏《おそ》れ多いな。

いずれにせよ今作『衛くん』はぼくが子供の頃から好きだった……というか、執着していた題材で書かせてもらっていますので、悔いがないような作品にしたいという思いが強く……少なからず自縄《じじょう》自縛《じばく》のようになってしまい、二巻も作成に苦戦したといいますか。

……もっともっと愛が重たい女を書きてぇ〜。

以下、謝辞です。

担当編集さん。締め切りに関して多大なご迷惑をおかけしてしまい、申し訳ございませんでした。次回からはもっとスムーズに進められるよう頑張ります。

あまなさん。一巻に引き続き、今回も素敵なイラストをありがとうございました。表紙がマジで最高でたまらないです。あと口絵の京子《きょうこ》の色っぽい感じが、素敵です……

そして最後に、読者の方々に最大限の感謝を。本当にありがとうございました。

もし三巻を出せましたら、森崎凛《もりさきりん》の物語を描きたいですね。

ガガガ文庫2月刊

されど罪人は竜と踊る24　いつかこの心が消えゆくとしても

著／浅井《あさい》ラボ

イラスト／ざいん

〈踊る夜〉や〈異貌のものども〉すら操りきった、心なき皇帝イチェードとの対決を目指していくガユスとギギナたち。それぞれの癒しえぬ傷跡はどこへと向かう？　赦しは訪れる？　後アブソリエル帝国編、ここに完結！

ISBN978-4-09-453113-8（ガあ2-26）　定価1,045円（税込）

衛くんと愛が重たい少女たち2

著／鶴城《かくじょう》 東《あずま》

イラスト／あまな

小動物系男子・衛くんは、愛が重たすぎる少女たちに包囲されている！　元アイドルの従姉・京子とつきあうことに落ち着いたかに見えたが、今度は京子の元アイドル仲間、桂花がグイグイせまって来た！　謎なんだけど!?

ISBN978-4-09-453105-3（ガか13-6）　定価858円（税込）

やはり俺の青春ラブコメはまちがっている。結2

著／渡《わたり》 航《わたる》

イラスト／ぽんかん⑧

年明け、迎えた新学期。ある噂話をきっかけに、彼と彼女は自らの本心と向き合うことに……。これは、秘めた本当の気持ちを伝える物語。青春小説の金字塔「俺ガイル」、もう一つの物語「結」新章突入！

ISBN978-4-09-453061-2（ガわ3-32）　定価836円（税込）

GAGAGA
ガガガ文庫

衛くんと愛が重たい少女たち 2

鶴城 東

発行	2023年2月22日　初版第1刷発行
発行人	鳥光 裕
編集人	星野博規
編集	湯浅生史
発行所	株式会社小学館 〒101-8001 東京都千代田区一ツ橋2-3-1 [編集]03-3230-9343　[販売]03-5281-3556
カバー印刷	株式会社美松堂
印刷・製本	図書印刷株式会社

Printed in Japan　ISBN978-4-09-453105-3